用“心”写新闻，真情讲故事。马雁飞用他饱含深情的笔墨，塑造了中铝企业一个个有血有肉充满真性情的新闻人物，展现了一个个主题突出散发正能量的新闻事件和一幅幅富有动感跳跃真实的现场画面，弘扬了时代主旋律，诠释了什么是社会责任、什么叫人间大爱等多个时代命题。这是中铝公司近年来艰苦卓绝奋斗历程的缩影，也是作者多年来贴近基层笔耕不辍的写照，充满正能量，涌动中铝情，我为马雁飞同志喝彩点赞！

——中铝财务有限责任公司总经理

新闻具有真、善、美的属性，新闻是真的告知，善的教化，美的享受，好的新闻作品就是新闻价值的体现。今天大家看到的马雁飞新闻作品集就是从多个角度切入，不仅讲究时效新、内容新，而且体裁形式也富有变化性。从新闻文体到报道样式，从新闻题材到报道领域，从采写手段到传播形式，充盈创新的灵气和活力，尽可能帮助大家从中获得一些新的启迪和感受。

——中铝公司新闻中心主任

人说长子是家里的顶梁柱。顶梁柱总是默默地恪守着支撑和奉献，而让花檐翘角去领受赞赏。可作为央企媒体人的马雁飞认为，央企不仅要顶天立地当好共和国长子，也要学会讲好故事。读了他的这本书，你会惊喜地发现，央企的故事真的很精彩，真的很生动！

——中国新闻奖评委

从关爱一个孩子，到关注每名员工；从感知一个企业，到担当社会责任。本书作者以不同的笔触、独特的视角、灵动的思维、鲜明的个性、平实的手法，用真情触摸每一个事件的细节，用实感点化每一件有品质的作品，抽丝剥茧，大气呈现，给读者带来视觉、感觉和精神层面的愉悦。马雁飞的新闻作品采访深入、视觉独特、生动详实、大气磅礴，总给人以向上的力量，对企业基层通讯员写稿有很好的借鉴作用。

——中铝公司运营转型办公室主任

央企是我国经济的栋梁，被称为“共和国长子”。本书作者长期在央企工作，通过对中国铝业公司及分子公司、控股企业的深入观察、报道，让大家生动地感受到了央企做出的经济贡献及承担的社会责任。

——《广西日报》通采部副主任、高级编辑 **曾铁强**

该书选材广泛，风格万千，文笔流畅，既有全景观照，又有精到探微，创新央企报道新式样，激扬内刊新闻清新文风。作者的家国情怀热度力透纸背，企业的社会责任跃动于字里行间。

——梧州学院文法学院副院长、博士 **陶斌智**

如火激情跃然纸上，职业风采卓然于方寸。

——《柳钢报》总编辑 **钟 慧**

新闻的传播力来自于讲故事的能力。那么，新闻如何讲好故事?《讲好央企故事》一书中有不少新闻作品为企业新闻工作者、基层通讯员作出了示范。并且，在故事中，作者善于以“小切口”展现“大格局”，以“小人物”展现“大情怀”，在拓展企业主题宣传空间方面做出了新的探索。

——广西玉柴集团企业文化宣传副总编辑 **唐 宁**

同是企业的报道员，我很是钦佩作者对生产一线员工深入细微的报道；同是企业人，知道企业人的艰辛发奋、自强不息，他们的努力和付出，永远是我们报道的主题。

——广西凤糖生化股份公司《凤糖通讯》总编辑 **梁柳英**

讲好央企故事

马雁飞　著

北京
冶　金　工　业　出　版　社
2015

内 容 提 要

本书是来自中铝公司职工的新闻作品集。作者用心写新闻，用真情讲故事，塑造了中铝公司一个个有血有肉充满真情的人物，展现了一个个散发着积极向上的新闻事件和一幅幅富有动感跳跃真实的生产画面，弘扬了时代主旋律，诠释了什么是企业的社会责任。作者用以小见大的方式描绘出了中铝公司近年来艰苦奋斗的历程，本书文笔朴素流畅、叙事饱含深情，是本歌颂正能量的好作品集。

图书在版编目(CIP)数据

讲好央企故事/马雁飞著. —北京：冶金工业出版社，2015. 7

ISBN 978-7-5024-6912-2

Ⅰ. ①讲…　Ⅱ. ①马…　Ⅲ. ①新闻—作品集—中国—当代　Ⅳ. ①I253

中国版本图书馆 CIP 数据核字(2015) 第 146042 号

出 版 人　谭学余
地　　址　北京市东城区嵩祝院北巷 39 号　邮编　100009　电话　(010)64027926
网　　址　www. cnmip. com. cn　电子信箱　yjcbs@ cnmip. com. cn
责任编辑　姜晓辉　美术编辑　吕欣童　版式设计　孙跃红
责任校对　卿文春　责任印制　牛晓波
ISBN 978-7-5024-6912-2
冶金工业出版社出版发行；各地新华书店经销；北京百善印刷厂印刷
2015 年 7 月第 1 版，2015 年 7 月第 1 次印刷
169mm×239mm；16 印张；310 千字；239 页
60. 00 元

冶金工业出版社　投稿电话　(010)64027932　投稿信箱　tougao@cnmip. com. cn
冶金工业出版社营销中心　电话　(010)64044283　传真　(010)64027893
冶金书店　地址　北京市东四西大街 46 号(100010)　电话　(010)65289081(兼传真)
冶金工业出版社天猫旗舰店　yjgycbs. tmall. com

(本书如有印装质量问题，本社营销中心负责退换)

国企呼唤“好声音”（代序）

周志懿

来到央企工作以后，我有三个没有想到。

一是没想到国有企业的员工对企业的感情是如此之深。此前在媒体工作，大多实行聘用制，人员的进进出出很正常。但进入中铝后，基层一线员工对企业的那种强烈的归属感确实令人感动。即便有些企业并不景气，员工们依然是拼足一股劲想把企业搞好。后来我知道，有的员工一家几代都将毕生的精力奉献给了企业，与企业共同成长，这样的感情自然是旁人无法体会到的。

二是没想到国有企业藏龙卧虎，人才济济。传媒人多以文化人自居，不说满腹经纶，至少对舞文弄墨之事信手拈来，驾轻就熟。而国有企业多为厂矿车间，更多与生产经营打交道，系统外的人自然很少将他们与文化才艺联系到一块。然而事实表明，任何对国有企业文化人才缺失的认知都是极其无知与短视的。在央企，我结识了许许多多来自基层一线的员工，他们不仅是生产的好手，更兼具各个方面文艺文化的专长，有的还能在某一领域享有极高的影响力。

三是没有想到国有企业的对外传播能力有待提升的空间还如此之大。作为一名职业媒体人，对某个系统或单位的传播体系与传播能力建设自然更加敏感与关注。进入央企后，我得以深入与从中央到地方的不同国有企业打交道，没有想到的是，总体上说，国有企业的对外传播能力目前尚停留在“计划经济”时代的末期，传播能力难以适应当前的传播趋势。

近年来，国有企业的舆论环境比较复杂，负面报道层出不穷。稍不留神，一件原本平常的消息因为国有企业的身份可能被媒体放大。这背后既有国外势力的影子，也有媒体自身需要吸引眼球的因素。但也得承认，国有企业的自身建设也的确存在这样或那样的问题。其中，传播能力的缺失是导致国有企业面对媒体传播失去话语主导权的重要因素。

比如，有些企业缺乏传播意识。有些企业管理者坚持认为国有企业需要“低调”，即便遇到形象危机，依然是“不想说”或者“不愿说”，一味以回避应对，以为过了这阵风就没事了。殊不知因一味的“不想说”或“不愿说”，最后可能导致“不会说”甚至有话“说不出”。

因为传播意识淡薄，新闻传播在有的国有企业被认为属于边边角角的事；因为不能直接给企业带来效益，与新闻有关的业务在一些国有企业很难得到重视；一些企业有自己的内刊、网站、电视台等，但多是服务于企业内部，被单纯当做管理者的喉舌或者打造企业文化的阵地而很少开发其对外传播的功能。由于很少开展对外交流，企业的内部媒体长期沿用计划经济时代下的话语体系，严重背离于当前移动互联网时代的能力要求。于是，笔者在前文提到三个没想到就遇到了一个悖论：企业也是小社会，必然也有着许多生动感人的故事，有着许多足以牵动大众心灵的鲜活事例，如此多对企业忠心耿耿的员工，如此多才华出众的能手，不仅是企业文化的基石，更是对外打造企业形象的最好素材。令人遗憾的是，我们很少从大众媒体上看到企业主动传播这样的鲜活事例，许许多多具有典型社会意义的、足以给大众带来正面影响使企业获得正面评价的绝佳素材就这样被白白浪费了。

评价当前国有企业的综合实力，软实力是一个重要方面，而新闻传播能力是企业软实力的重要组成部分。在当今时代，任何一个忽视对外传播能力建设的国有企业是难以成大器的。这种对外传播能力的打造重点要在两个方面下工夫：一是传播什么的问题，即要大力提升内部的新闻采编水平，只有有了“好声音”，对外传播才不是无米之炊；二是怎么传播的问题，即要打造符合时代特点、具有强大引导能力的传播体系。这两者中，其基础还是要落在“传播什么”的问题上。否则，即便有好的素材，如果难以形成好的按当下传媒逻辑成文的稿件，难以形成“好声音”，再强大的传播也未必能产生好的传播价值。国有企业的传播，还是必须以“内容为王”。但笔者发现，国有企业负责外宣的同志鲜有新闻科班出身的人士。他们大多是因为文笔好而从厂房车间被调到外宣一线，属于半路出家。再加上企业精简机构与人员，往往一个外宣要身兼多职，一个人干几份活，因而在采写企业自己的稿件时，要不就是像写工作总结或者领导讲话，八股之风严重；要不就是人为抬高，宣传味太浓，很难打动读者。按照中宣部、国务院国资委关于强化国有企业正面宣传的要求，对国有企业的正面宣传，有两个关键词可作为国有企业对外传播采写的“金科玉律”，即“讲好央企故事”和“见人见事见精神”。马雁飞先生的《讲好央企故事》，正是按照中宣部和国务院国资委关于如何强化国有企业正面宣传的生动实践。

《讲好央企故事》是马雁飞同志在中国铝业报社工作期间的作品集，这些作品一改过去一些国有企业报道“假、大、空”的文风，通过深入基层调查采访，客观真实反映情况，生动形象描述情境，使他笔下对企业各条战线的报道既能结合企业的实际，又能生动展现企业的精气神，既不失企业所在领域的专业性，又能让人通俗易懂，真正做到了“专业思维、通俗表达”。特别是对一些人物与案例的采写，作者没有陷入传统国有企业故事的“八股思维”，而是结合现时代读者的审美特点，从满足读者审美需求的实际出发，既不人为拔高，更不虚张声势，使文章显得有血有肉，读起来实实在在，真实自然，达到了“见人见事见精神”的效果，是难得的“好声音”。

当然，作为一部新闻作品集，限于作者关注领域的局限及所在行业的专业性，整体内容偏于有色金属行业，内容难免稍显单调。但是，难能可贵的是作者力图在作品中做到了“专业领域，通俗表达”。

“见人见事见精神”的作品是国有企业对外打造形象的基础。相信本书一定能为广大国有企业的传播者们提供良好的借鉴。

（作者系资深传媒人、《中国铝业报》副总编辑）

目录

讲好央企故事

第九篇　可爱员工

第十篇　爱岗敬业

第十一篇　持续创新

第十二篇　安全生产

第十三篇 科技创新

第十四篇 年度述评

第十五篇 简短消息

讲好央企故事

第十六篇　企业评论

国有企业的所有制性质决定了它是实现社会主义生产目的、实现国家战略和维护社会整体利益的主要经济成分。因此，国有企业必须在社会责任方面起好表率和带头作用。

第一篇　社会责任

JIANGHAO YANGQI GUSHI JIANGHAO YANGQI GUSHI JIANGHAO YANGQI GUSHI

为了壮乡的碧水蓝天

——记“广西最美环保人”广西华银铝业有限公司总经理、党委副书记刘永刚

2013 年 1 月，刘永刚接任广西华银铝业有限公司（以下简称华银铝）总经理、党委副书记时，华银铝正处于二次发展的一个瓶颈期，内外交困的巨大压力一下子落在了这个已经 56 岁、已过知天命年龄的中年人身上。

广西华银铝业有限公司总经理、党委副书记刘永刚

2007 年底投产的华银铝业项目，以年产 200 万吨氧化铝的产能规模成为西南第二大氧化铝企业。但是，随着国家宏观政策的调控，近几年来，国家经济发展步入了一个“新常态”，强调以结构调整和深化改革为主线，经济增速下滑、内需不旺，铝业市场也处于萎靡不振的状态，氧化铝价格一度从每吨 2800 元降至每吨 2200 元，企业收入锐减。同时，国家强调经济发展方式从规模速度型粗放增长转向质量效率型集约增长，经济结构从增量扩能为主转向调整存量、做优增量并存的深度调整，产能过剩、安全环保、节能减排的调整力度日益加大，这对于一个以资源为主的生产型企业，形势是非常严峻的，压力可想而知。

“如果市场不景气的外部客观因素我们无法改变，那我们就要从企业内部的主观因素下手，从挖潜降耗、降本增效入手，从优化生产流程、提高资源利用效率入手，从转变职工思想观念、精神面貌入手，向管理要效益！”这是刘永刚上任后，多次走访车间和职工后形成的第一个思路。

在铝行业不景气的现实中，为了减少亏损、降低囤货，生产线开开停停，员工的收入不稳定，由于没有实施绩效考核，员工收入与效益不挂钩，使闲置下来的时间许多的员工思想开始懈怠，车间杂物随意堆放，甚至还出现了赌博等违法现象。这些情况刘永刚看在眼里，记在心里，在每天繁忙的事务中慢慢地酝酿自己的改革思路：首先要让职工的思想彻底转变，激发人的主观能动性和活力，其他的工作才能继续推进。

为此，刘永刚提出“建设好三支队伍（干部队伍、党员队伍、员工队伍），培育两大优势（管理优势、成本优势），争创国内一流企业”的“3-2-1”竞争力提升体系建设，并提炼总结了具有华银铝特色的14条企业文化理念，明确强调“企业以和谐促发展，合理利用资源、注重环境保护，坚持走可持续发展道路”。为推动公司完成董事会下达的成本指标，指导相关部门修改制定了《绩效考核方案》，对员工实行“奖二罚一”机制，压缩各单位的责任成本；开展班组建设劳动竞赛，每月评出“优秀班组”和“优秀班组长”，提高一线员工的积极性和综合素质；提出可视化工厂建设，开展“7S”可视化管理，打造花园式工厂。

人的活力一旦激发，改变是非常显著的。经过一系列调整，员工工作热情高涨，车间工具整齐摆放，变得明亮宽敞，以往的种种不良现象一扫而光，取而代之的是员工们集体打球、跑步、摄影等。

虽然员工面貌焕然一新，但是要保持这种工作热情，关键还是要靠企业的稳定运营，靠提高企业的效益。员工的收入稳定了，思想就稳定，企业就能持续发展。

接下来，刘永刚开始发挥他在铝行业领域里三十多年的经验和专业优势，开始对生产工艺和流程进行改进。大学毕业后，刘永刚在铝行业的生产、技术、科研、安环、企管等各环节都工作过，曾获得国家级科技成果二等奖2项，省部级一等奖1项、二等奖7项，专利成果4项，在国家级刊物发表技术管理论文12篇。其中，尤其注重环保节能问题。

他提出开展持续改进、能效管理、合同能源项目活动。就拿持续改进来说，在制定了华银铝业公司持续改进方案后的短短几个月，企业就收到部门和职工提出的持续改进建议200多条。针对3台锅炉满负荷供汽满足5条氧化铝溶出生产线的提案，刘永刚率领相关技术人员，按照锅炉用煤为16兆焦每千克的设计值，将进口褐煤、烟煤和本地褐煤搭配使用，同时二次利用氧化铝焙烧炉的回水，提高进锅炉前的回水温度，使产汽标煤耗同比降低5.62千克每吨汽，锅炉飞灰含碳量降低近30%，全年创造效益2400多万元。“这就好比煮饭时，用不同热值的柴火，直接配以热水煮，这样饭会很快熟一样。”该公司热电厂锅炉车间主任莫俊生说。截至2014年12月底，该公司共申报持续改进项目2300个，已实施的93项持续改进项目或建议经过验收核定，创造效益8000多万元，带来了实实在在的效益。

作为大型铝冶炼企业，每天会产生大量的蒸汽，刘永刚大胆提出开发“发生炉竖管洗涤水余热回收”、“热电厂溶出回水直接进入高除技改”等5个余热回收利用项目。项目依托公司现有的生产流程，充分吸收生产过程的乏汽、余热，提高能源利用效率。经自治区委托第三方清算验收，项目年节能量为4.93万吨标准煤，大幅节约了生产成本，获得国家预拨财政奖励资金1218万元。

针对公司能源消耗构成以煤为主的特点，2013年4月，刘永刚提出开展

“降低氧化铝焙烧煤耗”和“降低锅炉产汽标煤单耗”两大能效管理项目。项目实施后，煤耗指标大幅下降，比上年同期减少能源消耗折合4.5万吨标准煤，大幅提高煤的转换效益，实现企业创效6000多万元。

此外，刘永刚提出引进节能公司，采用合同能源模式，对热电厂锅炉球磨机、氧化铝厂分解循环冷水泵等42台大型设备进行节能改造，截至2014年底，已取得3000多万元的降本收益。

经营面貌显著改观，经济效益全面提升，刘永刚并不满足，他认为，作为国企，除了承担经济发展和国有资产保值增值的责任，还要履行应有的社会责任，只有实现经济效益和社会效益的双赢，才是一个成功的企业。

只要去华银铝的排泥库看一看，就知道要做到经济效益和社会效益双赢并非如此简单，环保工作是华银铝最大的挑战。如果环保项目无法顺利验收，将直接影响到华银铝的生存问题。为了推进工作，刘永刚几乎24小时都在工作，认真到上级环保部门听取意见，寻求专家支招解决问题，按照“特事特办、特事快办”的原则，采取非常手段、非常举措、非常力度，强力推进环保项目进度。在时间紧、任务重的情况下，制定24小时不间断工作的施工计划，采取按网络进度提前有奖、超期重罚的非常手段，提高项目承接单位和广大干部员工的工作积极性。项目施工过程中，刘永刚鼓励技术人员大胆尝试新技术，在缺乏脱硫脱硝操作经验的情况下，反复摸索，最终解决了厂家提供设备设计值偏离方向等难题，不仅提前两个月完成了技改任务，还较大地节约了技改成本。特别是大胆使用了煤气脱硫新技术后，运行成本比常用技术降低50%。经百色市环保局监测，两个项目改造后，氮氧化物和二氧化硫优于国家和铝工业最新排放标准。

在日常环保工作中，刘永刚积极构建企业与环境的和谐发展，实施了三大环保创新技术，获得业界一致好评。一是对赤泥排放采用干法技术改造，将含水率较高的赤泥进行压滤变干之后再堆放，不仅安全环保，库区塌陷泄漏的风险也大为减小。赤泥堆场干法技术改造项目建成后可有效降低赤泥附液pH值及降低赤泥含水率，赤泥堆存工艺技术将达到同行业一流水平，污染物排放达到或低于国家环保标准。二是开展矿山选厂雨污分流、清污分流，对选厂沟渠进行清理，重新收集洗矿水和地面上的水，打回沉清槽。此举不仅环保，还节约水资源。三是对采空区进行复垦，采取以租代征的方式租用农民的土地，矿石采完后对其进行复垦，然后退还给农民。通过一系列实践，刘永刚实现了自己的目标，使华银铝真正做到了经济效益和生态环境效益的和谐共处，共赢发展。

一分耕耘一分收获，刘永刚的努力付出，换来了企业的蒸蒸日上，不仅节能减排提前、超额完成了自治区政府下达的任务，生产经营同样取得了骄人的业绩。2014年，华银铝完成氧化铝产量215.29万吨，同比增长18%；营业收入42.39亿元，同比增长22.7%；利润同比增长4倍，现金制造成本达到行业先进水平。企业也因此获得了“2013年度广西优秀企业”、“2014年度广西节能减排标杆企业”和“高新技术企业”等荣誉。

2015年1月20日，在广西壮族自治区节能减排工作年会上，刘永刚被授予“广西最美环保人”荣誉称号，如果想知道刘永刚为什么“最美”，就到华银铝厂区走一走，那里的一草一木、一砖一瓦都可以为你细细讲述。

（原载于《中国领导干部治国理政的理论与实践》丛书、《中国有色金属》2015年第8期、《中国有色金属报》第3636期、《广投集团》2015年第2期）

“我要好好学习，将来到北京读书”

——中铝公司援助西藏先天性心脏病儿童抵京免费治疗记

作者（右）和向巴永措在天安门广场合影

10月9日晚上11点52分，K818次列车缓缓驶入北京站，历经近30个小时的旅途劳顿，4岁的向巴永措和11岁的扎西桑布终于来到只在书本上见过的北京。

“到了吗？到了吗？”从站台上走下来，梳有细长辫子和长着一双明亮眼眸的向巴永措急切地问着妈妈。而走在身旁的扎西桑布略显羞涩，藏在帽檐下的双眼注视着路旁的高楼大厦。

向巴永措和扎西桑布是中铝公司援助赴京接受免费手术救治的先天性心脏病儿童代表。

一个孩子，一个家庭

9月18日下午，位于西直门北大街的中铝大厦3003会议室里洋溢着浓浓温情，伴随着掌声和欢笑声，西藏自治区党委常委、昌都地委书记罗布顿珠一行来到中铝公司，感谢中铝公司长期以来对昌都地区的无私援助，并向中铝公司领导介绍了昌都地区的经济发展情况和目前存在的困难。

自2004年以来，中铝公司就开始对口支援西藏昌都地区察雅县，先后投入援藏资金9327万元，建设重点项目51个，双向干部交流挂职9名，建成了8所完全小学、村级教学点和幼儿园，使108户农牧民实现了居有定所，为改善民生、促进当地社会稳定和经济发展作出了积极贡献。

正如中铝公司总经理、党组书记熊维平所说："'让藏区人民过得更好'是中铝公司24万员工的共同心愿。"

当得知察雅县有部分先天性心脏病患儿因家庭贫困无法治疗时，中铝公司党组决定对他们进行援助。

"他小时候经常感冒、发烧。"扎西桑布的父亲格桑洛珠告诉记者，自己一家住在察雅县烟多镇埃巴村，家里有11口人，以种青稞为生，每年靠打零工挣上三四千元维持生计。而手术治疗先天性心脏病，至少要七八万元，这对于他们一家来说是天文数字。扎西桑布的病，多年来只能选择打针、吃药。

"小孩的病拖了五六年，一直是我们一家的心病。这几年，我们一家都在为这件事东奔西走，在我们无奈之际，中铝公司帮我们解决了这个大问题。"格桑洛珠异常激动，"真没想到，前几天我们还在想着怎么给小孩治病，现在却来到北京了，感觉像做梦一样。"

随同来京的察雅县卫生服务中心副院长四郎旺堆告诉记者，先天性心脏病在婴幼儿中患病率很高，昌都地区每年有不少新增患儿，只要及时手术，80%以上可以治愈，但由于手术难度大、医疗费用高，偏远地区患儿得不到及时救治，给患者家庭带来了沉重的经济压力和精神负担。

手术治疗风险高，为何还选择先天性心脏病患儿进行救助？"履行社会责任是国家、全民赋予央企的使命和担当，虽然先天性心脏病治疗风险高，但是由于治疗费用巨大，会使普通家庭因病致贫或因病返贫，治好一个孩子，就挽救了一个家庭。"中铝公司援藏干部、察雅县委副书记刘军向记者陈述了中铝公司领导对此事的看法。

一份责任，一片蓝天

按照治疗日程，向巴永措和扎西桑布要在北京海军总医院做手术前的一系列身体检查。

10月10日上午，在海军总医院候诊大厅，记者见到了格桑洛珠，他告诉记者："扎西桑布一两岁时就经常感冒、咳嗽，由于医疗条件的限制，乡里的医生每次检查都说是肺炎，一般只是打点滴、吃药。直到2007年6月，打完点滴后桑布还是反复发烧、咳嗽、呕吐。后来到察雅县卫生服务中心检查时，发现患有先天性心脏病。可是手术费要七八万元，我们家实在支付不起。”

记者仔细打量了站在身旁的扎西桑布，身子瘦弱的他比其他同龄小孩明显要矮小一些。

而出生于察雅县卡贡乡卡贡村的向巴永措也遭遇了和扎西桑布同样的经历。2011年9月，发烧、咳嗽不止的她在昌都地区人民医院被确诊患有先天性心脏病。

记者了解到，当地农牧民对手术的不理解，是耽误治疗的关键因素之一。四郎旺堆说：“我们那里的一些农牧民不愿意在身体上动刀子，一般生病了都是吃吃药、打打针而已。”身为医生的四郎旺堆脸上写满了无奈，他顿了顿，继续说道，“直到今年9月，他们（患儿的父母）得知中铝公司出资让小孩到北京接受治疗，他们才愿意让小孩做手术。”

据刘军介绍，西藏察雅县是中铝公司对口援藏地，除选拔优秀干部到西藏开展技术、项目建设、文化等援助工作外，中铝公司全力参与推动当地的社会经济发展，得到当地农牧民的认可。“公司出资建成了吉塘镇西西村安居工程示范点等8个新农村、察雅县两所敬老院，修建了县自来水厂、广播电视中心、老干部活动中心、农牧民科技培训中心、农业示范园、职工周转房等，产生了良好的社会效益。”

“在我们那里，人人都知道中铝公司安排我们的小孩到北京治病，我很放心，我相信你们。”向巴永措的妈妈加央卓嘎说。

一种使命，一个希望

10月18日下午，带着中铝公司总经理、党组书记熊维平的殷切重托，公司人力资源部主任刘建平来到海军总医院看望慰问向巴永措和扎西桑布，给他们送去了慰问品。

“你上学了吗？上几年级了？在学校还好吗？”在海军总医院心脏中心病房里，刘建平关切地询问向巴永措和扎西桑布的入学情况。

羞涩的向巴永措和扎西桑布在父母的鼓励下，用藏语表达了来到美丽北京的喜悦和对中铝的感激之情。

从援藏的第一天起，中铝公司就明确了援藏的目的不止于“输血”，更要“造血”。

既要完善察雅县的硬件，建好中小学、安居工程等基础设施，让当地农牧民过上新生活；还要为当地群众解决长远的发展问题，借助产业援建，让察雅插上腾飞的翅膀。记者了解到，中铝公司在援藏工作中，坚持“输血”与“造血”结合，扶持察雅县发展基础设施与公益事业、医疗卫生事业、特色产业等，促进农牧业经济结构调整，着力解决制约察雅教育事业发展的瓶颈问题。

援藏干部刘军介绍说，孩子是未来的希望。公司援藏工作注重教育帮扶，先后投资1000多万元建成了香堆热孜完小等8所村级完小、教学点以及县幼儿园等。2009年7月，公司还设立了“中铝——格桑花”教育基金，120多名品学兼优、家境贫困的农牧民子女获得资助。

“我要好好学习，将来到北京读书。”扎西桑布简单的言语里，透露出了他对北京的眷恋。

（原载于2012年12月24日《中国铝业报》，
此文获第二十七届中国产经新闻奖三等奖。）

陇穷村的春天

——中国铝业广西分公司积极履行社会责任帮扶助困纪实

三月的陇穷，在蒙蒙细雨中，显得格外寂静。

3月24日，记者踏上了广西百色革命老区这片红土地，满山的青草，满树的桃花充盈着记者的眼睛。位于广西田东县南部大石山区的作登瑶族乡陇穷村，在春雨的滋润中，孕育着希望……

延续的嘱托与关怀

陇穷村有7个自然屯185户759人，耕地面积218亩，人均0.3亩，是田东县最贫困的瑶族聚居行政村之一。几年来，在党和国家的政策扶持以及广西壮族自治区各部门、各界爱心人士的关心帮助下，陇穷村的村民生活有所改善。

但是，极度恶劣的自然环境使陇穷村依然十分贫困，很多群众还住在木瓦旧房里。

2008年10月20日、2011年4月29日，中共中央政治局常委、第十一届全国人大常委会委员长吴邦国曾先后两次深入陇穷村调研，亲切看望和慰问村民。

今年2月20日晚，带着中铝公司党组书记、总经理熊维平的嘱托，中国铝业广西分公司总经理武建强来到陇穷村，走进村民的家中，了解他们的生活情况。

“家里有几口人？每年种的玉米够不够吃？”在村民谢志根家里，武建强和村民们亲切地交谈。

当了解到很多家庭年人均纯收入仅2000多元，孩子小学没毕业就被迫外出打工时，武建强深情地对大家说：“要是想外出务工的话就到我们平果铝来吧！”

2月21日上午，在百色市田东县新一轮扶贫开发攻坚战项目启动仪式上，武建强表态：投资340万元，帮助陇穷村改造59户农户危房；为陇穷村富余劳动力提供劳务用工机会，增加村民收入；对陇穷村考上大中专院校的学生进行每年3000元到5000元的奖励，并优先安排陇穷村大学毕业生就业。

“你们是我们的恩人，我们以后的日子就幸福了。”生活在陇穷村大半辈子的村民黄荣官眼里闪着泪花，激动地说。

村里来的“专家”

3月7日晚上8点，陇穷村陇弄屯万籁俱寂，平果铝扶贫工作组的同志还在商量着小村的发展。

“我们来陇穷村已有一个多星期了，对陇穷村的发展方向和未来如何帮扶，大家说说各自的看法吧。”扶贫工作组组长刘云发提议。

“陇穷村自然条件恶劣，靠种植农作物是无法满足村民需要的，我们应想办法让更多的年轻人从大石山区走出来。”工作组成员欧健话音未落，组员杨才强就接过话茬说：“我们可以为陇穷村富余青壮年劳动力提供劳务用工机会，使他们获得长期稳定的收入。”

2月27日15点30分，扶贫工作组来到陇穷村，开始了一个月的扶贫前期调研工作。

进驻陇穷村后，工作组成员们不辞辛劳，翻山越岭，在崎岖不平的山路上奔走，走村串户采集农户信息。

“他们不仅在陇外、陇弄、陇板等7个自然屯间收集信息，指导村民种植农作物，还来到学校，与我们老师、学生交流，了解学校存在的困难和问题。工作组成员杨才强还教学生们画画。”作登瑶族乡穗工陇穷同心小学教师韦文勇说。提到调研的经历，杨才强感慨道：“走村串户对我们来说，虽然很艰苦，但是也只有这样才能让农民朋友说出掏心窝子的话，我们也才能获得可靠、有效的第一手资料。”

榜样的力量

3月2日，细雨绵绵，春寒料峭。中国铝业广西分公司“郭明义爱心团队”

团员青年分队一行13人在该公司党委工作部副主任、团委书记张亚东的带领下，来到陇穷村开展捐资助教、家电维修等志愿者服务活动。

“师傅，我家的电饭煲坏了，您给瞧瞧。”陇穷屯村民谢元政将一个电饭煲递给广西分公司物流中心车务段综合班机车检修工盘国安。

记者看到，在体检台前，前来测血压和身高体重的学生排起了长龙。当得知同心小学目前有130多名学生住校，其中最小的才4岁时，分队成员韦燕飞医生哽咽道：“和这些小朋友比起来，才知道我们的孩子有多么的幸福。”

同心小学教师周小月告诉记者，此次活动给学生们起到了言传身教的作用。“我要向叔叔阿姨们学习，向张玉玲姐姐学习，将来做一个对社会有用的人。”一位刚体检完的学生告诉记者，“吴邦国委员长曾给我们学校的学生张玉玲回信，希望老区人民的日子一年比一年过得好，老区的孩子个个都有出息。”

活动当天，“郭明义爱心团队”共送出了价值3000余元的文体用品和1000余元的板蓝根、藿香正气水等日常药品。修复学校电脑5台，修复电视机、电磁炉、电饭锅等家用电器20余件，为30多名学生及周边村民免费理了发。

希望在路上

“阮秀来同学，今天我代表公司领导班子来看望你，同时给你带来两个好消息：一是从今年开始，我们公司每年将会给你发放助学金5000元，直到毕业；二是在你毕业时，如果你愿意，欢迎成为中国铝业广西分公司的员工。”

3月15日下午，中国铝业广西分公司党委副书记、纪委书记、工会主席李兵一行五人来到广西工学院看望了陇穷村目前唯一一名在校本科生阮秀来，给她送去了温暖和关怀。

阮秀来告诉记者，她至今依然心潮澎湃，做梦都没想到有人在学业上资助自己，对国有企业积极履行社会责任由衷地钦佩。她表示，用功读书，学好专业知识，感恩广西分公司的关爱，回报社会。

定点扶贫工作领导小组清楚地认识到，扶贫先扶智，帮困先育人。在陇穷村，绝大多数的小孩小学未毕业就被迫到广东打工，甚至有些学生被学校录取了，最终却因为家境贫寒，放弃学业外出打工，谢英明就是其中的一个。

谢英明来自陇穷村陇穷屯，2011年9月考上百色商校，今年年初因家庭困难被迫辍学外出打工。

知道广西分公司对陇穷村开展捐资助学后，她欣喜若狂，当天就辞职回陇穷村，办理了返校的证明手续。据了解，自3月12日中国铝业广西分公司党委工作部发出资助陇穷村捐款倡议后，来自该公司25个单位、部室6022人（含每月仅几百元收入的临时工）献出了自己的爱心，捐款共计46万余元。该分公司党委书记刘永刚告诉记者，目前，第一批15万元爱心教育助学基金已经送到陇穷村，将用于奖励优秀生、补贴特困生、奖励优秀教师等。

返程途中，记者看到，陇穷村的田野上，村民们往来穿梭，挑着农家肥，犁着田耕着地，到处是一片繁忙的景象。远处的山上，繁花似锦，草木青葱。充满希望的春天，悄然而至。

（原载于2012年4月7日《中国铝业报》）

吃掉赤泥　吐出“真金”

——中国铝业山东分公司赤泥综合利用工作纪实

在日前举行的中铝公司社会责任工作会议上，中国铝业山东分公司的《赤泥综合利用，企业持续发展》社会责任案例被评为中铝公司社会责任实践优秀案例。

近日，记者来到中国铝业山东分公司，了解了该公司开展赤泥综合利用的历程。

赤泥堆积如山耗资数亿

8月14日上午，记者在中国铝业山东分公司矿业公司副经理孙运德的带领下，来到该公司氧化铝赤泥第一堆场坝底。

抬头仰望，堆积如山的赤泥坝甚为壮观。

孙运德向记者介绍，第一堆场已于2002年停止使用，坝高70余米，占地面积45万平方米，相当于60个标准足球场的面积，堆赤泥2500万立方米，若摊薄成半米厚、5米宽的路有1万千米长！

“像这样的赤泥堆场，在山铝还有第二堆场、第三堆场。第二堆场1999年投用，占地 30 万平方米，设计堆放能力 1661 万立方米，目前已经堆放 1266 万立方米；第三堆场 2007 年年初启用，设计容量 800 万立方米，目前已堆放 350 万立方米。”一旁的党委宣传部干事韩小红补充说道。

“为什么要将赤泥堆放着呢？没有其他用处吗？”记者问到。

“来这里参观的人经常问起这个问题，”孙运德说，“赤泥是氧化铝生产过程中产生的废弃物，烧结法每生产 1 吨氧化铝约产生赤泥 1.5 吨，拜耳法赤泥产出率 1 ~ 1.6 吨。堪称世界性环保难题。”

据中国资源综合利用协会副秘书长王书文介绍，由于缺乏赤泥大宗利用的经济可行技术，我国赤泥的综合利用率一直处于较低水平，仅为 4% 左右，远低于全国工业固体废物 65% 的平均利用水平，造成我国赤泥大量堆存。目前，我国赤泥累计堆存量约 2 亿吨，预计到 2015 年，累计堆存量将达 3.5 亿吨。赤泥大量堆存不仅占用土地，浪费资源，而且还带来环境污染和安全隐患。

随着企业的不断发展，氧化铝产能逐年增加，赤泥堆场堆积的速度也逐年加快。记者了解到，山东分公司第一堆场用了 50 年。而第二堆场、第三堆场预计只能用 15 年左右。赤泥堆积，不仅要防止附液可能渗透到地下，也要防止出现坍塌。孙运德告诉记者，山东分公司进行堆场地基处理和防渗处理，投资巨大，规模较小的第二堆场、第三堆场处理费用就达 1.24 亿元和 1.46 亿元，赤泥堆存耗费资金累计数亿元。

综合利用变“废”为“宝”

该公司总经理王再云告诉记者：“中铝山东企业一直追求企业可持续发展的目标，本着‘化害为利，变废为宝’的循环经济发展模式，将赤泥变废为宝，再次利用，减少对社会和生态环境的危害，为企业创造新的利润增长点。”

据了解，早在 1958 年，该公司就利用赤泥湿法生产水泥，累计消化赤泥 800 多万吨。不仅如此，该公司还利用赤泥成功研制了赤泥硅钙肥、赤泥流态砂、镇静钢浇铸保护渣、塑料填料等多种产品。

“山铝牌水泥，以质量稳定、早期强度高、凝结时间适中、抗硫酸盐侵蚀性强、抗冻融性能及抗渗性好等特性，成功用于中国南极长城科学考察站、北京中华世纪坛等项目。”谈及中铝山东企业开展赤泥综合利用的历史，王再云异常激动。

下午 1 点 30 分，记者来到该公司赤泥综合利用产业园区分砂选铁项目现场。

在分砂选铁车间，孙运德告诉记者，分砂选铁项目于2011年9月投产，项目总投资6800余万元。投产至今，已生产合格产品11万吨。

孙运德指引记者来到用赤泥生产的铁粉堆前，随手抓起一把，告诉记者："这些赤泥如果不加工处理，每吨要花堆存费50元。我们经过选铁工序，把它们加工成含铁量近50%的铁粉，每吨可卖200多元，经济效益和环境效益都很好。"

除提取铁粉外，该公司还成功研发出用赤泥生产脱硫剂，建成年产脱硫剂30万吨生产线；开展赤泥路基示范研究，消耗烧结法赤泥3万余吨；利用赤泥自主开发生产出硅钙板，建成年产15000立方米的硅酸钙绝热制品生产线等。

2010年，该公司减排尾矿40万吨以上，实现销售收入0.8亿元；2011年减排尾矿70万吨以上，实现销售收入1.6亿元，实现了经济效益和社会效益的同步增长，达到了环境友好和绿色发展的目标。

只走"循"常路

中铝山东企业开展赤泥综合利用工作，并非一帆风顺。山东铝业公司党委书记尹雪春告诉记者，赤泥能否大规模利用，政府对科研成果的认可是关键。

以赤泥烧砖为例，中铝山东企业十几年前就做过相关实验。若建一条年产8000万块标砖的生产线，年可消化赤泥6万吨，而且单砖成本比黏土砖更低。但赤泥砖要取得市场认可，还需取得政府部门的许可。

"多年以来，我们坚持走'化害为利、变废为宝'的循环经济发展道路，在赤泥综合利用工作上，我们从未停歇。"尹雪春说，自20世纪80年代以来，中铝山东企业先后承担与赤泥有关的国家科技支撑计划3项、国家863计划1项，研究开发赤泥综合利用新产品、新技术20余项，并逐步获得政府的认可。

2010年4月，国家工信部在中铝山东企业召开全国氧化铝赤泥综合利用技术现场交流会，20余所高等院校和科研院所及近百家企业共200多人参加会议，学习、推广企业的赤泥综合利用技术。据尹雪春介绍，该公司下一步将以科技项目为依托，将中铝山东企业赤泥综合利用产业园建设成为国家级赤泥综合利用示范基地。经过3年到5年时间，实现赤泥综合利用率20%以上，争取10年内，基本实现氧化铝赤泥"零排放"。

（原载于2012年8月22日《中国铝业报》）

"我们可以住进新房过年了!"

——平果铝帮扶陇穷村工作侧记

1 月 22 日，小年前一天早晨 7 点，帮扶车队从平果铝出发，穿越田东大桥，在崎岖的山路上颠簸了两个小时。上午 9 点，一座宁静的瑶族小村落跃然眼前，一条干净的水泥路串起村里的家家户户。当天上午，作登瑶族乡陇穷村陇板屯 19 户村民在新房前迎接平果铝帮扶队伍的到来，整个村庄也透出浓浓的年味。

搬进新房迎新年

陇穷村有 7 个自然屯 185 户 759 人，人均耕地面积仅为 0.3 亩，是田东县最贫困的瑶族聚居行政村之一。2008 年 10 月 20 日、2011 年 4 月 29 日，中共中央政治局常委、十一届全国人大常委会委员长吴邦国曾先后两次深入陇穷村调研，亲切看望和慰问村民，村民的生活有所改善，但是极度恶劣的自然环境使陇穷村依然十分贫困，很多群众还住在木瓦房里。

按照中铝公司党组的嘱托，平果铝决定出资 340 万元帮助陇穷村 59 户农户进行危旧房改造。目前，陇板屯、陇敏屯第一批 19 户房改已经竣工，可以入住。

在地方干部的带领下，平果铝领导程运材、刘晓辉、李兵和公司总经理办公室、党委工作部、工会工作部等部门负责人来到陇板屯村民家中慰问。

"感谢平果铝对我们的帮助。"一进家门，朴实的村民就热情地端上自家酿的米酒，连声道谢。

今年 47 岁的村民谢才流就是受助者之一。"我们家六口人原先挤在十几平米的茅草房里，在平果铝的资助下，我们家建起了两层楼房，有 100 多平米，今年，可以住进新房过年了。"谢才流高兴地告诉记者。

记者看到，谢才流家客厅摆的电视机、冰柜等全都是新的，"平果铝除了资助我们建房，还带领我们种植火龙果、养殖竹鼠。如今，手里有钱了，我们也可以添置些家用电器了。"谢才流说，"以前单靠种植玉米，都不够一家人喝粥，现在有人带领我们致富，吃的都是大米饭了。"

授人以鱼，不如授人以渔。平果铝总经理程运材告诉记者，除了对陇穷村进行危旧房改造外，该公司扶贫工作组还指导村民种植火龙果，养殖竹鼠，设立教育扶贫基金等。目前，已建成22亩火龙果示范基地。今年，平果铝将加大建设力度，力争一两年内建成150亩火龙果基地，养殖竹鼠800只以上。

爱心帮扶读书梦圆

“教育扶贫才是根本的扶贫。”平果铝领导多次在帮扶会议上这样强调。

在该公司所在地平果县各乡镇村屯，处处可见平果铝援建的学校、交通道路、人畜饮水等公共扶贫项目。公司从1999年起每年拨款100万元（2009年起提高至130万元）建立扶贫基金，来建设这些项目。

对陇穷村的帮扶亦是如此。程运材告诉记者，早在2012年3月，该公司党委工作部发出为陇穷村捐款倡议后，公司广大干部员工纷纷献出爱心，捐款共计46万余元，其中很大一部分属于爱心教育扶贫基金。

平果铝规定，对陇穷村考上大中专院校的学生进行每年3000～5000元的奖励，并优先安排陇穷村大学毕业生就业。

此项工作使很多因家庭贫困辍学外出打工的学子重返课堂，圆了读书梦。

陇穷屯的谢英明就是受助者之一，谢英明2011年9月考上百色商校，因家庭贫困无法上学，前往广东打工，知道平果铝对陇穷村开展教育帮扶后，欣喜若狂，立即辞职回家，办理了返校的证明手续。

广西工学院财政经济系经济专业的阮秀来同学是陇穷村第一个在校本科生，2012年起，公司每年给其发放助学金5000元，为其打开了希望之门。阮秀来表示，平果铝不仅帮助家人建房，还给其发助学金，对国企积极履行社会责任由衷地钦佩，自己一定用功读书，感恩平果铝，回报社会。

和阮秀来一样，去年7月考上桂林师专的定向全科生罗圣升同样得到了平果铝的资助。在新房里，罗圣升握着程运材的手说：“感谢平果铝对我的帮助，我一定用功读书，将来回报平果铝。”程运材总经理轻轻拍打罗圣升的肩膀说道：“好好读书，学好本领了将来回到家乡，带领乡亲们脱贫致富。”

安排就业看到希望

为陇穷村民提供就业岗位，帮助村民走出困境，是平果铝帮扶工作之一。

在陇板屯，人人都知道阮小龙一家，用屯里人的话说，“他们家有两人在平果铝上班。”

22日上午9点30分，阮小龙一家早早就在门口等候公司领导的到来。

一进家门，程运材就高兴地指着阮小龙说：“我认识她，在平果铝宾馆开会时经常见到她。”

当得知阮小龙母亲也在公司氧化铝食堂上班时，程运材告诉随行人员，帮扶地方，要从改善住房条件、教育帮扶和安排就业等方面全方位救助，使陇穷村民早日脱困。

阮小龙一家有 3 口人，母亲在家务农，弟弟在田东实验高中读书，除种植玉米维持日常生活外，家庭无其他收入。平果铝领导得知情况后，安排阮小龙及其母亲到公司上班，每月增加 2000 多元的收入，一定程度上改善了家庭条件。

阮小龙说，平果铝除了援助建房外，还安排自己和妈妈到平果铝上班，给弟弟阮斌常发放助学金每年 1000 元，使贫困的家庭看到了一线希望。

阮小龙母亲告诉记者，平果铝的帮扶为其分担了很多家庭的压力，她将好好工作，回报平果铝对他们一家的恩情。

（此文发表于中国有色金属网）

从改革开放到现在，我国的国企改革经历了从扩权让利、承包经营到建立现代企业制度，经历了不断探索、不断深化改革的历程，走出了一条中国特色的成功之路。

第二篇　成功上市

IANGHAO YANGQI GUSHI　JIANGHAO YANGQI GUSHI　JIANGHAO YANGQI GUSHI

中铝国际成功上市系列报道之一

使命为天　奋发有为

编者按

2010年，中铝公司党组作出重大战略决策，将工程技术板块重组改制上市。接受任务的中铝国际干部员工，积极贯彻落实公司党组的决策部署，把重组改制上市作为崇高使命，以高昂的斗志、顽强的必胜信念，克服了各种困难，用实际行动践行了“使命为天、奋发有为，迎难而上、勇挑重担，百折不挠、永不放弃，任劳任怨、无私奉献”的“香山精神”。

从本期起，本报将陆续刊发中铝国际成功上市的系列报道，以飨读者。

今年7月6日，在香港联合交易所，一声锣响，标志着有着“中国有色工程技术第一股”之称的“中铝国际”开始在国际资本的舞台崭露头角。

为支撑中国铝业公司战略转型，加快发展工程技术板块，2010年3月，中铝公司党组作出决定：将工程技术板块改制上市。从此，中铝国际全体干部员工牢记使命，奋力攻坚，开始了艰苦的上市历程。中铝公司总经理、党组书记熊维平指出：“中铝国际在上市过程中体现出来的‘香山精神’，值得其他单位学习和借鉴。”

近日，记者深入中铝国际总部及实体企业采访，中铝国际重组、改制和上市的艰难、曲折历程，如同电影般回放，生动展示着“香山精神”的方方面面。

香山踏遍两春秋，
鬓发稀疏霜满头。
域外乌云滚滚来，
九州夜雨声声愁。

群仙携手连天浪，
众友相扶万里丘。
浊酒千樽难尽意，
笑吟几句酣高楼。

11月15日上午，在中铝国际办公楼一楼大厅，回想上市的艰辛历程，中铝国际总裁贺志辉用《路演偶感》一诗抒发了心情。

厚厚的会议纪要记录着在2010年3月5日中铝公司总经理办公会议上，中铝公司总经理、党组书记熊维平坚定的声音：“工程技术板块公司要在战略上积极创造条件，尽快实现重组上市。”

6月29日，中铝公司成立中铝国际上市工作机构，正式启动香山项目。上市领导小组组长由中铝公司党组成员、副总经理，中铝国际董事长张程忠担任。

“这事谁干谁才知道有多不容易。”中铝国际副总经理吴跃武告诉记者，中铝国际上市要经历资产重组、股份制改造和上市发行三个阶段，其中资产重组是基础，必须先完成它才能进行后面的工作。“中铝国际十多家企业中，都是国有老企业，部分企业存在产权关系错综复杂、职工持股、关联交易、同业竞争、土地房产权属不清等一系列问题，仅权证不全的土地就有190多宗。”

说话间他把两个手掌上下拉开约两尺距离，告诉记者如果那些权证堆放起来得有多高。两尺的距离，却让中铝国际上市办的工作人员走了整整9个月的时间，困难之大可想而知。

他们遇到的第一个困难就是各下属企业领导班子对资产重组的重要性认识不够。

“张程忠董事长多次在会议上强调，要求我们必须坚决贯彻落实中铝公司党组的决策部署，克服困难，把改制上市作为崇高的使命，坚决完成任务。”吴跃武翻开记有上市工作各种会议纪要的本子给记者看。他继续说道，“针对这个问题，我们前后召开了十几次视频会议，向各企业领导班子讲述资产重组的意义和重要性，以及上市对工程板块的发展和给各企业带来的好处等。”

去年3月22日，刚从外地出差回到北京的贺志辉，得知下属一家企业的一个机械厂房产权属变更手续尚未办理，此时离“3·31”节点时间仅剩一周时间，此项工作办理不好将影响到整个上市时间表。

“当天下午，贺志辉就带着上市办的几位同志赶往这家企业，督促其加快房产权属变更工作。经过一个多小时的交流，企业领导班子认识到了资产重组工作的重要性和紧迫性，立刻安排人员加班加点赶进度。贺志辉也没顾得上吃晚饭，当即赶往机场返回北京。”中铝国际企业管理部总经理陆钦芳向记者介绍。

“这是党组交给我们的政治任务，是一个崇高的使命，我们必须完成，而且要很好地完成。”回想“香山项目”成功的艰难历程，贺志辉坚定地说。

（原载于2012年11月28日《中国铝业报》）

中铝国际成功上市系列报道之二

迎难而上　勇挑重担

中铝国际的上市历经重组、改制和发行上市“三部曲”，其过程可谓一波三折。

至今，回想起上市的艰苦历程，上市办公室的成员们仍记忆犹新。

打通“绿色通道”

据中铝国际财务总监王军介绍，中铝国际要上市必须对所有资产进行重组和改制，而中铝国际下属十几家企业中，绝大部分企业没有土地证和房产证，要上市，就得重新补办。

“要在短时间内补办土地证、房产证相当困难，涉及当地的国土、规划、城建、房管等十几个部门，办一个证最少也要两三个月。”

沈阳铝镁设计研究院有限公司副总经理曲蕾告诉记者，为了满足资产重组的进度要求，沈阳院仅用了一个月的时间，就办完了几十份证件的所有手续。这，不能不说是一个奇迹。

“起初遇到的困难是地方政府对企业的部分资产变更不认可，很大程度上影响了资产重组的办理速度。那段时间，乐维宁总经理带着我们几乎是天天待在政府办公楼里，向市领导、局领导作解释，寻求帮助。”回想资产重组工作的艰难历程，曲蕾感慨地说。

“沈阳院是央企驻沈重要科研院所，要从实际出发，请速提出意见，报市政府定。”2011 年 3 月 2 日，沈阳市政府一纸批文，给了沈阳院资产重组变更的“尚方宝剑”。相关部门纷纷开通了“绿色通道”，加快了资产变更手续的办理速度。

谈到办理资产重组手续，六冶公司企管部主任孙逢运有同样的感受。他说，政府有固定的审批流程，所有工作都得按程序走，仅土地证就涉及国土局、房管局等十几个部门，而一个部门的审批往往需要 20 天左右。但是，中铝国际上市的时间点卡得很紧，要完成任务，就必须打破常规。“那几个月，我们天天都在地方政府‘上班’，跑各个部门争取拿到各种资产重组变更手续。”孙逢运略有停顿，笑着说道，“由于经常往政府办公大楼跑，门卫错把我们当成了政府工作人员，每次见到我们都主动打起招呼了。”

与时间赛跑

重组改制工作的完成，仅仅是“香山项目”上市工作的第一步。

王军告诉记者：“中铝国际上市的成功，源于每个时间点的任务都能按时完成。”

一天有几个小时？一个月有多少天？这些三岁小孩都能回答的问题，在中铝国际上市工作办公室成员的眼里，却有不同的理解。

“我们每天都跟时间赛跑，希望一天有三十个小时、四十个小时，一个月有四十天、五十天。”

和时间赛跑，赛出了一个又一个奇迹。“小改制”完成后不到半个月的时间，他们就获得了国资委《关于中国铝业公司工程技术板块重组改制并境外上市的批复》，创造了央企改制方案国资委审批速度的最快记录；2011 年 6 月 30 日，获得国资委《关于中铝国际工程股份有限公司（筹）国有股权管理有关问题的批复》和《关于设立中铝国际工程股份有限公司的批复》两个重要的批准文件；同日，中铝国际工程股份有限公司在国家工商管理总局完成了登记注册。

一天之内，完成了三项重要任务，创造了上市公司外部审批的又一奇迹……11 月 16 日上午，王军向记者介绍了创造这些奇迹的中铝国际“香山速度”。

“上百亿的项目，至少要 3 个月才能审批完。”回想起审批部门领导说的话，王军认为，如此快的、不敢想象的“香山速度”完全是被时间紧、任务重逼出来的。

6 月 30 日是改制工作时间表上的最后一天，必须完成工商注册。一大早，王军就率上市办的李刚、杨云山赶往国资委等候批复文件。同一时间，上市办公室陆钦芳、王惠和律师团队也在前往国家工商总局办公楼的路上。

“为了尽早完成项目审批工作，我们打破常规，把本该先后完成的工作同时进行，赢取时间。”

说起项目审批工作，王军脸上透露出几分得意，“下午 3 点，我们拿到了国资委产权局的批文，立即赶往国家工商总局。到达时已是将近下午 5 点。由于事先已约定，国家工商总局的工作人员为我们加了半小时的班，正式受理中铝国际有限责任公司整体变更为股份有限公司的注册登记，使我们把握住了 6 月 30 日设立公司的关键时间节点。”

这仅仅是上市工作小组成员们与时间赛跑的一个例子。无论是土地房产权属的变更，还是股份公司的设立，或者是香港联交所的聆讯，他们都在关键节点如期完成任务，为项目的上市赢取了宝贵的时间。

初“考”失利

按照计划，中铝国际“香山项目”原应在2012年3月31日上市。

可成功与失败往往就是一步之遥。3月31日，如期上市的计划没能实现。

“当时我们所有前期工作都做完了，大家都认为2012年3月31日是上市最佳的时间点，当时的资本市场在22000点，我们的基石投资者预计购买5亿美元左右。但是，当我们满怀希望地递交上市申请书时，香港联交所审查后严肃通知我们，一个项目需要解除，否则，只能失之交臂……”

3月3日深夜，在香港中金公司，王军一行得知，如果中铝国际能够得到某个项目的担保，3月31日上市的可能性还有。于是，王军几人匆匆飞回北京。

而此时，在北京香山脚下中铝国际总部办公楼里，中铝公司党组成员、副总经理、中铝国际董事长张程忠，中铝国际总裁贺志辉、副总裁吴跃武等人正焦急地等待着他们。

两队人马会面时已是3月4日凌晨3点多，经过近一个小时的商讨，大家得出结论，“3月31日中铝国际香山项目上市的可能性没有了。”

那一夜，他们就在办公室和衣而卧；那一夜，所有人都怀揣着焦虑和不安……

3月5日上午，张程忠率上市办的成员来到中铝公司总经理、党组书记熊维平的办公室，汇报了香山项目的工作进展，“中铝国际的管理层在这过程中付出了很多，他们都很努力，基础工作做得很扎实，香山项目不能如期上市，工作没有做好，责任在我……”沉重的话语透出几分哽咽。

听完汇报，熊维平总经理没有责备他们，他平和地说，“‘3·31时点’未能按期上市未必是坏事，我们需要冷静思考下一步的工作，你们前期工作做得很扎实，我们还有机会，认真地把下一阶段的工作做好，希望你们处理好生产经营和上市工作的关系，争取三季度上市。”

当天下午3点，中铝国际召开全体员工会议，传达了熊维平的讲话精神，并针对“3·31时点”的问题进行全面梳理，迅速提出了解决方案，发起了新一轮的进击。

（原载于2012年12月1日《中国铝业报》）

中铝国际成功上市系列报道之三

百折不挠　永不放弃

2011 年 6 月 1 日上午 7 时许，阳光透过窗户的缝隙照进中铝大厦 16 层中国铝业财务部的办公区，在这里连续奋战了十几个小时的中铝国际财务部总经理廖梁进和她的团队成员，伸了伸懒腰，相互击掌庆贺“香山项目”关联方往来清收对账工作的完成。

这是中铝国际上市过程中一个普通的工作场景。像这样的场景，无论是在招股说明书编写，还是在寻找投资者过程中，都体现了中铝国际员工坚忍不拔、持之以恒的必胜信念。12 月 2 日，记者来到中铝国际，了解了这些动人故事。

“PBC 编完没？”成口头禅

“那是一个特殊的日子。”廖梁进说这话时脸上露出复杂的表情，“那一天是儿童节，我没能陪小孩过，现在回想依然感到遗憾。但是，那一天，我们初步完成了中介机构提出的审计要求，现在想来仍很开心。”

廖梁进告诉记者，审计报告是“香山项目”上市的一个重要材料，只有完成了审计工作，中铝国际才能向国资委递交资产评估报告。

“由于中铝国际会计主体众多，含各单位和项目部多达一百多个，每个会计主体每个时点的各种表格多达几百张。”廖梁进递给记者一份数据说道，“那段时间，我们都在忙着 PBC（审计准备表）的编写工作，财务部的成员每天见面相互间打招呼都是‘PBC 编完没？’”

记者粗略浏览了手中的数据，上面详细记录着“香山项目”审计工作进程：2010 年 3 月 31 日完成转让所持有中铝国际 5% 的股权基准日的审计评估工作；2010 年 6 月 30 日完成小改制审计、基准日评估工作……

每个企业上市都需要做那么多的审计项目吗？中铝国际“香山项目”的审计工作与其他单位上市项目的审计工作有何区别？

对于记者的疑问，廖梁进解释说，一般企业的审计工作一年做一次，只需两三个月就能完成，而中铝国际“香山项目”却做了十几次，几乎每个月都在做，这和中铝国际成员企业部分资产权属关系复杂有关。

十几次的审计工作中，令廖梁进最难忘的要数2011年5月份的关联方往来清收对账工作。

“我们财务部20多人花了一年多时间配合中介机构开展项目审计工作，当我们满怀信心递交审计报告初稿时，却遭到中介机构相关人员当头一棒，说项目关联方往来清收工作尚未核对清楚，需要重新核对。”5月13日晚，接到中介机构电话时，廖梁进正在贵州都匀公路项目现场调研，她连夜赶回北京，组织财务部的同事开展对账工作。

这一干就是18天。

然而，连续18天从未在凌晨1点前回家的对账工作队员们，没来得及好好休息，又接受了更艰巨的任务。

按照工作进度，中介机构要求“香山项目”项目审计工作要在2011年6月1日前完成。

5月31日，廖梁进、杨云山一行4人带着厚厚的账单，来到中铝公司总部，与中国铝业财务部相关人员进行了项目审计前期工作的最后冲击。

这一夜，他们彻夜未眠。也就出现了本文开头的一幕。

“谌教授”头发白了

递交A1申请书有多难?

“谌启明教授自打参与编写招股说明书后，头发都变白了。”中铝国际企管部总经理陆钦芳用形象的例子向记者描述递交A1申请书的艰难。

陆钦芳告诉记者，中铝国际上市办的成员从未接触招股说明书的编写，起初说明书是由中介机构编写的，但是由于中介机构对中铝国际业务结构和发展历程缺乏了解，前三份招股说明书不符合中铝国际经营实际。2011年7月15日，中铝国际上市办团队决定自己编写招股说明书。

当天，以上市办业务组和财务组组成的编写招股说明书团队迅速成立，开始了长达5个月的艰难摸索。

信心满满的陆钦芳一行，连续十几天超负荷的工作后，终于完成了第一份招股说明书。

“我们没有想到，第一次提交说明书就被中介机构退回来了。”陆钦芳略带羞涩地说道，“由于我们在对企业的业绩进行描述时多次使用‘唯一’、‘第一’等词，导致中介机构提出异议，让我们提供相关证据。”

参与编写招股说明书的谌启明告诉记者，“香山项目”招股说明书涉及96个名词解释，编写组成员查阅了《稀有金属与硬质合金》杂志、知网等国内学术论文期刊、网站等，找到了近200份相关证据，前后修改了三四次，直到2012

年2月份才初步完成了招股说明书的编写。

一切准备就绪，正当上市办成员准备递交A1申请表时，投资银行的律师提出，中铝国际的一个海外合同存在履约风险，拒绝出具法律意见书，联交所也因此没接受“香山项目”的聆讯请求。

看到希望之际，上市办成员又遇到新的难题。

一路艰难险阻，一路披荆斩棘。是放弃还是继续前行？

上市办团队选择了后者，在和中介机构相关专家、律师商讨后，2012年5月8日，吴跃武带队前往合同合作者单位进行协调，并得到了中铝公司总部的支持。

2012年5月31日，在上市办团队前后15次回复香港联交所反馈意见后，中铝国际H股发行上市正式通过联交所聆讯。

漫漫投资推介路

“寻找投资者的工作是最难的。”

几天的采访中，这是记者听到最多的一句话。

2012年1月12日上午，中铝国际高管贺志辉、吴跃武、王军一行和企业管理部副总经理李刚叩开了香港汇坤投资公司的大门，拉开了中铝国际“香山项目”投资者见面会的序幕。

“12号那天，见完第4家投资公司时已是下午6点，我们和荐商简单吃饭后在宾馆召开了投资分析会，总结当天我们和投资者见面的情况，并安排后面的工作”。王军向记者介绍，“13号到19号，我们又往返于香港、北京会见了多家投资公司的负责人。”说话间，王军从桌上拿起一本笔记本，翻开给记者看。

“13日，香港，会见4家；14日至16日，北京，会见8家；19日，香港，会见2家……”简单的记录，却饱含上市办团队的艰辛。

“一周里，我们不断往返于北京和香港，密集地会见投资者，以半小时到一小时为时点，见完一个公司的负责人，立即赶往下一个公司。”说到这，王军指着身后书架上一个照片架，继续说道，“这是我女儿，那段时间我经常是十天半个月才能见她一次。”

然而，上市办团队的艰辛付出，并没有换来丰硕成果。

王军告诉记者，第一轮投资者见面一周后，结果出乎他们的意料，投资者热情不高，只有极少数商家愿意投资“香山项目”，上市办团队第一次遇到挫折。

经过商讨，上市办团队决定把工作转向产业链上的投资者，前往云南、西安、江西和上海等地，开始密集地会见投资者。

2012年3月2日，前后辗转十几个城市，拜访两百多家投资者后，上市办团队终于筹到了“香山项目”5亿多美元的订单，为“3·31时点”打好了基础。

“我们辛辛苦苦换来的喜悦，仅维持了两个月。”王军告诉记者，由于一个项目合同节外生枝导致A1申请表没能按时递交，“3·31时点”没能赶上，很多投资者也因此选择了放弃投资。到5月份时，订单直降到7500万美元，刚刚尝到甜头的上市办团队又一次遇到挫折。

困难面前，上市办团队没有退缩，他们打起精神又继续往返北京、香港等地寻找投资者，向他们推荐公司的投资价值，介绍公司业绩、勾画公司的未来……

（原载于2012年12月5日《中国铝业报》）

中铝国际成功上市系列报道之四

任劳任怨　无私奉献

7月18日上午，在中铝国际办公楼403会议室里，企业管理部员工王惠从中铝国际领导手中接过“中铝国际上市工作优秀员工”荣誉证书，高兴地让同事帮她拍照，保存这珍贵的瞬间。像王惠一样获得表彰奖励的还有其他9位同事，他们是为中铝国际成功上市工作作出贡献的干部员工代表。

12月5日上午，记者第四次来到中铝国际办公楼，了解了中铝国际干部员工为“香山项目”任劳任怨、无私奉献的感人事迹。

善于学习的“优秀员工”

“虽然是我个人得奖，但是这是大家共同努力的结果，这份荣誉属于整个团队。”提到获得“优秀员工”奖，王惠显得很平淡，就像她的工作一样，平淡而繁杂。

已有四年法律事务工作经验的王惠，2011年3月来到中铝国际企业管理部从事“香山项目”的法律事务工作。

“虽然以前我在律师事务所工作了三年，可是，那时处理的案件与工程关系不大，三年里只接触过一个工程设计纠纷案件，从来没有经历过上市法律事务。”王惠告诉记者，来到中铝国际后，她接触到了很多新的内容。

同样是法律事务，上市工作法律事务却涉及验资报告、股东大会决议、工程合同审查、境外法律意见书等内容，这些都是王惠以前没有接触过的，一切只能从零开始。

“您是如何克服这些困难的呢?”

“就拿工商变更手续这件事来说。”对于记者的疑问，王惠没有直接回答，而向记者介绍了一次工作经历。

按照计划，中铝国际要在2011年6月30日之前完成由有限责任公司整体变更为股份有限公司。

“刚开始我先上国家工商总局的网站查看了工商变更手续办理需要提交的材料，下载相关表格后，按照工商总局的要求对表格进行了填写。”王惠拿起手中的笔记本，作表格状，继续说道，“可是，第一次填写表格时，还是有很多栏不知道该怎么填写，我就拿着没有填完的表格跑到国家工商总局，向工作人员请教。”

几天后，王惠带着重新填好的表格材料第二次来到国家工商总局，事情却没有她想象得那么顺利。

“以为按照他们的要求填好就行了，没想到，第二次还是有很多地方不符合要求。”王惠面带微笑，有些不好意思，“直到6月30日那一天，我们才找全了相关材料，与上市办领导、投行工作人员、律师等人第三次来到国家工商总局递交工商变更材料。”

然而，这一次，他们依然没能通过，国家工商总局提出验资报告不符合要求。“这一天是进度表里最后一天期限，我们必须在这天完成。”王惠说，“为了赶时间，我们就在工商总局的大厅用笔记本电脑修改了相关内容，并在工商总局附近的文印室里重新打印，等到我们再次递交时已到总局下班时间，由于事先已约定，总局工作人员为我们加了半小时班，正式受理工商变更注册登记。”

喜欢挑战的“联络员”

“凡事都争取在第一时间完成。”这是记者在中铝国际 ALCASA 项目部员工马韶竹 QQ 签名上看到的一句话。

2010年10月9日，接到调令，马韶竹只身从山西赶到天津晋铝建总部工作；10月22日，又被调到北京参加中铝国际“香山项目”工作。

“喜欢新的环境，喜欢新的挑战。”当被问及如此频繁调动是否影响工作和生活时，马韶竹这样回答记者。

22日中午，刚下火车的马韶竹带着行李箱来到上市办报到，立即接受了工作任务，拨通了一家成员单位的电话，开始了她在香山项目的“联络员”工作。

“我喜欢把每天的工作进行排序，并按照规定的时间严格执行。”马韶竹说着打开电脑，指着其中一个名为“个人日报”的文件夹给记者看。

记者随意打开其中一个文件，是2011年6月2日的日志，显示了晋铝建重组改制工作进展、守法证明统计表和业务资质统计表三大项，共32个小项，分别有红色、黄色等不同颜色。

“我用不同的颜色表示工作的紧急程度或者完成进展。”

马韶竹认为，她是上市办与成员企业沟通、协调的“联络员”，起到上传下达的作用。

“我是从晋铝建来的，主要负责与晋铝建联系工作，很多时候任务很急，我知道在规定的时间里是很难完成的，幸好，晋铝建的领导比较支持，都想办法完成了任务。”马韶竹告诉记者，晋铝建领导说过，中铝国际上市工作的进程绝不能因为晋铝建受到影响。

感到压力的同时，这句话也一直在鞭策着她努力工作。

2012年初，上市办要求晋铝建春节前完成一项工作任务。此时离春节仅有几天时间，晋铝建接到任务后，在山西河津加班加点准备相关材料，然后送到运城，再从运城运到北京，材料到达北京时已是大年三十。马韶竹从北京首都国际机场拿回材料，交给领导审核过关后才匆匆赶回山西过年。

“这次上市工作，最大的收获是学到了很多新的知识。”

马韶竹坦言，刚到上市办时，自己对无偿划转、剥离、职工股收购等内容一窍不通，为了使工作顺利开展，她利用下班时间，在办公室里研究中介机构提供的操作指引，遇到不懂的内容用红笔圈下来，第二天上班时向中介机构的老师请教。“最重要的不是我们做了什么，而是我们学到了什么。”

就是这种勤奋好学、严谨细致的工作态度，让马韶竹一次次圆满完成任务，赢得了领导和同事的好评。

“企业好了，才有个人的幸福”

采访华春梅时，已是第二次见她。此前采访中铝国际负责人时，他们曾多次提到她，她就是因“3·31时点”失败而大哭的女员工之一。

落座后，华春梅就对记者说，“中铝国际上市经历重组、改制和上市三个过程，其中每个过程都与财务息息相关。”

华春梅是山东铝业工程有限公司的员工，2010年9月，调到中铝国际上市办工作，协助上市办财务组组长杨云山开展审计、报表统计等工作。

和马韶竹一样，刚开始华春梅的角色是“联络员”，工作上也遇到了同样的困难。“上市办要求的任务要转达给企业，并和企业沟通争取在规定的时间内完成，这是一件很困难的事。”华春梅继续说道，“就拿土地、房屋权属变更这件事来说，基层企业要和地方政府十几个部门协调解决，不是一天两天就能完成的事，而上市办的时间进度又很紧，我只能隔三差五地催企业领导尽快处理，通过电话、QQ 留言等方式想尽办法完成任务。”

“最放不下的是小孩。”提到远离家人，只身来到北京工作时，华春梅告诉记者，女儿今年 8 岁，由公公婆婆带着，在山东上小学。

“有一次，学校组织感恩教育，要求每个小孩当着爸爸或妈妈的面说感恩的话，可是……”说到动情处，华春梅眼里噙着泪水，她轻声说道，“当时我在北京，孩子她爸也出差，只能让公公代我们去，而其他孩子都是父母去的。”

每次遇到这种情况，爱人总是打电话问她，“什么时候能回山东?”她说：“快了，快了。”而这样的回答她已经说了十几次。

“因为工作，亏欠了家人，您觉得遗憾吗?”

面对记者的提问，华春梅抬起头，坚定地说，“我是企业的一名员工，是中铝国际这个大家庭里的一员，只有企业好了，才会有个人的幸福生活。”

“工作没做完，饭吃不好，觉也睡不着。”

电脑桌面上的个性时钟第三次跳出提醒休息的提示，时间指在凌晨 1 点，忙碌了一天的中铝国际总裁办公室员工岳佳简单整理桌上的材料后，关上办公室的灯，斜靠在椅子上，和衣而卧……

这是记者听岳佳回忆上市工作经历时脑海里闪现的一个工作场景。

12 月 5 日上午，记者来到中铝国际总裁办公室，首先映入眼帘的是堆在每个人案头的一摞摞文件和他们在座位上忙碌的身影。

“总裁办是一个服务部门，每天要接听大量的电话，不停地收发传真，传递文件，起草各种文案，火急火燎地签字、盖章、发文，迎来送往，要热情周到地安排好各种来访者的接待。”岳佳告诉记者，总裁办的工作既是脑力劳动，又是体力劳动。“今年 3 月份，‘香山项目’证监会首日提问时，我跟着司机从早上 5 点多开始接机，在首都机场、公司和会议地点之间往返了十几趟，送走最后一位客人已是晚上 11 点多，根本没时间吃饭，只能在等客人的间隙用饼干充饥。”

“这仅仅是其中一小部分的工作。”岳佳告诉记者，随着上市工作的进展，外部审批事项和寻找投资者的任务十分艰巨，中铝国际领导和上市办的同志忙得不可开交，成员企业来总部办事、中介机构进驻工作、有投资意向的单位造访，昔日宽敞的办公楼变得拥挤、繁忙。

“总裁办是支持保障部门，我们做的都是具体事务，每天的工作量比往常多好几倍，每个人就像陀螺一样转。”岳佳笑着说。为了做好“香山项目”的服务工作，保持“人员随叫随到，物资即需即供”，从2011年12月29日起，中铝国际总裁办实行值班制度，周一至周五每天下班后延长三个半小时的工作时间，周六、周日全天不休，协助中铝国际领导和上市办加班处理各种事项。

谈到值班，岳佳说：“开始大家也叫苦，但是确实有那么多事情需要做，领导带头，大家也理解了。”

“回想起来，很多事情还挺有意义、挺有价值的，辛苦也是值得的。”岳佳接着说。

由于时常工作到很晚，岳佳有时索性不回家了，心疼儿子的父母便频繁地打电话询问，偶尔还会打给总裁办负责人“核实情况”。岳佳说道：“每次加班时，挺想父母的，还是家里舒适，但是，工作摆在那里，完不成就回家，饭吃不香，觉也睡不稳。”

中铝国际上市成功了，上市办也解散了，总裁办的值班制度却延续到现在。每天，岳佳和他的同事们继续值班，为中铝国际、为成员企业、为项目部做着一些事情。

（原载于2012年12月8日《中国铝业报》）

中国非铝有色金属巨舰驶入资本市场

——中铝矿业国际在香港主板成功上市

中国非铝有色金属巨舰——中铝矿业国际有限公司（中铝矿业）1月31日在香港联合交易所挂牌上市，正式踏上香港资本市场舞台，揭开中铝公司发展历程上的新篇章。此次上市发行股本达17亿股，为中铝矿业集资约4亿美元以上，主要用于开发位于秘鲁的Toromocho（特罗莫克）铜矿及业务拓展。中铝矿业的成功上市，标志着中资企业再一次成功走向国际资本市场，推动中国企业在国际舞台赢得更多话语权。

五年磨砺登陆资本市场

1月31日早晨，香港联交所如常开市。中央政府驻香港特别行政区官员、国内外大公司、相关机构40余位嘉宾齐聚在这里，共同见证中铝矿业的成功上市。

上午9点30分，中铝矿业鸣锣上市，联交所内响起了经久不息的掌声和欢呼声。这是继中国铝业2001年在香港、纽约两地上市和2007年成功回归A股、中铝国际2012年进入香港资本市场后，中铝公司迈向全球资源及资本市场的又一重要里程碑。

中铝公司总经理、党组书记、中铝矿业国际董事长熊维平致辞，对香港和内地监管部门的大力支持，对各中介机构的共同努力，对各界投资者的认同及鼎力支持表示感谢，并介绍了中铝公司的发展战略和目标。他说，近年来中铝公司着眼于综合性国际化矿业公司的战略转型，立足国内，面向海外，积极整合国内资源，加快开拓全球业务以及广泛的产品组合，在国内外有色金属行业中建立了很高的知名度和影响力。目前，中铝已形成板块协同发展的良好局面，并在此基础上确立了优先发展铜的发展战略，计划用10年左右的时间，通过参与全球资源重组和海外投资，打造最具成长性的世界一流矿业公司，综合实力进入世界矿业公司前5名。中铝矿业作为中铝海外业务拓展的核心平台，相信会凭借香港这一国际化的融资平台，更快更好地发展。中铝矿业执行董事兼行政总裁彭怀生表示，中铝矿业将借助中铝在营销网络、诸多战略合作伙伴、品牌优势、技术及管理经验以及与各国政府关系密切等优势，获取协调效应，在致力发展现有业务的基础上，继续物色合适的矿产资源进行并购。与此同时，将可持续发展、“做优秀企业公民”作为中铝矿业的重点发展战略，不仅将在特罗莫克项目的建设和生产阶段继续践行国际安全、环保和社会责任标准，更要关怀当地社区、拓展员工福利及创造并提升股东利益。

据了解，中铝矿业是中铝公司在境外实施铜等非铝有色金属上游产业的融资、开发建设和生产运营（不包括独立勘探）的核心平台。目前，中铝矿业主要开发的特罗莫克铜矿拥有铜当量金属资源约1200万吨，为全球拟开发建设的特大型铜矿之一，其铜资源相当于我国铜资源总量的19%。

从收购加拿大秘鲁铜业公司股份，拥有特罗莫克铜矿开发经营权，到获准开工，中铝矿业用五年多的时间，其在环境保护、劳务用工、社会责任方面的突出表现赢得了当地政府和民众的肯定，项目预计于今年第四季度投产。中铝矿业在决定进入资本市场后，先后获得国资委等部委的审批，据实答复通过了香港联交所的多轮聆讯，在资本市场持续低迷的形势下，如期在香港联交所主板实现成功上市，成功驶入资本市场。中铝矿业的成功上市，不仅为当前低迷的资本市场带来了新的活力，也极大提振了国内有色金属行业的信心。尤其在当前持续的国际金融市场动荡、欧债危机、股市低迷、许多新股搁浅上市、投资者观望气氛浓厚的背景下，中铝矿业以较高超额认购比例成功上市，不仅体现了中铝公司近年来坚定战略转型的步伐，更体现了当前资本市场对于中铝矿业综合实力和今后发展预期的高度认可，成为当前资本市场最值得称道的上市之作。

此次中铝矿业发行的股票数额占公司总股本约15%；集资总额达4亿美元以上，当中所得款项净额约30%用于资助特罗莫克项目的投产与达产；约30%用于优化资本结构，包括偿还所欠大股东的贷款；约30%用于有选择地收购及发展合适的非铝有色采矿项目；另外，约10%用作营运资金及其他一般企业用途。

危机中转型积极“走出去”

进入2013年，国内外经济形势依然复杂严峻，而中铝公司在经历2008年国际金融危机劫难后，浴火重生，开展全方位深度结构调整，取得了积极成效。今年首月，在中铝国际上市半年后，中铝公司又一板块业务中铝矿业成功跨入资本市场，在香港联交所上市，交出了一份满意的答卷。

鲜亮成绩的背后，是中铝公司全方位深度结构调整和战略转型带来的脱胎换骨的变化。

“一条铝走到黑。”2009年中铝公司年中工作会上，熊维平指出：“不是我们以前干得不好，也不是我们不努力，主要是因为在金融危机这种极端的情况下，检验出我们以铝为主的产业结构太单一了。”

这次工作会确定了中铝公司贯彻落实科学发展观，转变经济发展方式的战略思路，开启了由单一的铝业公司向综合类矿业公司转型的征程。

在随后的一场声势浩大的结构调整工作中，中铝公司淘汰了落后产能，转移了高耗能产能，投资向资源领域和资源能源富集的西部地区倾斜；加强矿产资源勘探，进军煤炭和发电产业，启动了一批煤电铝一体化项目和用新技术装配的低碳项目；加强在矿产资源领域的整合与合作，积极参与国内外资源的勘察、投资与开发。由此，中铝公司从原来单一的铝板块变成了铝、铜、稀土、工程技术、海外投资等九大板块，具备了综合矿业公司的架构。

加强国内企业结构调整的同时，中铝公司也加大了“走出去”的步伐。“目前，中国铝土矿的对外依存度已达60%，铜精矿超过80%，铁矿石则达到65%。无论是从国家经济安全出发，还是从自身发展期望来看，‘走出去’都是中铝必须的选择。”熊维平表示。

然而，“走出去”并没那么容易。有资料显示，世界前五大生产商控制了铝土矿54%的资源量，高于欧佩克组织对于石油供应的控制力度，但五家企业中没有一家中国企业。更严峻的事实是，中国用只占全球2.3%的铝土矿资源，支撑着占全球40%以上的铝产品生产。未来一旦出现市场逆转，中国铝工业或许会重蹈铁矿石高价覆辙。

基于国家和企业发展的神圣使命，中铝公司迈出向海外拓展的步伐。2007年7月，中铝公司收购了加拿大秘鲁铜业公司以及特罗莫克铜矿的开发权；2008年收购了力拓在英国上市公司12%的股份，成为力拓集团单一最大股东；2010年与力拓集团签署成立合资公司协议，联合开发拥有约50亿吨世界级优质铁矿的几内亚西芒杜项目；2011年收购老挝矿产资源公司60%的股权，获得3亿吨铝土矿开发权。熊维平说：“中铝通过国际化经营和矿产资源的全球化配置，向资源、能源丰富和市场更集中的国家和地区转移我们的技术和产能，将使中铝海外资产、海外销售收入、海外利润的比重越来越大。”

特罗莫克圆中铝巨舰梦

2011年7月26日，中铝秘鲁矿业公司（MCP）从秘鲁的能源与矿业部正式获得特罗莫克铜矿项目主体工程的施工许可，于当年8月全面开工建设。至此，历经整整4年的特罗莫克铜矿项目终于取得实质性的进展。

“优化发展铝，优先发展铜，整合发展稀有稀土，跨越式发展煤炭和铁矿石，积极发展工程技术，选择性发展新兴产业，确保国防军工和国家重大科技工程材料供应，加快推进海外开发，拓展全球贸易。”这是中铝公司确定的中长期发展战略。

2007年7月，中铝公司与加拿大秘鲁铜业公司签署协议，收购了该公司以及特罗莫克铜矿的开发权，成为中铝公司贯彻落实党中央“走出去”战略的又一次成功实践。

有消息指出，该矿的开发不但能够有效缓解未来中国经济发展对自然资源巨大需求的紧缺状况，而且对于加强我国战略资源铜精矿储备，摆脱西方矿业巨头制约我国经济发展的局面，具有十分重要的意义。

据了解，加拿大秘鲁铜业公司在加拿大、美国和秘鲁三地上市。

该公司通过与秘鲁政府所属一家国有公司签署的期权协议，在秘鲁拥有特罗莫克铜矿的开发选择权。中铝公司收购完成后于2008年5月顺利行权，至此，中铝完全拥有该矿的永久开采权。该铜矿拥有当量金属资源1200万吨，服务年限为36年，是我国在秘鲁最大的矿业投资项目，也是全球拟开发建设的特大型铜矿之一。

此外，该矿的开发和建设具有重要的国际战略意义，有利于维护我国与拉美地区国家的良好关系，促进未来中国在拉美地区进一步开展经济项目合作。特罗莫克铜矿项目建成后，可使秘鲁铜产品出口量增长25%，为秘鲁提供大量的就业机会。

在秘鲁特罗莫克铜矿项目推进中，中铝公司始终如一地秉承企业与原住居民荣辱与共的理念，模范地履行国际企业公民的义务。从关注原住居民的生活安居到治理美化开采矿区环境，公司致力于确保资源开发中最大限度地惠泽当地社区和原住居民，促进秘鲁当地的经济、文化和社会可持续发展。

践行承诺海内外获赞誉

“你在别的国家，一定要比在自己国家做得更好，才有可能在那里取得成功。秘鲁这个项目尚未开工，中铝就花了5000多万美元，解决了当地居民住宅、饮用水、排污等问题，并顺利通过了环评，赢得了当地政府、老百姓和舆论的支持。”熊维平说，树立中国企业的良好形象，也是外方看好的合作基础。

据了解，秘鲁特罗莫克铜矿所在地胡宁大区瑶粟省亚乌利地区境内有一条金斯米尔隧道，是原CerrodePaso矿业公司于1929年至1934年修建的，用于排放其他矿山在生产过程中产生的废水，亚乌利河因此受到了污染。该隧道排放污水已有近80年的历史，直接对亚乌利河及曼塔罗河构成污染。曼塔罗盆地超过90万居民的日常生活及农牧业生产长年受到污水影响。治理金斯米尔隧道已经成为当地居民多年来的迫切期望。中铝公司接管特罗莫克铜矿项目后，秉承做优秀企业公民的理念，努力寻求与企业所在社区的和谐发展。“中铝公司在特罗莫克铜矿尚未开工建设之前，就决定先建设金斯米尔污水处理厂，从根本上解决金斯米尔隧道造成的水污染问题。”中铝公司相关人士介绍说，2008年，金斯米尔水处理厂正式开工修建。2010年4月，金斯米尔水处理厂竣工。目前，金斯米尔水处理厂已投入使用，解决了困扰当地居民长达近80年的污水问题。

据中铝特罗莫克铜矿项目负责人介绍，金斯米尔水处理厂不仅改善了当地生活及生产用水水质，还促进了当地居民就业。

中铝公司相关部门负责人告诉记者，特罗莫克铜矿所在的莫洛科查镇是传统矿区，居民主要是周边矿山的工人和家属，具有脏、乱、差的典型老矿区特征。莫洛科查镇的多数市民目前都是租房居住。长期居住在围绕着矿区混乱搭建起来的棚户内，破败拥挤不堪。加之当地海拔较高，生活条件恶劣，交通状况落后，饮用水供给困难，居民生存环境相当差。矿区居民生存安居的妥善解决，成为困扰当地政府和开发企业的难题。

为切实解决长期困扰莫洛科查镇居民的安居问题，真正践行在获得自身发展的同时，提高项目所在社区的经济进步和居民的生活水平，中铝公司积极开展调研和策划，会同协商秘鲁政府和莫洛科查镇政府，同时积极听取和咨询该镇社区居民意见，综合多方意见最终研究决定实施搬迁安居工程方案，搬迁方案获得绝大多数当地居民的认可和赞同。

截至2012年年底，特罗莫克项目建设按计划推进，设备采购基本完成。新镇建设已全部完成，已有92%居民选房，绝大多数居民对新镇表示满意并同意搬迁，并有超过75%的居民完成了搬迁，各项辅助配套工程的立项工作顺利推进。

（原载于2013年2月2日《中国铝业报》）

企业要想在激烈的市场竞争中求生存、求发展，成本成为竞争的重要因素，谁能掌握成本优势，谁就具备第一竞争力。因此，企业必须眼睛向内，深挖内潜，走成本精细化管理之路。

第三篇　降本增效

IANGHAO YANGQI GUSHI　JIANGHAO YANGQI GUSHI　JIANGHAO YANGQI GUSHI

[**摘要**] 2013 年以来，广西华银铝业有限公司进一步强化基础管理，在各分厂开展班组建设竞赛活动，不断为班组这一企业“细胞”生长创造环境、输送营养，充分激活“细胞”的能量，员工综合素质和班组管理水平得到明显改善，促进了该公司整体发展和业绩水平不断提升。

激活“细胞”添活力

——广西华银铝业有限公司狠抓班组建设提升全员素质侧记

7 月 16 日上午，广西华银铝业有限公司氧化铝厂第二季度班组建设竞赛活动总结表彰会在该厂办公楼三楼会议室举行，沉降车间甲班值班长唐超从氧化铝厂厂长程好德手中接过“优秀班长”奖金信封，这是唐超第二次获得“优秀班长”荣誉称号。

去年年初，该公司总经理、党委副书记刘永刚在基层调研时，发现车间班组员工工作状态不佳，班组管理工作存在诸多不足，决定以开展班组建设竞赛活动为载体，着力建设一支纪律严明、素质过硬的员工队伍。

一年多来，该公司先后制定了涵盖基础工作、安全生产、设备管理、生产管理、绩效管理、现场“7S”与可视化管理、班长素质、学习与培训、文化建设等 9 个方面的班组建设竞赛活动内容和相应的考核评分办法，截至今年 7 月份，共有 12 个单位，237 个班组，389 名班组长，2869 名员工参与了班组建设竞赛活动。

“家”文化进班组

今年 1 月份，在该公司年度班组建设竞赛活动表彰会上，刘永刚总经理强调，各单位要从班组建设 9 个方面的内容要求，抓好班组建设日常考核评比工作。

走进该公司各班组，设计新颖的班组建设活动园地看板、催人奋进的班组口号、精心设计制作的班组“全家福”，清晰明了地记录着班组考核评比工作。

“黄正仰：质量是安全基础，安全为生产前提，疏忽一时，痛苦一世；李碧莲：粗心大意是事故的温床，马虎是安全航道的暗礁……”焙烧车间丁班的活动园地上，不仅有班组“全家福”和班组口号，还附上每一位班员的安全寄语，提示自己和同事注意安全。

该车间技术员韦东告诉记者，焙烧车间把“活动园地”看板作为班组建设的可视化内容之一，通过成立班组责任机构和责任人，展示班组“全家福”，提炼安全寄语等，在“家”的氛围下开展班组各项考核评比工作。

在丁班“活动园地”看板上，记者看到在值班长刘留的领导下，平盘班长莫忻健担任成本管理员，焙烧班长黄正仰担任绩效管理员，还有轮值安全员、设备管理员、技术质量员和工会小组长等。

“就拿轮值安全员来说，每个班员都有一次担任班组安全员的机会，通过让员工自己组织召开安全例会、学习安全生产知识等活动，充分发挥每个人的主动性、积极性，确保安全生产。”韦东打开电脑，指着“轮值安全员制度”页面向记者介绍轮值安全员的作用。

各管理员轮值期间，工作表现良好的，下月的绩效工资会得到适当增加。“我上个月当了轮值安全员，这个月就多拿了100多元的绩效工资。班员当班就拿主操的绩效，主操当班就拿班长的绩效，总之，担任安全员就可以拿到比自己多一级别的绩效工资。”焙烧车间乙班班员唐满高兴地在电话里告诉记者。

与此同时，该车间各班组每月都组织召开一次民主生活会，在工会小组长的带领下，集体讨论班组管理、安全生产等热点问题，传达学习公司各类重要文件精神，班组成员之间开展批评与自我批评，营造班组团结和谐的氛围。

在班组执行“现场‘7S’与可视化管理责任制”，通过检查监督、定期评比、自我整改等形式，将现场和设备的“三清两定”工作分解到责任人上，做到物品固定一个点摆放整齐，配件、工具一条线放置，环境卫生每天清扫不留死角。

员工技能“加油站”

每周的白班轮班会，该公司氧化铝厂溶出车间技术员黄庆欣都会出现在“现场管理”小组会上，与车间领导、班组长、员工一起参加班组“小课堂”的活动。

今年以来，该公司进一步加强员工技能的提升，将班组会作为员工素质提升的“加油站”，由相关负责人从工艺操作、设备管理、安全规范、现场管理等方面对员工进行交叉培训。

该公司班组建设竞赛活动文件规定，各班组每周白班后要利用一个小时组织员工学习。

生产现场工作繁杂、各班组工作、休息的时间各有不同，“学习时间难统一”成为各班组业务提升的“瓶颈”。

针对这一难题，该厂溶出车间采取“案例视频教学”和“现场疑难解析”的方式，开展班组“小课堂”活动，每月每季度进行不同内容的培训。

小组会上，由员工提出在工作中遇到的一些疑难，车间主任、班组长和技术员根据经验提出解决的办法。“起初有些班组不愿意提问题，看到其他班组提的问题得到解决后，大家都争先恐后提问。”

每季度初，各小组还将相对繁杂的难题，一时半会说不清楚的，把它做成课件，利用晚上休息的时间，在家制作成视频，利用合适的时间播放给大家看。

“以前，因为班次的不同，经常错过一些学习会，现在，技术员把课件做成视频后在班组里播放，我不用再担心落下课程了。”

在清理车间工艺车一班，车间兼职宣传员董志鸿指着班组园地向记者介绍该班组开展“小课堂”活动的情况。

安全日检表、安全讲话内容、公司内部情况通报……园地上贴满了工艺车一班日常学习的资料，“按照刘永刚总经理提出以‘四禁止’、‘四遵守’、‘三增长’为标准建设一支纪律严明、素质过硬的优秀职工队伍的要求，我们除了在班组会上组织员工学习技能知识，还利用工余时间，组织开展‘安全活动周’警示教育等不同形式的学习活动。”董志鸿说。

各有奇招带好徒

“火车跑得快，全靠车头带”，该公司要求，各分厂的班组建设工作，要在2013年的基础上，再培养和造就一批业务精、会管理的班组长。

在该公司氧化铝厂溶出车间、动力厂造气车间等车间各班组，记者发现，每个班组都按照安全生产、设备管理、绩效管理、现场“7S”与可视化管理、学习与培训等九大方面的班组建设竞赛活动内容给班组、班员进行打分，评选出“优秀班组”和“优秀班组长”。

在班组，如何调动每个员工的工作积极性，实现全员素质提升的目标是每个班组长首先要解决的问题。

农钜磊告诉记者，班长不仅要自己会干活，还要想办法把自己的技能传授给班员，“只有大家都好，才是真的好”。

“农班长在司炉工作方面很有经验，在我们班算是资历最老的，很多班长都是他带出来的。”司炉三班班长陆舜告诉记者，他就是农钜磊带出来的。

在带徒方面，农钜磊采取“个别带整体”的方式，即先教会个别积极肯干的员工，再由这些员工带动整个班组员工业务技能的水平。

在现场“7S”与可视化管理方面，农钜磊尝试着下放权力给组长，让他们自由带队管理。

“农班长喜欢创新，‘班员 NBA 选秀’就是其中之一。”陆舜说，在班组管理中，农钜磊放权给各小组长自己选班员，一定程度上巩固了小组长的领导地位，也增进了小组的团队协作能力。

对于“班员 NBA 选秀”的管理方式，造气车间司炉一班值班长苏秀锋持不同看法，他认为这种管理方式容易使班员“拉帮结派”，员工素质优劣分配不均。

在小组组员的安排上，苏秀锋会将素质高低不同的员工进行组合，让水平高的员工带动水平较差的员工，避免出现“差生班”。

管理方式各有千秋，业绩却同样优异。和农钜磊一样，苏秀锋也带出了不少好“徒弟”，造气车间一班副班长陈琦、四班值班长黄晓等班组长、罗鹏就是他带出来的。

“对别人来说苏班长毫无保留，他会把工作经验和管理经验都教给我们”罗鹏说，“过去的班组会，大家只是相互唠家常，做些感情上的交流，现在，在苏班长的影响下，班组会上聊的大多是生产、技术上的问题。”

（原载于《中国有色金属》2014 年第 19 期）

检修“铁军”成长记

——广西华银铝业有限公司检修厂管理创新工作纪实

近日，从广西华银铝业有限公司检修厂传来消息，该厂上半年共完成设备检修任务 3588 项，剔除非检修方因素后检修任务完成率为 100%，全厂有效总工时近 18 万个，平均有效工时利用率 98.73%。

取得如此骄人的业绩，该厂是怎样做到的？7 月 3 日，记者来到该厂一探究竟。

安全检修：给设备系上“安全带”

“您好，为了您的安全，请您向后退一退！”7 月 3 日上午 8 点 30 分，记者在该厂机修车间采访时，正在给污水泵泵壳修复螺纹的机床工刘文沛、梁杰勇提示记者注意安全。

该厂厂长李学军告诉记者，检修维护行业是安全的高发区，90% 的安全事故都发生在检修过程或者与检修相关的生产现场。

在该公司内网和内部刊物上，记者看到，该公司总经理、党委副书记刘永刚多次强调："安全是做好一切工作的前提，全体员工要牢记'规程是法，安全是天；生命至上，责任如山'的安全理念，管好自己的行为，只有每一个岗位都安全，才能确保公司生产经营安全稳定运行。"

早在去年 8 月下旬，该公司检修厂就组织全体员工进行了为期一个月的"安全大讨论"，通过对公司两起生产事故进行剖析，汲取教训，最终达成了三点共识：即全新怀疑的态度、认真执行的行为和做到"四不伤害"。

看着记者一脸狐疑，李学军解释说："检修之前首先要进行安全确认，抱着可能存在问题的全新怀疑态度，按照各种标准、规范、流程和要求认真执行每一个步骤，同时，还要做到不伤害自己，不伤害他人，不被他人伤害，监督他人不伤害他人。"

不仅如此，该厂还通过开展安全管理目标责任状签订、全员安全生产大讨论、全员危险源辨识、安全知识竞赛等活动，确保处处讲安全、人人懂安全。

一系列行之有效的措施，使该厂检修工作真正做到了"安全检修"，自去年以来，该厂安全事故大大降低，安全工作有序开展。

带好队伍：提升基础管理水平

良好的安全生产工作，缘于该厂拥有一支优秀的管理团队。

厂房干净整洁，备品备件整齐摆放，设备表面一尘不染，这是机修车间给记者的第一印象。

"以前可不是这样子"，该厂综合科副科长李利锋介绍说："过去，车间里各种物品随意摆放，设备总是油乎乎的，看不到设备本身颜色。直到去年，厂部开展现场'7S'和可视化管理后，车间才变得如此干净、有序。"

去年以来，该厂按照公司总经理刘永刚提出的"3-2-1"竞争力提升体系（"3"：建设好三支队伍，即干部队伍、党员队伍和员工队伍；"2"：培育管理和成本两大优势；"1"：争创国内一流企业），通过开展班组建设、技能比武、技术攻关、持续改进等工作，不断提升员工的综合素质。

6 月 12 日上午，该厂检修车间电焊工技术比武如期举行，180 余名员工通过理论考试和实际操作，竞技展示才能。

李利锋说，像这样的技能比武，该厂每年都举办一到两次。

此外，该厂还通过成立技术改进和技术攻关小组，将检修过程中遇到的难题列为攻关项目，由工程技术人员和员工组队攻关，让员工在项目的攻关中学到新知识、新技能，不断提升自身的技能水平。

在机修车间，焊工高级技师于毅向记者展示了专用工具的取合金方法，只见于毅在设备上动动按钮，简单敲敲打打，不到20分钟，合金就成功地取出了。

车间副主任谢领交说，此前，取合金都是靠人工用气割和立床将合金取出，一天只能取一个，不仅费时费力，还消耗不少氧气。为改善这一难题，今年3月，车间成立了技术攻关小组，利用液压的方式，仅半小时左右就成功地取出价值3500多元的合金，生产效率大幅度提高。

建好机制：员工主动找活干

过去，由于绩效考核体系存在不足，很多员工认为“活干多干少一个样”，遇到问题时，员工们常常是“能躲则躲”，实在“躲”不过就马虎应付了事，一件事情往往需要领导反复催促才能完成，完成结果还存在质量问题。

为改变这一状态，该公司出台了《加强班组建设竞赛活动考核方案》、《企业文化落地激励办法》、《提升基层党组织建设科学化水平、争当“四优”共产党员考核评价办法》等考核和激励方案，各分厂、车间也制订了适应本单位的考核评价标准。

在检修厂办公楼前，管理看板上的月度考核表引起了记者的注意，走近一看，发现包括厂长在内七八个人四月份考核分低于90分，分别被扣30至200元的绩效工资。

原来，今年4月份，该厂没有及时配备氧化铝厂五溶出安全阀，按照考核方案，相关责任人员要扣1～12分。

李学军说，除了每月的考核，年底时还要进行全员能力考试，题目由各岗位员工代表出题，目前，题库已有2000多道题，包括“7S”和可视化管理知识、CAD制图基础知识、安全管理、阀门修理等23类，“我们将考核结果与个人的评优、培训、绩效工资系数升降、岗位调整等挂钩，有效地调动了员工的积极性。”

去年，该厂检修车间一班班长孙江帆等5名员工因为在月度考核评比和年终能力考试中表现优异，绩效工资提高了0.03个系数。孙江帆说，开展月度考核评比和年终能力考试，一定程度上增强了员工的责任心和工作积极性，工作质量得到了进一步提高。

变废为宝：一年省出1000多万元

在检修厂，修旧利废是一项日常工作。

在该厂几个车间的周围，一排几百米长、四五米高的围栏格外引人注目，李利锋告诉记者，这是检修厂员工利用废旧管束做成的。

修旧利废，检修厂更注重的是“利废”。无论是沉淀设备上的润滑油，还是拼接皮带料头，该厂上下树立了“能省则省、能修则修，能更换不购买，能修复不弃用”的节约理念，创效明显。

在检修车间，所有的专用工具都是该车间各班组自行设计制作的，在该车间厂房门口，车间技术员黎发兴指着一排整齐摆放的设备告诉记者，过去，溶出隔膜泵动力端出现问题时，厂部都要请国外专家过来维修，不仅维修时间长、影响生产，而且费用很高，维修一次就需要 30 多万元。为节省这项检修费用，厂部决定派一个团队配合外国专家工作，熟悉检修过程后，该团队成功制作了溶出隔膜泵动力端曲轴检修专用工具，独立完成动力端检修工作。

尝到降本的甜头后，该车间进一步加大检修工具制作范围，从皮带敷设到沉降车间粗液泵叶轮拆卸，再到隔膜泵单项阀拆卸等，员工的成本意识、节约意识、勤俭意识和创新创效意识逐步提高。

今年上半年，该厂共修复各类旧件 521 件，其中安全阀 177 台、料浆阀 87 台、孔板法兰 129 片，各类电器元件 128 件，减掉耗材投入，修复金额为 700 多万元，为公司降本增效作出了贡献。

营造和谐：让员工感到温暖

3 月 6 日晚，该厂气排球比赛落下帷幕，电修车间队、检修车间队和机关队分别获得了前三名的好成绩。

李利锋说，为了丰富员工的业余生活，该厂经常组织开展这样的文娱活动。

而在过去，这类活动很少开展。李利锋告诉记者，前几年，企业刚进入正常的生产经营状态，企业主抓生产，很少组织员工开展文娱活动，加上员工大多数为 80 后的单身青年，下班后往往窝在宿舍里玩电脑游戏等，身心健康受到严重威胁。

“以前一起来的很多同学都纷纷离开了”，该厂检修车间六班副班长黄刚珠说。

为改变这一状况，该厂于去年 10 月份，成立了篮球、羽毛球、乒乓球、钓鱼、演讲书画等 8 个协会，通过协会活动的开展，丰富员工的业余生活。

“协会得到广大员工的认可，由于厂部经费有限，我们没有给各协会资金支持，只是搭建这个平台，让员工自己交活动经费开展活动。”即便如此，也影响不了员工加入协会的热情，截至目前，已经有 300 多名员工加入各个协会。

与此同时，该厂还结合生产经营实际，找准关爱员工的切入点，开展技术业务培训、能力培训、特种作业取证等，建设学习型车间、班组，开通职业晋升通道，创办厂刊等，形成了员工奉献企业，企业关爱员工的良性循环。

（此文发表于中国有色金属网）

打造电力“新一军”

——中铝兰州分公司自备电厂创新管理模式推动企业发展

作者在中铝兰州分公司

近日，中国铝业兰州分公司自备电厂项目档案顺利通过中铝总部专项验收，拉开了自备电厂项目整体验收序幕。该项目的顺利验收，为中铝公司今后电力项目建设及档案管理提供可借鉴的成功经验。

兰州分公司自备电厂是中铝公司所属企业第一家真正意义上的自备电厂，中铝公司总经理、党组书记熊维平在该厂考察时，对该公司人才队伍建设和管理创新等方面给予充分肯定，认为电厂是中铝电力单位培养技术人才的“黄埔军校”，电厂职工队伍是中铝电力队伍的“新一军”。兰州分公司自备电厂如何开展人才队伍建设？他们又是怎样创新管理模式，赢得“黄埔军校”美誉的？带着这些疑问，记者走进了中国铝业兰州分公司。

全员比肩齐练兵

伴着储煤场斗轮机的巨大轰鸣声，煤块在传输皮带上欢快地跳跃着，1 号、2 号锅炉间里散发的热量让人精神振奋，空冷岛边上的升压站外，两名检修工人站在高高的云梯上，顶着烈日，认真地检查着设备……

“兰铝自备电厂投产初期委托中电投运营公司管理，但刚开始投产试运行该公司解散，从各地调来的检修、生产人员对30万发电机组没有任何实际操作经验，使电厂的管理、运行、检修等工作遇到了巨大的挑战。”提到电厂自主管理初期的困难，兰州分公司总经理李宁向记者介绍了兰铝干部员工克服困难的“法宝”：“我们通过加强员工技能培训，推进企业文化的融合，实行关键岗位人员竞聘上岗等工作，使电厂在短短一年多时间内，打破了对别人的依赖，拥有了一支能打善战的队伍，成为名副其实的‘新一军’。”

发电部集控室里，几名员工正坐在集控系统前，认真地观看仪表盘上的数据。电厂副厂长陈文红向他们说明记者的来意后，一名女员工放下手中的记录本，起身向记者介绍电厂的情况。

她叫何雨芯，是兰州分公司派到兰州市电力学校学习的100名新员工之一，2008年从技校毕业后进入自备电厂工作。

“上班后，我才发现在学校里学的理论知识远远不够用，自己对现场很多生产细节不够了解。记得有一次，我在现场巡检，因为开不动高压管道阀门，不知道该怎么办，干脆坐在地上哭。后来公司开展了各种技能培训，部门也经常组织我们学习、考试，使我对电厂各项工作有了更深的了解，现在工作起来感觉得心应手，挺开心的。”何雨芯微笑着对记者说。

去年3月，兰州分公司启动了自备电厂关键岗位人员竞聘上岗工作，安全技术部、发电部、燃运部等部门副主任、值长等98名在编员工，通过自愿报名、专业理论考试等程序进行竞聘。安全技术部副主任张金刚就是通过竞聘走上此岗位的。

像张金刚这样，利用分公司的各种平台成长成才的还有很多，苏学峰就是其中一个。身为电厂专业工程技术员的苏学峰通过对工作中遇到的各种技术问题进行分类整理，输入电脑，制作成一套《运用微机填写标准电气操作票》软件，大大提高了电厂“两票”的工作效率，该软件2009年12月通过认可，获得国家专利。

设备巡检的“宝贝”

“岳值长，今天上午发电部集控副值班员刘发明发现5号联变电压互感器出现故障，经检修部到现场查看，确认故障原因，这是工作票，请值长审批。”“好的，在发电部隔离故障系统，作安全确认后，请你们尽快进入现场检修。”

这是记者在值长办公室看到的一个工作场景，陈文红告诉记者，安全是电厂的主流文化。今年以来，该厂进一步落实了安全责任制，持续改进HSE管理体系，完善安全措施和危险点分析，减少人为失误。

“这样一个故障需要如此繁琐的程序，会不会浪费时间呢?”面对记者的直言不讳，陈文红不紧不慢地回答，“在电力行业中，80%的事故都是因违反安全操作规程造成的，‘两票三制’就是在一次次血的教训中总结出来的一套规范的安全文化。‘两票’是工作票和操作票，‘三制’是指运行值班及交接班制、设备巡回检查制、设备定期试验轮换制。‘两票三制’在电厂的严格执行，确保了企业的安全生产。”

谈话中，记者发现陈文红手里一直握着一个小手电筒。“我每天都要对大小设备巡检一遍，确认设备是否安全。”陈文红看出记者的疑惑，补充说道，“它可是宝贝，我每天都随身携带它，很多设备的安全问题都是靠它来发现的。”

今年以来，该电厂严格按照兰州分公司《全面开展安全生产标准化建设工作的指导意见》，加强领导，广泛动员，全面推进安全生产标准化创建工作，促进自备电厂的安全运行。

向“思想”要效益

在自备电厂管理工作中，兰州分公司通过融合企业文化、狠抓煤炭监管等，促进管理的精细化和专业化，逐步构建了具有兰铝特色的电厂管理模式。

“投产初期，自备电厂的大多数职工来自电力行业，电力行业的高利润使他们容易忽略成本控制，再加上电力技术人员流动性极大，频繁跳槽，对企业正常生产造成影响。”提到电厂的管理，李宁认为融合企业文化，统一员工的思想是自备电厂强化管理的首要工作。

该公司还确定2011年为电厂制度建设年，组建团队对电力行业的制度进行分析，结合自身的特点，修订完善管理标准81项、岗位工作规范117个，完善了自备电厂管理体系，促进了经济技术指标的优化。“电力行业分工很细，与铝行业截然不同。但过细的分工使员工相应承担的责任较少，不易激发他们的奉献精神。”李宁说。

一系列的工作使电厂员工脱胎换骨，对基本的管理制度和兰铝文化有了深刻的认识，形成了你追我赶的工作氛围，铝电一体化优势逐渐发挥作用。

今年以来，发电设备平均利用1352.1小时，同比提高96小时；发电标煤能耗同比下降5.131克。该电厂的投产，使兰州分公司实现了真正意义上的铝电一体，成为中铝公司内部产业链较完善的企业之一。

（原载于2012年5月26日《中国铝业报》）

没有终点的长跑

——中国铝业兰州分公司降本增效侧记

年初以来，中国铝业兰州分公司积极行动，采取有效措施，降本增效，仅两套回转窑煅烧系统更换布袋每年就可节约成本50多万元，电解试验槽吨铝电耗降低1000千瓦时以上。3个多月以来，该公司的广大干部员工感受最多的就是“变化”。

“安全是最大的节约”

今年年初，中国铝业兰州分公司按照中铝总部《全面开展安全生产标准化建设工作的指导意见》，加强领导，广泛动员，全面推进安全生产标准化创建工作，在安全生产中实现降本增效。

“牢固树立安全第一的思想意识，高度关注企业各生产环节，把安全工作落实到各项工作中，统一了安全生产就是最大节约的思想认识。”在兰州分公司安全生产总结会上，该公司总经理李宁要求广大干部员工要注重安全生产，以生产的安全来促进降本增效。

在兰州分公司采访，给记者印象最深的是企业安全规章制度齐全完备。该公司生产运行部经理李臻介绍说，之所以把安全生产放在首位，一方面是安全生产管理体系建设的需要；另一方面是企业通过开展安全标准化建设，从思想上、行动上规范了每一位员工的行为，让每位员工在安全的各个领域都有章可循，让员工认真去学，认真去做，真正做到了安全生产不出事故，那才是最大的降本节支。

据了解，今年1~2月份，该公司开展了专项安全检查20余次，开展各种应急救援演练8次，参加人员800多人次，开展各类安全教育培训956人次。这些措施有效防范和遏制了生产事故的发生，实现了工亡事故、工伤事故、重大火灾、交通事故均为零的业绩。

给设备作“健康体检”

“随着公司装备水平的逐步升级，生产经营对设备可靠性的依赖程度明显提高，进一步加强设备管理，提高设备完好率和可靠性，对公司生产经营有着举足轻重的作用。”兰州分公司副总经理张得教向记者道出了该公司降本增效的第二个“法宝”。

该公司碳素厂焙烧作业区主管李勇刚看着今年2月份的生产报表，脸上露出了笑容。

采访中，记者了解到，该作业区今年年初以来，按照分公司的整体要求，加大了设备整治力度，减少因设备因素造成的停机次数。

通过完善点检定修管理网络，明确点检站和点检员岗位职责，编写相关标准和技术规程等，对设备进行“健康体检”，最大限度地做好对重大设备缺陷的管理和对设备隐患进行及时有效的缺陷消除与隐患排查工作，提高了设备的完好率和可开动率。

此外，该公司还围绕设备管理，开展了各种设备管理知识培训，提高设备管理和点检定修人员的知识素养和管理水平。同时，进一步完善了设备管理考核制度，加大对设备管理人员、点检员的考核力度，促进设备管理规范化、制度化、标准化。

张得教认为，虽然对设备“健康体检”费时、费力，但是保证了运行设备的满负荷高效运转，达到了降低电耗、汽耗和生产成本的目的。

创新，节能降耗的“香饽饽”

进行科技创新，优化技术指标，开展科研成果和产业化的推广应用，是兰州分公司节能降耗的“香饽饽”。

该公司碳素厂通过对回转窑煅烧系统冷却机烟气进行工艺优化处理，取消回转窑系统冷却高温煅烧焦烟气处理的布袋除尘系统，将冷却烟气直接引回沉降室处理，使整个回转窑煅烧工艺控制及煅烧带温度控制更加平稳，有效提高了煅烧焦合格率及窑内层寿命，彻底解决冷却机外排烟气环境污染问题。仅以每台布袋除尘器每年更换布袋计算，正常生产时每台回转窑布袋除尘器每年需要彻底更换布袋2.5次，每次更换的布袋数量768条，每条布袋费用150元，两套回转窑煅烧系统更换布袋每年可节约成本50多万元。同时，该公司两个电解厂成功应用新型阴极结构铝电解槽节能技术，在保持电解槽稳定和能量平衡的同时，降低了极距和电解槽能耗，提高了能量利用率。目前，试验槽运行稳定，运行工作电压3.75伏，吨铝电耗降低1000千瓦时以上，大大降低了生产成本。

（原载于2012年3月21日《中国铝业报》）

领导访谈要求记者具备良好的心理素质和综合素质，既要把对方当作普通采访对象，又要把他当作特殊采访对象，要事先想好问的话题，想好共同关心的、采访对象感兴趣的话题。

第四篇　领导访谈

JIANGHAO YANGQI GUSHI JIANGHAO YANGQI GUSHI JIANGHAO YANGQI GUSHI

迎难而上 再造辉煌

——访全国人大代表、中铝抚顺铝业有限公司总经理田福泉

记者：您好，据我了解，包括今年，您参加了五次全国人大代表会议，今年您递交了什么意见和建议？

田福泉：此次我递交了关于继续推进解决厂办大集体、加大对资源枯竭型城市发展支持力度等4条意见和建议。作为一名人大代表，关注百姓需求、反映民生问题是我义不容辞的责任。每年两会前，我都会花大量时间了解职工、了解百姓最关注的问题。

记者：您参加这次会议有什么感受？温家宝总理作的工作报告中什么内容让您感受最深？

田福泉：温总理的报告求真务实、重点突出、主线明确，分析问题深入、客观，是一个振奋人心的报告。我感觉报告内容有三个亮点：一是更突出协调发展；二是更加突出抓改革，强调用改革解决发展中遇到的矛盾和问题；三是惠民工作更加突出，强调促进和谐稳定。温总理在报告中指出，今年是“十二五”时期承前启后的重要一年，要深入贯彻落实科学发展观，坚持稳中求进，继续处理好保持经济平稳较快发展、调整经济结构和管理通胀预期的关系，加快推进经济发展方式转变和经济结构调整；要以更大的决心和气力推进改革开放，着力解决影响经济长期健康发展的体制性、结构性矛盾，在一些重点领域和关键环节取得新突破；要正确处理改革、发展、稳定三者关系，积极有效化解各种矛盾和风险隐患，防止局部性问题演变成全局性问题，促进社会和谐稳定。

记者：结合温总理工作报告，您对贯彻落实中铝公司2012年工作会议精神和抚顺铝业有限公司未来的发展有什么思考？

田福泉：中铝公司这几年按照熊维平总经理的思路，通过实施战略转型，已由单一的专业化铝业公司发展成为经营铝、铜、稀有稀土、煤炭、铁矿石五大品种和九大板块的综合性矿业公司。资金投向、企业布局等方面都和国家政策导向一致，有很强的前瞻性和预见性，这更加坚定了我们落实中铝战略部署的决心和信心。

这几年，抚顺铝业在中铝公司党组的坚强领导下，按照总部控亏增盈、结构

调整和战略转型的部署安排，工作取得了较好业绩，特别是大用户直购电在抚铝率先实现，解决了因电价过高影响企业发展的难题，为抚顺铝业的生存和发展奠定了基础。按照中铝总部的整体部署，今年，抚顺铝业将着重从创新企业管理思路、打破员工思维定式、深入凝聚抚铝精神入手，进一步解放思想，转变观念和工作作风；进一步强调领导干部的表率和旗帜作用，切实挖掘潜力，切实调动员工积极性，切实增强企业“再造竞争新优势，科学发展上水平”的紧迫感、责任感和使命感；继续巩固直购电成果，力争在今年3月份完成年度四方合同的签署；以运营转型为重要抓手，大力加强企业强化基础管理工作，优化设备、技术经济指标；加大寻求合作力度，利用外部资金，采用合资、原铝液配套等方式做好产品结构调整。同时，进一步做好安全生产和稳定工作，确保重大人身伤害、设备和环保事故为零；坚定信心，迎难而上，把各项工作推上新台阶，确保完成总部考核指标，为再铸抚铝辉煌而努力奋斗。

（原载于2012年3月7日《中国铝业报》）

适应“新常态”　提升竞争力

——访广西华银铝业有限公司总经理、党委副书记刘永刚

今年5月，习近平总书记在河南考察时指出，我国发展仍处于重要战略机遇期，要增强信心，从当前我国经济发展的阶段性特征出发，适应新常态，保持战略上的平常心态。这是中央领导首次以“新常态”描述新周期中的中国经济。

“新常态”对有色行业经济有怎样深刻影响，氧化铝企业如何在“新常态”中得生存求发展？近日，记者采访了广西华银铝业有限公司（以下简称华银铝）总经理、党委副书记刘永刚，他从企业如何适应“新常态”环境、寻找适合企业发展的出路等方面提出了个人看法。

记者：当前，中国经济正处于一个“新常态”的环境，氧化铝企业应该如何适应这种新环境？

刘永刚：企业要适应“新常态”，必须从“新常态”的政策环境、氧化铝行

业和企业处境等方面加深了解和认识。

“新常态”的一个重要特点是经济增速换挡回落，并且政府对这种换挡回落具有坚韧的忍耐力。相当于行车过程中的换挡爬坡，从高速挡换到中速挡是为了增强动力，在不踩大油门、不失速、不过速的掌控下，才能获得最经济的速度爬完漫长的缓坡。“新常态”下的宏观调控，核心在于围绕7.5%的增速进行“区间调控”，而且是“创新调控”，不搞大刺激，大调整。因此，在未来很长一段时间，期待宏观经济增速加快，带动铝消费需求快速增加，几乎是不可能了。这，就是“新常态”所处的政策环境。

其次，要了解清楚氧化铝行业和华银铝的处境。从当前来看，因经济增速换挡回落影响传导的滞后性，氧化铝行业已经进入一个微利甚至是亏损的周期，有色行业经济正处于调整的阵痛期。企业要充分了解行业和自身的处境，适应“新常态”下的新环境，做好企业战略转型升级的各项工作。

记者：面对中国经济“新常态”下氧化铝企业面临的压力，华银铝如何走出适合自身发展的方向和道路？

刘永刚：在当前复杂的内外部环境下，氧化铝企业要站在战略层面和战术层面寻找自己的发展方向和出路。

从战术层面讲，企业要努力提升竞争力。面对当前铝产能过剩、市场供大于求这一根本矛盾，政策淘汰不可能完全取代市场淘汰，市场淘汰落后产能必然是解决矛盾的主要手段。氧化铝企业之间的竞争不可避免，现实就是如此，而政府要做的是努力保证竞争的公平。谁能在竞争中得以生存？低成本、高质量、绿色发展等这些都是企业在竞争中胜出的关键因素，因此，企业必须努力提升自己的竞争力。华银铝自去年以来，总结提炼出了“3-2-1”竞争力提升体系，即“建设好三支队伍，培育两大优势，争创国内一流企业”。

从战略层面讲，企业要加快转型升级。优化产业结构、调整经营思路、追求质量效益，这是大方向。铝企可以“一铝独大”，但这个“大”必须是超级大，大到你可以决定市场。但是，有谁能做到这样子呢？谁都做不到，我们无法把鸡蛋放在同一个篮子里。我们必须利用新型工业化、信息化、农业现代化和城镇化“新四化”带来的新机遇，上下左右努力拓展，寻找发展的新机遇，搭建企业施展拳脚的新平台，创造经营的新空间，加快企业转型升级。

记者：能具体说说这个“3-2-1”竞争力提升体系吗？

刘永刚：“3-2-1”竞争力提升体系是华银铝提升基础管理水平的主要内容。即建设好三支队伍（建设一支优秀的干部队伍、建设一支优秀的党员队伍、建设一支优秀的员工队伍）；培育两大优势（管理优势、成本优势）；争创国内一流企业。队伍建设方面，公司着力建设一支“作风正、业务精、懂协作、会管理”的干部队伍，通过各种途径，采用各种形式，切实提高干部队伍工作能力水平，凝聚和培养一批企业建设、发展的中坚力量；开展争做“政治素质优、岗位技能优、工作业绩优、群众评价优”的“四优”共产党员活动，造就一支在企业发展进程中经得起困难和风险考验，在公司生产经营活动中率先垂范，勇挑重担，发挥先锋模范作用的党员队伍；公司以“四禁止、四遵守、三增长”为基本要求，着力建设一支纪律严明、素质过硬的员工队伍，成为招之即来、来之能战、战之能胜的铁军。培育优势方面，以持续改进为平台，以效果评估、分类激励为手段，以管理提升为目的，培育真正的精益管理模式，以不断改进、不断完善的一贯思维分析公司生产经营在不同时间段中存在的短板，通过全员参与生产经营各环节的改进活动，以“三级管理”、“三类评价”的管理方式促使每一项改进活动取得实效。使公司管理水平螺旋式地上升，从而促进公司各项工作以平稳、较快的速度发展；以持续改进为指导思想，不断改进成本管理方法，建立一套指导性强、激励性强、操作性强的成本管理体系，通过与行业先进对标，通过体系有效运行，逐渐形成华银铝的成本优势。最后，要以“为股东多创利，为员工多造福，为社会多尽责”核心价值观为指导，发扬“团结务实、敬业进取、创新争先”的企业精神，以培育一流的员工队伍、创造一流的经营业绩、塑造一流的企业形象为载体，力争三年内建成国内一流企业。

记者：除此以外，在“新常态”下，氧化铝企业还应注意哪些问题？

刘永刚：“新常态”下，氧化铝企业要把握新机遇，努力赢得新发展，思考好几个方面的问题。一是“新常态”下的市场环境，低需求、低价格、低盈利是“新常态”的一种常态，迫使氧化铝企业摈弃传统的经营模式和组织架构，创新转型，适应新的市场环境。二是氧化铝企业要围绕铝经营主业实施转型，根据自身特点进行创新。转型不是转行，对氧化铝企业而言，不主张轻易放弃自己经营多年的氧化铝阵地，而是在氧化铝主业上进行经营理念的创新、组织架构的创新和营销模式的创新，在经营结构上实施转型，以适应“新常态”下的市场环境，开拓新的市场，开辟新的渠道。如“走出去”，开拓国际市场；围绕氧化铝主业，开展多元化经营；根据区域市场需求，重新进行企业的市场定位等等，这样的转型创新，是氧化铝企业在“新常态”下的必然选择。三是保持一颗平常心，不急于追求做大、做强，以求生存，活得长久，作为企业经营管理、改革改组的基本定位。当前，氧化铝企业要认清形势，不追求一夜暴富，要讲究务实，讲求销售量，讲究实际效益。亏损的企业要努力找到堵住亏损的“出血点”，挖掘效益的“增长点”，强化管理，降本增效，以平常的心态，做好每一笔买卖，即便是少盈利，也尽量不做亏本生意。

（原载于《中国有色金属报》第3583期）

比武竞技，不仅能给选手带来德智体素质的提升，还能在班组、车间、单位大范围内真正形成一种比、学、赶、超的良好氛围，全面提高企业职工的业务水平和服务水平。

第五篇　比武竞技

广西华银“技能军团”崛起

9月18日至25日，在华银铝和平果铝厂区，百色市首届“职工技能状元”竞赛鏖战正酣。来自百色市各县区及各大企业的23支代表队100多名选手聚在一起比武竞技，内容涉及电子计算机调试、叉车和起重机驾驶等方面，旨在通过竞赛检验百色市职工的能力水平。短短几天时间，在这个没有硝烟的战场上，上演了一场场精彩激烈的对决。

在这次活动中，华银铝不仅承办了电子计算机（微机）调试工种的比赛，还组织12名职工代表参加了4个工种的比赛，并全部获奖，夺得电子计算机（微机）调试工团体总分第一名。

实力最强

在此次竞赛中，华银铝参加电子计算机（微机）调试工比赛的选手均为计控部员工，黄性平、方耀磊和文兆强分别获得该工种比赛的第一、第二和第四名，并以绝对的优势夺得该工种团体总分第一名。

三名员工毕业于不同的学校，但是所学专业都与电子计算机有关，都是2006年7月份来到公司上班。

在实际操作考试中，网络维护班班长黄性平是第一个交卷的考生。回想当时的决定，黄性平说：“当时在我旁边的选手装机速度特别快，我还没装好机，他就已经开始装系统了。为了赢得时间优势，我很着急地按照题目的要求做完试题，连检查都没检查就交卷离考场了，好在后来成绩还可以。”

提起此次比赛，应用维护班班长的方耀磊认为只要尽力就行，不能强求。“计算机考试大纲很片面，一般都只是说大概的东西，最后考什么还是比较模糊。比如说一个系统，给定了用什么工具，但是没有明确用这个工具做什么。”方耀磊说，这就需要选手看很多理论知识，做很多模拟实验。

同样来自应用维护班的文兆强深有同感：“比赛时用的模拟器是思科，而我们公司用的是H3C网络设备，两者的工作原理虽然相似，但是操作指令却不一样，这给比赛增加了不少难度。”

记者了解到，此次参赛的选手来自各行各业，有教师，有公务员，也有个体经营者等，他们都有共同的特点，对计算机网络有较强的兴趣爱好。最终，华银铝三名年轻的选手凭借扎实的技术功底和良好的心理素质，在高手如林的竞争中一枝独秀，夺得团体总分冠军。

收获最大

翻开参赛选手的简历，一个个经历让人目不暇接：有十几年一直从事与起重工作有关的李宝忠，有参与华银铝后期建设的80后员工欧文军，有“不让须眉”的女选手李秀军……在这样一个高手云集的赛场，每一位选手都有着与众不同的成长经历，都获得了相应的进步。

今年43岁的李宝忠，1997年从老家黑龙江到平果铝上班，2007年9月转战华银铝，先后从事天车工、行吊和起重司索等与起重有关的工作。

李宝忠告诉记者，参加“职工技能状元”竞赛，不仅拿到了名次，更重要的是学到了新的东西。“此前我从来没有接触过这个吨位的吊车，比赛前几天只是简单地接触了一下，对车况还不太熟悉，能取得如今这个成绩还算可以。通过比赛，我看到了别人的长处和自己的短处，对今后的工作有很大的帮助。”

作为80后的参赛选手，欧文军2007年从广西机电职业技术学院毕业来到华银铝，参与了华银铝后期建设，涉及的赤泥管道铺设、分解槽后续工作等，都与焊接有关。

此次比赛，焊工组获得第2名的胡元海是欧文军的同班同学，对于不同的比赛结果，欧文军认为自己对设备不够熟悉，没有把自己掌握的技能充分地发挥出来。

欧文军说，参赛最大的收获就是看到了自己和别人的差距，了解到比赛时心情控制的重要性，下一次再参加比赛会更注意这些细节。

而作为华银铝参赛的唯一女员工代表，李秀军表现出色，取得了较好成绩。

接到电话时，羞涩的李秀军仍然很紧张，表示对比赛结果不太满意。李秀军告诉记者，叉车工作更注重稳定性，需要选手有较好的心理承受能力，这一点，男职工比女职工占优势。“比赛前一天晚上，我感觉压力很大，根本睡不着觉，一直躺在床上看比赛资料，第二天早晨又早早起床，比赛中有个碰杆的动作，其实那个碰杆是可以避免的，可能是没休息好的缘故。”

提起收获，李秀军兴奋地说：“在技术点评时，我学到了很多东西，了解到了自己的不足。下一步，我将更注意细节，多学习，努力提升自己的技能水平。”

担子最重

25日上午10时许，百色市首届“职工技能状元”竞赛在平果铝演播厅举行，华银铝检修厂副厂长何险峰从颁奖嘉宾手中接过“电子计算机（微机）调试工团体总分第一名”的奖牌，微笑着面对镜头留影。

竞赛的几天里，除了华银铝党群部门的工作人员，在选手周围忙前忙后的就是领队和教练了。

在前往平果铝参赛的9名选手中，8名来自检修厂，何险峰担起了参赛领队的职责。“开始我感到压力很大，毕竟我们是代表公司出去参赛的。”何险峰说：“作为领队，我要确保选手能以最好的状态参加比赛，几天时间里，几乎没怎么休息，晚上要总结分析赛况，白天还要到现场观摩选手比赛，虽然有些辛苦，但这是领队的职责所在，没有办法。”

对于比赛结果，何险峰认为这是预想的结果。“很多比赛用到的设备选手都没见过，也没用过，但是在比赛中，选手们发挥得很稳定，取得了好成绩。”

何险峰告诉记者，以前，厂部员工参加大型比赛的机会较少，对设备的熟悉和心理素质的锻炼有所欠缺，为锻炼员工参赛的心理素质，提升员工的整体技能水平，检修厂将从明年起，针对各工种举行每年一次的技术比武。目前，比赛方案已经完成，厂部决定明年年初就举办赛事。

既担任裁判，又兼教练的于毅告诉记者，仅就焊工这一项目来说，比赛项目就有十多项，包括159二氧化碳焊接、直径管全氧焊接和J507仰板焊接等，两个多小时的比赛时间很考验人的耐力和毅力，“很多选手体能跟不上，手都抽筋了。”

对于比赛结果，于毅同样很满意，因为“选手受硬件的影响，比赛的焊机和焊丝型号和平时用的不一样。”否则，成绩会更好一些。

（原载于中国有色金属网）

盘活第一资源

——中国铝业广西分公司加强技能人才队伍建设纪实

十年前，中国铝业广西分公司（简称平果铝）派出技术专家援助印度BALCO公司，使中国铝工业一举实现了从技术引进国到输出国的历史性转变。

1997 年以来，平果铝坚持在每年 10 月份举办技能月活动，每年均有 6000 余名职工分别参加车间、厂矿和公司组织的岗位练兵活动，活动覆盖率达到 95%以上。

今年 9 月 5 日，“中国铝业杯”第七届全国有色金属行业职业技能竞赛决赛在中铝贵州企业落下帷幕，平果铝以绝对优势，四次蝉联该赛事团体优胜第一名。

截至目前，该公司已连续举办 17 届技术比武活动，4726 名员工参加了 168 个工种的决赛，为公司选树了 260 名业务精湛的技能人才。

人才是企业的第一资源。在平果铝，技能人才培养这一作为企业核心竞争力的重要组成部分，极大地助推了企业的发展。同时，企业的发展又给人才的生长提供了更好的环境，一个活力十足的有色行业人才小高地屹立在革命老区右边河畔。

岗位练兵　架起人才成长阶梯

起步于 20 世纪 50 年代的新中国铝工业，长期落后于西方铝工业强国，直至 20 世纪 90 年代，我国小于 100 千安的电解槽产量占总产能的比例依然高达 65%，最大的电解槽为 160 千安，最小的仅为 24 千安。

而此时世界铝工业先进水平的电解槽已达 300 千安。

2012 年 4 月，中铝公司董事长、党组书记熊维平调研平果铝时指出：“技术落后源于人才缺乏，只有注重人才培养的企业才会有发展后劲，打造世界一流企业必须要有一流人才，要把人才培养当作一件大事来抓。”

技术是企业成功的敲门砖，而技能人才是推动企业发展的重要力量。

“技能人才的数量和水平，在一定程度上决定着企业发展的速度。”平果铝总经理程运材说。多年来，平果铝始终把技能人才视为企业的最大财富，按照全员、全过程、全方位的练兵模式，架起技能人才成长阶梯。

“长赛不断，短赛不停。”在平果铝，每年都有一两次公司级的岗位技能比武，各二级分厂则在分公司的统一安排下，开展各种小型劳动竞赛以及质量攻关活动，平均每年开展近百场。

活动极大地调动了该公司员工学习技术、争创一流的热情，检验了高技能人才培养的经验和成效，一大批能工巧匠脱颖而出成为生产岗位的“领头羊”。2011 年，该公司电解工郭宏伟勇夺“中国铝业杯”第五届技能竞赛电解工组第一名，荣获“全国五一劳动奖章”，2013 年 9 月，被授予“中央企业青年五四奖章”；2012 年，焊工胡元海、阮承华一举包揽“中国铝业杯”第六届技能竞赛焊工组前两名，被中铝公司推荐到德国参加技术交流活动。2013 年，铝及铝合金熔铸工吕刚在“中国铝业杯”第七届技能竞赛中摘得该工种桂冠，被授予“全国技术能手”荣誉称号。

翻开平果铝技能人才档案，在国内各类技能大赛上取得的成绩璀璨夺目，公司先后有2人荣获全国五一劳动奖章、有10人荣获全国技术能手、有16人荣获中央企业及有色行业技术能手称号。

价值延伸 激励尊重技能人才

全国劳动模范刘保伟、巾帼标兵杨韵屏、金牌工人樊慧彪……翻开该公司自行组织编写的《壮乡名企中铝标杆》厂史书，这些企业里响当当的高技能人才的成长足迹便可一览无余，这一群体一时间也因此成为平果铝耀眼的明星人物。

“把尊重技能人才作为落实党的群众路线的重要形式，着重解决基层技术工人反映最突出的问题，努力破解技能人才队伍建设的瓶颈，为加快技能人才队伍建设提供支持、创造条件，努力营造‘尊重技能人才，技术工人光荣’的浓厚氛围”。据平果铝党委书记刘保伟介绍，平果铝历届领导班子始终坚持这样一种好传统，把加强技能人才队伍建设作为企业和职工共同发展的切实途径。

在该公司内部报刊和信息网，记者看到，各类技能人才的典型事迹和成长轨迹占据大半篇幅和版面，“知识型员工”、“金牌工人”、“企业明星”等各种技能人才的先进事迹比比皆是。

“这不仅提升了职工自学成才的意识，更营造了尊重技能人才的浓厚氛围。”该公司党委副书记、纪委书记、工会主席李兵意味深长地说。

据了解，平果铝先后制定了《员工技术比武奖励办法》、《公司工会委员会关于职工技术比武优胜者奖励办法》等多项技术比武奖励办法：对获得公司级技术比武前三名的选手，给予一次性奖励；对获得公司级技术比武第一名的选手，推荐其参加技术等级晋升，每月发放技术津贴200元，享受一年；对三次取得公司技术比武前三名的选手，每月发放技能奖励80元，享受三年。

搭建平台 让人才在岗位闪光

为了让各级各类人才“用当其时、人尽其才”，平果铝多措并举，加强“顶层制度”设计，搭建多条成长路径，无论是中高级管理人才、专业技术人才，还是技术工人，每个员工都能在平果铝找到自己的发展空间。

平果铝人力资源部经理肖和平告诉记者，该公司在中层以上管理人员层面建立了严格的选拔任用机制、考核管理机制和后备干部培养机制。在专业技术人才层面，设置首席技师、主任技师、高级技师、技师、高级工五个技能职级。公司规定，每两年考核评聘一次首席技师、主任技师、高级技师、技师、高级工。一大批专业拔尖、素质一流、忠诚敬业的专家、能手，构成了平果铝技能人才的小高地。

走进平果铝，由不同分厂各类工种组成的“金牌工人工作室”，全部由基层员工组成，多则几十人上百人，少则几个人。“工作室”通过组织实施小革新、小发明，在实际生产中发挥了重要作用。

该公司检修厂GEHO隔膜泵为荷兰进口，2009年该泵出现动力端曲轴连轴杆轴承内圈开裂，由于设备厂家一直对技术进行保密，平果铝检修厂无法自行检修，只能外委厂家修复。修复中，平果铝检修厂派出一个12人的团队配合设备厂家技术人员检修，初步了解了设备检修原理。设备修复后，该厂召集参加检修的员工，针对GEHO隔膜泵动力端故障进行攻关。“半年后，另一台隔膜泵也出现了动力端故障，我们只花了6天时间，就成功修复了隔膜泵，节约外委检修费用20多万元。”参与设备检修工作的“金牌工人”秦伟告诉记者。

目前，该公司以57名金牌工人和260名岗位技术能手为核心，组建了14个“金牌工人工作室”。

师徒传承　结对成长遍地开花

师徒传承是平果铝充分发挥高技能人才作用，进一步拓宽用人渠道，加强高技能人才培养的重要手段。

2012年12月13日下午，平果铝检修厂举行“师带徒”签约仪式，11名新员工与经验丰富的老师傅签订为期三年的“师带徒”协议，协议规定，徒弟的技能水平、生产经营业绩与师父的绩效挂钩。

该公司党的建设及共青团工作业务主管黄智告诉记者，类似这样的“师带徒”签约活动在平果铝各分厂、车间和班组均有开展。

作为“师带徒”活动的一名师父，“金牌工人”陆管标每隔一段时间都会把弟子们召集在一起，检查他们前一段时间的工作学习情况，让他们充分交流，分享工作经验。

1984年出生的刘斌就是陆管标徒弟之一。2009年8月，刘斌从广西大学毕业来到该公司检修厂机修一车间工作，师从林春江、陆管标两位老师傅学习检修技艺。

在两位师父的虚心栽培下，刘斌很快掌握了检修专业技能，成长为班组技术骨干。在今年的第七届“中国铝业杯”全国有色金属行业职业技能竞赛决赛中，陆管标和刘斌师徒二人分别取得第九名和第十名的好成绩。

和刘斌一样，同样是1984年出生的胡元海，跟随师父阮承华学习焊接技艺，

2012 年，在第六届“中国铝业杯”全国有色金属行业职业技能竞赛决赛中，师徒二人一举包揽该赛事焊工组前两名，被中铝公司推荐到德国参加技术交流活动。

良好的培训机制有效地解决了该公司“技术断层”问题，“师带徒”活动使平果铝的技能人才由“一枝独秀”变成了满园春色的“万紫千红”。

（原载于 2013 年 11 月 2 日《中国铝业报》，黄智对本文也有贡献）

车间里走出“星光大道”

——中国铝业兰州分公司着力打造高技能员工成长平台

近日，中国铝业兰州分公司召开自备电厂 1 号机组大修动员会，标志着该厂 1 号机组大修工作正式拉开帷幕，一批年轻的员工队伍将接受新的检修任务，为将来走上关键岗位打下基础。

为深入了解该公司搭建员工成长平台、构建人才开发体制等“人才兴企”战略，记者走进兰州分公司，切身感受该公司扎实开展人才队伍建设工作取得的成效。

搭建平台给员工“充电”

11 日上午，兰州分公司特种设备安装维修人员培训在该公司生产厂区举行，来自该公司各单位的 282 名员工参加了培训。

“抓培训、提素质、打造高技能员工队伍。”兰州分公司总经理李宁告诉记者，企业的竞争归根结底是人才素质的竞争，员工素质的高低决定着企业的兴衰成败，谁拥有高素质的人才，谁就拥有竞争和发展的优势。

据李宁介绍，仅今年上半年，该公司就举办各类培训班 182 期，培训人数达 7340 人次，考试合格率 90% 以上。其中，干部及管理人员职能培训班 21 期，培训人数 998 人次；工人技术理论技能培训班 151 期，培训人数达 5798 人次；举办特种作业操作人员培训班10期，培训人数544人次。

“每一次参加活动，我都能从讲师和师傅们的身上学到很多知识，有些现场消化不了的知识，我就记录下来，回去慢慢琢磨。”参加培训的自备电厂员工马兴云告诉记者。

记者看到，在他的培训笔记本上，详细记录了每一次的培训课，内容涉及如何做好班组管理工作、科学的沟通技巧、有效的会议等。

该公司人力资源部经理张晓东告诉记者，通过全员培训，推动了员工技术业务素质的全面提升，涌现出一大批优秀技术成果。《大型预焙阳极铝电解槽湿法焙烧启动技术研制开发》获兰州市职工优秀创新成果一等奖，《300MW空冷机组无辅汽启动》、《ECL多功能天车改造，提高电解装备水平》获兰州市职工优秀创新成果二等奖等。

“理论培训只是第一步，关键是知晓理论知识后参与实际操作，掌握技能。”张晓东说，开展员工技能竞赛，是该公司提升员工综合素质的另一个重要平台。

30天锻造10名“金牌工人”

“通过各种方式，不断提升员工的整体素质。”李宁告诉记者，“让员工参与技能大赛、培训、设备检修等，在实践中锻炼，掌握技能后走上关键岗位。让优秀的员工激活班组，凝聚团队，在当前严峻的市场形势下，努力打好人才攻坚战。”

21日上午，甘肃省冶金机械系统“兰铝杯”维修工技能大赛在兰州分公司机修厂举行，现场一片忙碌。

此时，一位看起来甚为年轻的员工头戴安全帽，身着工装，将个人工具整齐地码放在台案上，老练的动作，认真的表情，一点也不亚于身边的选手们。

“他叫贾文杰，是去年刚来的大学生。工作近一年，表现不错，得到了作业区负责人和班组员工的高度认可。今年他代表多功能天车维修班参加制作异形件的维修钳工比赛。”兰州分公司机修厂检修作业区主管张繁贵告诉记者。

在兰州分公司，像贾文杰这样拼劲十足的新员工活跃在企业各个岗位。“引进人才、使用人才、培养人才对企业的发展十分重要，但关键是如何留住人才。”这是李宁给人力资源部提出的要求。

2009年以来，该公司不定期组织开展员工技能竞赛，推荐优秀员工参加中铝公司、甘肃省、兰州市举办的各种职工技能大赛等，员工参与数达近4000人次，有近百人走上了关键岗位。

在该公司工会办公室，工作人员对历年技能大赛中脱颖而出的员工如数家珍。

有5分钟时间内将单块铝锭码垛到9块，不计时码垛码到16块，打破甘肃省铝行业叉车工大赛不限时铝锭码垛记录的电解二厂叉车女工许德梅；有反变形量掌握准确、无任何焊接缺陷、超声探伤焊缝为一级的自备电厂焊工刘志勋……

随行的兰州分公司党群工作部部长张廷贤告诉记者，像这样的职工技能大赛，一年有好几次，每次历时近一个月，每次的技能大赛，都能选拔出近十个“金牌工人”，这些“金牌工人”不仅被安排到关键岗位，公司还给予重奖。

好机制激活员工潜能

像许德梅、刘志勋这样，看似30天打造出来的“金牌工人”，其实，除了理论培训和技能实操比赛之外，还得益于该公司的人才成长激励机制。

张晓东告诉记者，兰州分公司注重人才成长激励机制，对在各类技能大赛中取得优异成绩的员工给予重奖，在评选先进、晋级、奖励上给予优先考虑。

2008年以来，该公司对参加中铝公司、甘肃省、兰州市总工会等单位举办的各类职工技能大赛取得优异成绩的106名员工破格晋升技师或高级技师资格。青年工人王正虎2009年获得甘肃省铝电解工技能大赛一等奖后，该公司决定对王正虎由中级工连升三级晋升为高级技师，并推荐其获得甘肃省“五一劳动奖章”，奖励4万元。

“特别高兴，公司不仅在经济上给予奖励，还推荐我为甘肃省‘五一劳动奖章’，这个奖是我拿过的最大的一个奖，我很珍惜它。今后，我将立足岗位，多作贡献，回报企业对我的关爱。”谈到获奖，王正虎至今仍然充满喜悦。

张晓东说，除此以外，该公司还通过技能鉴定奖励制度，促进了技能鉴定工作的合理有序开展，有效提高了职工技能鉴定考级的积极性，“我们对三年内首批取得鉴定资格证书的员工实行技能鉴定奖励制度，对获取技能鉴定证书的员工从次月起按照标准发放技能津贴，津贴制度执行到职工退休。”

今年上半年，该公司组织了28名员工参加技能鉴定考试，经过理论和实际操作考试，有23人获得职业资格证书，考试通过率达到82%。

职业技能鉴定工作的开展，使职工技术水平按初、中、高三个等级呈现“金字塔”型的良好发展趋势，为企业储备了不同等级的后备人才。

（原载于2012年7月28日《中国铝业报》）

有色“奥运” 一样精彩

——第六届“中国铝业杯”全国有色金属行业职业技能竞赛侧记

仅5天，47个全国有色金属行业企业代表143名技术精英，走上污酸处理工、多功能机组操作工和电焊工3个工种的技能比武擂台，顺利完成了各项赛事。9月7日上午，第六届“中国铝业杯”全国有色金属行业职业技能竞赛在中国铝业广西分公司圆满落下帷幕。中铝公司总经理、党组书记熊维平向大赛发来贺信表示，中铝公司将与有关部门、兄弟企业及社会各界一道，继续致力于打造数量、质量、结构与行业发展要求相适应的高技能人才队伍，为建设有色金属工业强国作出更大贡献。

比赛期间，记者来到现场，记录了选手们在比赛中的精彩表现。

是竞技，更是交流

9月6日的比赛涉及多功能机组、焊工实操考核等内容，当天上午，记者来到广西分公司检修厂焊工实际操作考场。涂有中铝公司标准色的焊工考场，设置有焊材室、试件室和评判室，3名选手在3号、4号和6号工位认真地操作着。

焊工组裁判甄自昕告诉记者，这是焊工实操考场的最后3名比赛选手，“他们要在3个小时内，完成仰板、钢管45度固定、铝合金管垂直固定三个项目的比赛。”

据活动资料显示，本届比赛共设置了污酸处理工、多功能机组操作工和焊工3个工种的比赛。“为了使更多岗位的职工能参与到技术比武活动中来，在每一届的职业技能竞赛中，我们都设置了不同工种的比赛项目。”中国机冶建材工会全国委员会副主席、竞赛组委会副主任段佑武告诉记者。自2007年以来，“中国铝业杯”全国有色金属行业职业技能竞赛已经开展了铝电解工、化学分析工、多功能机组操作工等16个工种的比赛项目，1200多名选手参加比赛。

在焊工分赛场，77名参赛选手被分成六组参加比赛。6号工位里的选手发出

“嚯嚯”的声音让记者感到好奇，甄自昕告诉记者，选手名叫钱宝玉，来自中国铝业兰州分公司。

记者上前，靠近工位仔细观看，只见钱宝玉时而认真地焊接仰板，时而停下来，挑起脸罩清理接头，并时不时发出“嚯嚯”的声音。大约半小时后，钱宝玉完成了比赛项目。在休息间隙，记者和钱宝玉聊起了“嚯嚯”声音的由来。“这是在给我自己加油、鼓劲。”钱宝玉说。他从事焊工已有21年，这是他第一次参加全国性的电焊工比赛，“以前都是在厂里或者市里参加比赛，也拿过名次，但是像这样国家级的有色行业技能大赛没有参加过。”钱宝玉异常兴奋，继续说道：“由于对铝管焊接和焊机不熟，成绩不是很理想，但是我还是很开心，因为这次比赛，开阔了眼界。”

来自西南铝挤压厂设备管理科的选手刘祥东却有不同的感受，他告诉记者：“这样的技能比赛，在与他人竞赛过程中，确实能得到技能的提升，但更重要的还是日常的学习和培训。平时在单位，经常参加一些公司和厂部的培训，这对我能参加这次比赛很重要。”

以赛促学促员工成长

据了解，“中国铝业杯”全国有色金属行业职业技能竞赛是经人力资源和社会保障部批准的国家级二类比赛项目。中国有色金属工业协会党委副书记、纪委书记、工会主席、竞赛组委会副主任丁学全在开幕式上指出：“本届大赛是主办单位连续6年举办的国家级二类竞赛，是有色金属行业创先争优活动的重要形式，是行业企业参与的全国大型赛事；是对有色金属行业职工职业技能水平的一次大检阅。”

“技能比武对于职工技能的提高具有促进和鼓励作用。”中国就业技术指导中心竞赛处副处长张雷告诉记者，只要在大赛上进入前八名，就能够获得相应的职业资格证书和荣誉称号。

6年来，每年的技能比武都有3到4个工种的比拼，层层选拔，带动了中铝公司及其他有色金属行业企业员工参与其中。

有竞赛，就有培训。记者了解到，中铝公司各企业力求将职工免费技能培训与工会职业技能培训基地建设相结合。通过多年的努力，在全公司建立了近50家职工技能培训基地，对企业职工进行培训；每年，各单位职工学校要对数万名职工进行免费技能培训，培训层次涉及中级工、高级工、技师、高级技师。

此外，公司各企业还通过建立“职业技能带头人”评选制度，开展“金牌工人”等评选活动和开展创建“高技能人才创新工作室”等工作，鼓励和带动职工学习和钻研技术，努力为企业创新发展提供服务。

据了解，劳动竞赛是公司各企业工作的传统品牌，在国际金融危机背景下激发和调动职工的积极性和创造性显得尤为重要。

今年以来，公司所属企业分别开展了选矿试验工、氧化铝制取工、炭素成型工、金属轧制工、电焊工、钳工等十几个工种的技术比武，通过技术比武，一大批高技能人才破格晋升了技能等级。目前，公司高级技师超千人，技师上万人，中高级技能人才5万余人。

国务院国资委群众工作局副局长郭保民指出："长期以来，中铝公司通过深入开展岗位练兵、技能比武等活动，培养了大批技能人才，为中央企业职工队伍素质的整体提升起到了积极的引领和示范作用。"为表彰在本次竞赛中取得优异成绩的中央企业优秀选手，国务院国资委还将授予他们"中央企业技术能手"荣誉称号。

年轻人成为主角

在几天的技能竞赛中，来自各单位的选手都努力拼搏，力争成为自己这个工作岗位的"全国技术能手"。记者发现，他们当中，更多的是年轻员工。

代表云铜集团参加污酸处理工比赛的鲁伟，1986年出生，获得了这次污酸处理工比赛第一名。谈到比赛，他透出自信和乐观："因为我是第一次参加这样的技能大赛，我没想过要拿奖，只要把自己的水平发挥出来，目的就达到了。"

和鲁伟一样，1985年出生的卢庆禅，是广西分公司电解铝厂天车工。他由于技能突出，在2010年8月曾获得过分公司劳模称号。

"虽然这是第一次参加比赛，没有什么经验，但是我却拿到了第二名的好成绩，通过比赛，现在我对多功能机组操作更加熟练了，下次比赛我争取再拿个好名次。"他满怀信心地告诉记者。他将按照程序申报全国技术能手称号，并直接晋升为高级技师。

中铝公司党组成员、副总经理、竞赛组委会副主任敖宏表示，公司党组希望广大员工坚定不移地围绕降本增效、运营转型等重点工作，在创先争优活动中更加广泛地参与到技术比武、劳动竞赛以及运营转型各项培训和实践之中，坚定信念、眼睛向内、苦练内功，在建设最具成长性的世界一流矿业公司进程中锤炼素质能力，创造一流业绩，成就职业目标。

（原载于2012年9月12日《中国铝业报》）

进一步搞好国有企业改革，增强国有企业的活力和竞争力，对发挥我国社会主义制度的优越性，增强我国的经济实力、国防实力和民族凝聚力，具有关键性作用。

第六篇　改革发展

出 路

——遵铝基地实施煤电铝一体化模式探析

6月8日上午，中铝遵义煤电铝一体化105万吨铝液直供销售合同签约仪式在中国铝业遵义铝业股份有限公司办公楼会议室举行。

协议规定，从2013年起的5年间，遵义铝业将向正合博莱、江苏青苹果等4家新型铝型材、电线电缆深加工企业每年现款直供铝液21万吨，仅此一项，遵义铝业年可实现降本增效4200余万元。

一次完成105万吨铝液、总价值超过200亿元的现款直销规模，不仅在中铝所属企业中是第一次，也开了中国铝业界市场营销的先河。

近日，记者来到遵铝基地，了解这一场“一天敲定5年铝液直销合同”的精彩营销之作背后的故事。

找到效益“倍增器”

“1吨铝土矿，单独开采出来的综合效益为400元，转化为氧化铝粉，综合效益为4000元，生产成电解铝锭，综合效益为10000元，而如果是精深加工，综合效益将达到40000元左右。”身兼中铝遵义铝业股份有限公司、遵义氧化铝有限公司、遵义矿业公司三家公司总经理的周利洪向记者介绍，一条完整的产业链，能对铝业经济起到“效能倍增”的作用。

这种效能整合，在遵铝基地的经营现实中得到了印证。“因为产能单一、限电限产、价格低迷等因素，自2008年金融危机以来，遵义铝业连年亏损。直到2011年7月，年产80万吨中铝遵义氧化铝有限公司的建成投产，使两个工序企业在同样的内外部环境下，全年实现综合利润近2亿元。”尝到一体化经济甜头的周利洪，兴奋地向记者介绍遵铝基地煤电铝一体化模式的过程……

早在2011年8月，遵铝基地就通过成立中铝遵义矿业公司，为企业构筑稳固的资源平台。“矿业公司成立以来，通过独资、参股、合作等方式，参与了铝土矿和煤矿资源的勘探、开采和利用。”与此同时，遵铝基地还积极申报并获批组建70万千瓦煤电动力车间，寻求电能补充；并与一墙之隔的遵义和平工业园区进行合作，组建铝加工园区，通过资源招商引进铝精深加工企业，力求铝资源终极产品就地转化率从无到有。

“加快推进煤电铝一体化产业链的构建，不仅是贯彻党中央、中铝党组、贵州省委主战略的时代需求，也是遵铝基地发展、支持地方经济振兴的现实需要。随着铝工业重心南移，遵铝的目标就是建设全国产能集中、效益一流的煤电铝一体化工业基地。”周利洪接受采访时这样说。

壮大主业快速成长

6月23日上午9点，在中铝遵义铝业股份有限公司党群工作部主任骆志刚等人的引领下，记者来到川黔铁路遵义铝业临时站口。

冷清的站台上，只剩下几个废旧的车厢孤零零地躺在那里。

骆志刚指着站台告诉记者，两年前，这里曾是热闹的物流码头。“从广西平果铝厂、贵州铝厂等省内外氧化铝厂生产的数十万吨氧化铝粉，都要在这里卸车，是遵义铝业生产经营的原料命门。”

“如今如何变得如此清净呢?”

骆志刚微微一笑，招呼记者上车，没有回答。

大约一个小时后，我们来到遵义氧化铝有限公司大门前。

“正是因为这个年产80万吨氧化铝项目的建成投产，结束了川黔铁路遵义铝业临时站口物流码头的历时使命。”骆志刚下车后，指着氧化铝厂区告诉记者。

2006年，为打破电解铝环节的原料瓶颈，依托遵义县及周边丰富铝土矿资源，中铝公司投资52亿元，在距离遵义铝业公司30千米的尚稽镇建设氧化铝项目。

“氧化铝项目的建成投产，一下扭转了遵义铝业电解铝环节原料的外埠依赖，经营成本集约和企业战略安全获得了自主确保”，周利洪告诉记者。

据了解，按照行业参数，80万吨氧化铝粉需要40万吨电解铝产能与之配套。而目前遵义铝业的电解铝产能只有24万吨。采访中记者了解到，总投资10亿元的13万吨电解铝填平补齐项目已经启动。

该项目最早年内建成后，就能与80万吨氧化铝产能形成匹配的产能契合，从而成为遵铝基地的主业核心。

资源整合延伸触角

23日下午，记者随骆志刚等人来到中铝遵义矿业有限公司办公室。

“矿业公司是去年8月份成立的，今年6月21日正式挂牌运营。”骆志刚说，截至目前，矿业公司已投资4.73亿元，收购了贵州渝能矿业有限责任公司25%的股权，并获得其不低于76%的煤炭优先购买权。

“矿业公司的成立对遵铝基地的发展有什么重要的意义吗?”记者问道。

骆志刚走到电脑前，打开一份文件告诉记者：“从业态类型上划分，铝工业是名副其实的资源性产业和高载能产业，对于资源和能源的依附性极高。从这张表上的数据来看，遵铝基地电解铝公司24万吨产能的电能负载，就占了整个遵义市工业电能负载的一半。”显然，电力供应是否稳定直接影响着企业的经营安全和经济指标。

为较好地解决能源问题，2011年以来，在中铝总部相关部门的大力支持下，遵铝基地主动采取措施，积极推动突破能源瓶颈的相关工作。

“去年4月，贵州省委省政府已经批复同意我们建设两台35万千瓦热电机组的报告，总投资30亿元的70万千瓦热电动力车间项目正式启动建设。”站在一旁的党群工作部宣传主管郑周文补充说道。

郑周文告诉记者，除主动配合解决能源瓶颈外，遵铝基地还同步推进铝土矿、煤炭等资源性原材料的整合。截至目前，遵铝基地已经拥有了仙人岩铝镓矿、石老公铝土矿、尚嵇铝土矿等地的采矿权，实际控制储量234万吨，获取探矿权28个。

与此同时，为使用好资源，实现资源的吃干榨尽。3月8日，总投资6000万元的“年产40吨金属镓建设项目”在遵铝氧化铝公司正式动工兴建，专门从铝土矿中分离提炼镓元素，建成后年可新增产值2亿元。不仅如此，遵铝基地还借遵义创建和平工业园区的机会，协调地方政府在园区紧邻电解铝公司的一侧，专业构建数平方公里的铝加工园区，以资源招商形式，吸附下游企业。截至目前，正合博莱、江苏青苹果等七八家已经签约进驻的铝加工企业正在进行基础施工。这些加工企业的总产能超过了50万吨，主要的原料来源正是遵铝电解铝公司生产的铝水。

“我们不但要实现铝资源产品就地转化率超过80%，而且尽可能的实现铝水供应下游，降低下游企业成本负担，节约社会资源。”周利洪这样说。

返程途中，记者发现遵义和平工业园区内人来车往，机声隆隆，一片繁忙的景象。周利洪告诉记者，按照这样的施工进度，一个以铝资源为核心的、集原材料、粗加工、深加工为一体的铝产业体系和企业群落，年内就将初现在黔北大地上。

（原载于中国有色金属网）

解码黔北铝城崛起

——中铝遵义铝业股份有限公司扭亏为盈侧记

自2008年以来，中铝遵义铝业股份有限公司因电价连年上调，成本大幅攀升，加之电力供需矛盾，西电东送和省内用电的冲突，生产经营曾一度举步维艰。

今年一季度，在铝价持续下跌的严峻形势下，遵义铝业保持了生产安全运行、指标稳中向好的积极态势，完成电解铝产量同比增长9.7%，一季度实现利润超额完成进度目标，保持了自去年9月份以来的连续盈利势头。

在外部环境依然严峻的条件下，遵义铝业连续7个月实现盈利，从一个连续亏损多年的企业转变为生机勃勃的盈利企业，人们不禁要问，其奥秘何在？近日，记者来到遵义铝业一探究竟。

“虚”中求实觅得良方

2011年3月31日，遵义南白镇，春雨连绵，天气阴冷。在遵义铝业办公楼大会议室里，却是暖意融融。

“各级管理者必须进一步增强忧患意识、大局意识、责任意识和服务意识，多深入基层调研，多倾听一线员工的声音……”该公司总经理周利洪在“不为亏损找理由，只为脱困想办法”主题思想大讨论活动上再次要求各级干部切实转变工作作风，扑下身子，服务基层。

这是该公司“转变员工思想观念，提高干部执行力”思想大讨论活动的第一站，该公司领导班子全体成员与各分厂负责人、生产一线骨干、青年员工坐在一起，深入探讨工作中存在的问题，切实找出“最关键的差距在哪里”。

遵义铝业党委副书记颜彪告诉记者，过去，遵义铝业干部员工“不敢面对困难，遇到问题绕道走，喜欢做‘甩手掌柜。’”为转变这一不利于企业发展的作风，自2011年3月起，遵义铝业先后开展了“不为亏损找理由，只为脱困想办法”、“对标挖潜找差距，降本增效比贡献”等近80场大讨论。通过大讨论，形成了“举全公司之力，推进开槽复产是公司的第一要务”。

“加强基础管理是固企之基、强企之道、盈利之源”等共识，收到各类意见、建议64条，广大干部员工的作风和精神面貌焕然一新。

“活动开展后，各级管理者逐渐转变思想观念，开始把心思放在工作上，积极谋事、主动干事、努力成事。”颜彪说。

改善环境过好日子

2010年9月，遵义铝业再次大面积停槽。

2011年3月，时任贵州铝厂厂长的周利洪，临危受命，出任遵义铝业总经理。到任第一周，周利洪就奔忙在贵州省、遵义市等地方政府的相关厅局，为槽子的全面开工复产争取政策支持。

周利洪告诉记者，2011年10月，遵义铝业一次15分钟的应急性断电，待整套设备重新回到正常技术经济指标花了整整1个月时间，直接损失近3000万元。而该公司断电后的每一次重新启动，直接损失都在数百万元以上，2011年因电力供应而产生的综合损失超过1亿元。

“炉子都是凉的怎么过日子?”

周利洪用形象的比喻告诉记者停槽对企业的影响。

真诚的态度加上坚持不懈的努力，终于赢得政府的支持。2011年5月下旬，停产的160台电解槽恢复运行。

“槽子开工复产后，恰逢铝价小幅上涨。到2011年6月底，开工复产仅3个月的时间，遵义铝业就实现盈利1000多万元，为企业当年完成利润指标奠定了坚实基础。”回忆起当年为争取政策支持积极奔走的情况，周利洪依然开心不已。

作为孤悬遵义的电解铝企业，其上游氧化铝原料要通过铁路从广西平果等地运来，而生产出的电解铝锭，又要通过铁路发往广东、上海、重庆等地的铝加工生产厂家。

这样的境况从2010年开始改变。中铝公司在遵义县尚嵇镇投资兴建的80万吨氧化铝项目建成投产，解决了其上游原料的保障问题，同时，又降低了经营成本，仅运费每年节约近亿元。

在这样的背景下，作为中铝公司的全资子公司，中铝遵义矿业公司完成注册，主攻煤炭资源获取。2011年年初，遵义铝业按照煤电铝一体化发展模式，与遵义县合作，紧邻厂区创建“中铝遵义铝加工产业园”。

2011年4月，贵州省发改委批复同意了遵义铝基地建设两台35万千瓦热电机组的报告，总投资30亿元的70万千瓦热电动力车间项目获准开展前期工作，其电能自备电力可匹配40万吨电解铝的基本能耗。

短短两年时间，目前在中铝遵义基地周围，已经聚集起各类生产企业17家，区域面积达到50平方千米，产值超过100亿元，成为目前贵州最为完整的一条涉铝产业全闭合产业链条。

创新模式带来双赢

2012 年 6 月 8 日，一场“一天敲定 5 年铝液直销合同”的市场营销精彩之作，在遵义铝业上演。

这一天，正合博莱、江苏青苹果等 4 家新型铝型材、电线电缆深加工企业与遵义铝业签订营销合同，从 2013 年起的 5 年间，遵义铝业将向 4 家企业每年现款直供铝液 21 万吨。

这个商业合同意味着，理论产能 24 万吨的遵义铝业，在未来 5 年内，87.5%的产品已经早早找到了“婆家”。

周利洪告诉记者，遵义铝业在发展中一直坚持“市场前置战略”，优先构建市场营销体系，以销售促生产。在已有的市场销售渠道基础上，遵义铝业按照煤电铝一体化集群模式，大胆与遵义县政府合作，在生产厂区一侧引资打造铝加工产业园，首批 9 家高强度铝合金、新型型材和电线电缆等铝深加工企业签约进驻，极大提升了遵义铝业的市场安全。

据该公司副总经理于学钢介绍，因铝液直销，遵义铝业每吨铝液可节省综合成本近 200 元。

在遵义铝业铸造一车间的厂房里，记者看到了非常奇妙的一幕：原本平行并列的 4 条铝锭铸造设备被拆除了 1 条。原址上，一家私营性质的贵州青苹果电力材料公司的电工圆铝杆生产线正在火热生产。

这是该公司积极盘活存量资产的具体体现，这种合作模式，不仅节省了该公司直供铝液的运输费用，还向当地政府表明了企业积极贯彻落实“资源就地转化”的态度，赢得当地政府的高度认可。

务实工作成效显著

2011 年 4 月 26 日，遵义铝业与郑州轻金属研究院签订了技术合作战略协议。根据协议，未来 10 年，双方将围绕节能减排、降本增效、人才培养、新装备应用等，进一步拓深新技术、新工艺、新装备的产研合作，共赢发展。

周利洪告诉记者，近年来，遵义铝业狠抓基础管理，用务实之匙开启平稳生产工作良好格局，为完成各项目标任务夯实基础。

“我们通过加强与科研单位的合作、深入开展运营转型、加强外部协调保障电力供应等，务实工作取得显著成效。”

周利洪认为，尽管遵义铝业面临的形势异常严峻，历史遗留问题较多，困难也很大，但只要真正做好舒“筋”活“络”的工作，走出亏损、重回正轨、实现跨越就能变成现实。

“舒‘筋’就是从公司领导到员工都要换思想、转观念。公司领导班子要勇于担当、勇于开拓、不辱使命，让员工看到希望；员工要树立市场观念和效益观念，构筑起在逆境中崛起的精神支柱。活‘络’就是经营管理的各个环节，要靠机制、管理、技术以及市场营销等方面的创新来激活。”周利洪说。

一系列的务实工作，为企业的生产经营带来了积极变化。

2013 年一季度，该公司单位制造成本、完全成本均明显低于上年平均水平，其中 200 千安系列直流电耗降低 50 千瓦时/吨，阳极毛耗降低 10.4 千克/吨；350 千安系列直流电耗降低 45.5 千瓦时/吨，阳极毛耗降低 8.2 千克/吨，为一季度实现“开门红”奠定了坚实基础。

（原载于 2013 年 4 月 24 日《中国铝业报》，郑周文对本文也有贡献）

让市场说话

——中铝西南铝“市场化、开放型”改革纪实

2012 年 12 月 17 日上午 8 点 40 分，中铝西南铝冷轧厂厂长汤勇信步走上演讲台，向中铝公司党组成员、中国铝业总裁罗建川，中铝总部相关部门负责人以及由西南铝职工代表组成的评审团阐述了他对西南铝高精板带事业部未来工作的构想，缜密的工作思路和详实的措施赢得了评委们的一致认可。

12 月 24 日，经过严格的公示考察，汤勇被任命为西南铝高精板带事业部总经理，中铝公司“市场化、开放型”改革发展大幕由此拉开。

“十八大”指明方向

2012 年，全球经济二次探底。中铝公司面临比 2008 年世界金融危机更为严峻的危机和挑战。

如何破解危机、走出困局，成为中铝公司在结束三年结构调整工作后的重要课题。

“党的十八大为国企改革发展指明了方向，我们要重点思考十八大强调的开放型经济和市场化方向的论断，研究中铝公司进一步市场化改革的方案和举措，在谋求企业的长远发展上有所作为。”2012 年 11 月 22 日，在中铝公司传达学习党的十八大会议精神干部大会上，中铝公司总经理、党组书记熊维平提出明确要求。

经过为期一周的调研，中铝公司决定以中铝西南铝、华西铝业、东轻公司等企业作为试点，开展“市场化、开放型”改革。

2012 年 11 月 29 日，中铝公司党组成员、中国铝业总裁、西南铝董事长罗建川率队来到中铝西南铝，向西南铝负责人及相关人员传达党的十八大精神，并就西南铝下一阶段的工作进行了深入交流。在总结中铝公司近年来改革发展的工作时，罗建川认为，除整个外部经济形势不好这一客观因素外，中铝公司市场化程度不高是制约公司发展的主要因素。他指出：“西南铝作为中铝公司铝加工板块的重要企业，要在体制机制上进一步开放，在管理经营上进一步市场化，积极寻找改革发展的出路。”

结构调整显成效

“由于各种历史原因，西南铝存在股权关系复杂、管理体制机制不灵活、关键岗位人员主观能动性不能得到充分发挥、产品质量不稳定等问题，阻碍了公司的发展。”1 月 7 日上午，在西南铝业（集团）有限责任公司办公楼里，该公司总经理李凤轶用笔在纸上画了三个圆圈，形象地向记者介绍西南铝业（集团）有限责任公司、中铝西南铝板带有限公司和中铝西南铝冷连轧板带有限公司的关系。

李凤轶说，只有了解西南铝的历史，才能真正理解市场化改革的重要性。

而在近几年西南铝的改革工作中，最有成效的要数近三年来的结构调整工作。

2008 年世界金融危机爆发后，全球铝行业成为重灾区，中铝公司也遭遇了“自成立以来从没遇见过的亏损”。

2009 年中铝公司年中工作会上，中铝公司总经理、党组书记熊维平指出：“中铝公司遇到的困难不是金融危机带来的，也不是行业问题，更不是竞争对手的竞争，根本原因在于过去快速发展过程中对深层次的结构问题还没有深刻认识。”

工作会确定了开展为期三年的全方位深度结构调整计划。

“在解决眼前生存问题的同时，更要解决长远的发展问题。”该计划提出要按照效益优先、存量优先、创新优先、资源优先的原则，进行一场涵盖产品、产业、布局、工艺、技术、资产、管理、组织等方面的全方位深度结构调整。

像中铝公司其他企业一样，西南铝在这次改革中也尝到了甜头。据了解，近年来，西南铝按照中铝总部的要求，深入开展了全方位、深度结构调整，优化了人力资源配置，精干了管理队伍，提高了管理效率。“三年的结构调整使我们看到了改革的方向，罗建川董事长多次在会议中强调，西南铝要在改革中寻找出路。而这次市场化的改革，正是三年结构调整工作的延伸。”西南铝党委书记雷正平说。

统一思想赢民心

2012 年 11 月 29 日下午，中铝西南铝召开干部大会，将中铝公司党组关于在西南铝开展“市场化、开放型”改革试点的决定向各级干部作了传达，得到与会人员的一致拥护。

思想的统一，助推了市场化改革工作的迅速展开。“我们花了较短时间就完成了改革方案的制订。”李凤轶告诉记者，中铝公司党组要求西南铝的市场化改革工作在 2013 年 1 月 1 日前完成，而此时仅剩一个月的时间，任务之重可想而知。

“去年 9 月份，参加完铝加工企业管理提升工作会议后，我和李总花了两个多月的时间，到各单位走访，对组织机构、人员组成等方面进行了调研。”雷正平告诉记者。

选帅竞聘开好头

“实施 341 战略，以效益为核心，构筑营销、品质、成本、管理、战略五大保障体系，为中铝西南铝实现扭亏为盈作贡献……”12 月 17 日上午 8 点 40 分，在西南铝铝城宾馆会议室里，西南铝冷轧厂厂长汤勇在竞聘高精板带事业部总经理职位时阐述了自己的观点。

“开展西南铝高精板带事业部总经理职位竞聘仅仅是第一步。”李凤轶告诉记者，西南铝此次市场化改革工作，共分几个阶段开展，分别为组建中铝西南铝高精板带板块、压缩机构、建立干部梯队培养任用机制、建立新的科技研发体系、建立新的质量保障体系和营销管理体系。

“事业部成立前后，我们在公司内部进行了广泛的宣传，将为什么要成立事业部、事业部的主要工作等方面的内容向广大干部员工解释清楚。”西南铝人力资源部主任王勇告诉记者，为确保事业部各项工作的顺利开展，西南铝简政放权，授予事业部足够的人、财、物、产、供、销等权力。

据了解，此次总经理职位的竞聘共有7个团队和个人报名参加，中铝公司党组成员、中国铝业总裁罗建川任主考官，中铝公司人力资源部、纪检监察部、中国铝业铝加工部、财务部、中国铜业及中铝西南铝领导班子成员担任考官。

“竞聘方案主要考察个人能力、近年来工作业绩以及对高精板带事业部的战略构想、市场定位、经营目标及经营措施等。”王勇告诉记者。

最终，西南铝冷轧厂厂长汤勇以绝对的优势胜出。“刚开始真没想到会是我，获胜后我感到身上的担子很重。”谈到竞聘成功，汤勇认为他的优势在于坚持对企业负责的管理。他说：“再好的管理，不坚持就不会有好的效果。”

年轻干部增活力

12月24日，随着总经理人选的确定，由中铝西南铝板带有限公司、中铝西南铝冷连轧板带有限公司、西南铝冷轧厂三块实体组建起来的高精板带事业部正式成立。

西南铝财务总监高行芳告诉记者，成立后的事业部资产将占整个中铝西南铝资产的一半，其管理模式避开了3个企业法律繁冗、股权关系复杂等问题，首次实现生产运营的统一管理。“事业部成立后，我们对其下属的制造部、综合部等单位（部门）负责人进行公开选拔，打破常规，鼓励有能力的年轻干部参与进来。”

用人权、分配权、采购权、销售权等完全按市场化管理的事业部，吸引了西南铝广大干部员工的目光，其中不乏有部分年轻干部，蒋程非就是其中一个。

1980年出生的蒋程非2003年大学毕业后，来到西南铝冷轧厂从事技术、生产工作，由于工作表现出色，2010年担任生产安全科科长。在此次事业部中层竞聘中，获得了制造部副经理（主持全面工作）的职位，成为西南铝的中层领导干部。

王勇告诉记者：“中铝公司领导多次在会议中强调，各企业要做好干部新老交替工作，注意培养年轻干部。因此，这次改革除了简政放权，经营管理市场化之外，干部年轻化也是这次改革的重点。”

和蒋程非同样年纪的潘祯，也在这次竞聘中脱颖而出。

2003年，潘祯从昆明理工大学毕业来到西南铝铝箔厂工作，后来担任热连轧板带公司技术主管，此次竞聘成功获得热连轧制造中心副主任职位。

“我对工艺比较熟悉，但安全和生产方面的知识较为欠缺。”潘祯略带羞涩地告诉记者。未等记者提问，潘祯抢着说道，“今年元旦以来，上班时间我都到生产一线走走，向安全、生产方面较有经验的主管请教知识，并及时处理一些生产过程中出现的问题。”

作为中心最年轻的干部，被问及能否管理好各项工作时，潘祯信心满满，说道：“我相信我能做好。”

特色管理赛同行

“新成立的事业部有什么特别之处？”1月8日上午，记者来到西南铝财务总监高行芳的办公室，向她了解了事业部成立的过程。

“三个单位中，两个是独立法人，一个是西南铝的下属二级单位，如何组建？将来怎么运转？未来的总经理该承担什么责任？这是起初一直困扰我们的问题。”记者刚落座，高行芳就打开了话匣，“后来，罗建川董事长提出的成立一个事业部的想法得到了大家的赞同。”

经过研究，西南铝经营班子决定以国内其他优秀的铝加工企业作为对标对象，选择西南铝经营业绩最好的2011年作为基准，要求事业部经营业绩第一年达到对标对象的60%，第二年达到80%，第三年达到100%。

“模拟吸收合并，较好地解决了前面提到的问题。”高行芳继续说道：“以冷连轧为核心，模拟吸收合并板带公司和冷轧厂。同时，为推动事业部工作的开展，我们对事业部的领导班子进行风险抵押金考核，领导班子任职前交出一定额度的抵押金，工作一年后，干得好的加倍返还抵押金，干得不好的扣抵押金并直接免职。”

不仅如此，记者还了解到，事业部改变了国有企业原有的许多做法，比如事业部对集体企业等有关联交易的单位不再给特殊优惠，让其走向市场跟其他同行企业竞争。

“管理层级多是国企的弊端，过去往往是领导班子看到问题后，在推动解决的过程中，由于层级多导致问题解决不了根本。”高行芳告诉记者，事业部改变了过去分厂——车间——班组——机台的层级模式，设置为事业部——制造中心——机台，减少了车间和班组的层级。

“事业部开展竞争上岗，是公司发展的需要，大家都很理解。”走上新岗位的热连轧制造中心设备主管方胜兵说，“事业部市场化管理带来了很多好处，以前维护工每个班组拿到的绩效都是一样多，一定程度上降低了员工的工作积极性。现在制造中心将个人每天的工作量上墙公示，以工作量的多少来衡量每个员工的绩效，很大程度提高了员工的工作积极性。”

多管齐下降成本

据了解，事业部成立之初，西南铝产品运费高是广大干部员工反应最多的问题。“事业部领导班子经过商讨后，决定面向社会公开竞标。”事业部总经理汤勇告诉记者，1月4日，共有10家企业参加运输物流业务竞标，主要地区华东、华南物流成本较以前下降了30%，全年物流成本可节约1500万元。“内部关联交易价格按市场化运行，外委分切价格下降了53%。”

与此同时，事业部还整合了营销团队，将原来属于供销部的销售员、技术部门的工艺工程师、生产部门的合同计划员，实行跨部门的三岗位合一，实现了生产、技术、销售的统一联动。“这种方式较好地解决了过去的销售难题，满足了市场对质量、交货期的快速需求，生产现场物流也得到快速运转。”

冷轧制造中心生产工艺主管周建波告诉记者，事业部成立后，冷连轧、热连轧和冷轧不再分开运作，使工序间的链接更加契合，提高了工作效率和产品质量。“我们利用冷连轧和热连轧可使用大卷径铝材的优势，改造原冷轧厂三台拉矫机列不能使用大卷的开卷装置，推行大卷径生产方式。改造完成后，预计大卷径铝材的使用率提高50%以上，在质量稳步提高的同时，成品率至少可提高5个百分点以上，吨产品可节约成本200元以上，全年可节约1600万元以上。”

1月7日下午6点10分，已过下班时间，记者看到事业部副总经理李晌和几位员工在电脑前忙碌，上前一问，原来他们在研究10天后开展的用户恳谈会工作细节，“事业部刚成立，很多工作需要加班完成，工作做不完回家心里也不踏实。”

几天的采访，给记者印象最深的是事业部干部员工忙碌工作的身影和坚定的笑容。当被问及是否能完成全年目标任务时，汤勇面带笑容，坚定地回答：“一定要完成。”

（原载于2013年1月23日《中国铝业报》）

市场点亮发展梦

——中铝国际贵阳院十年改革市场化发展纪实

编者按

从2003年第一次走出国门，到2012年在全国勘察设计单位中境外收入排名第6位；从7年间平均每天申请一件专利，到成为“国家级专利示范企业”；从单纯提供专业设计服务，到实现发展方式的根本性转变。从某种意义上说，中铝国际贵阳铝镁设计研究院有限公司（以下简称贵阳院）是中铝公司十年来实现跨越式发展的一个缩影。贵阳院的发展轨迹，让我们依稀看到了中铝公司实施海外战略的“线路图”，看到了中铝公司占领行业科技制高点的不懈追求，同时，也看到了中铝公司实施深度结构调整和战略转型取得的发展潜力。

十年弹指一挥间。对于贵阳院来说，弹指之间不乏壮丽。

加入中铝公司十余年来，贵阳院积极开拓市场，实现了从单一设计向工程总承包、装备制造、工程监理等业务多元化发展的转变，其业务成功拓展到印度、哈萨克斯坦、阿塞拜疆、马来西亚等国家。

贵阳院是如何在严峻的经济形势下抢占市场，实现跨越发展的？近日，本报记者采访了贵阳院负责人，了解了贵阳院十年改革市场化发展的历程。

引　　子

采访中记者发现，十年的历程，贵阳院经历过阵痛、付出过艰辛，践行着奋斗，留下了很多美好记忆。我们只想截取几个画面，选取几个镜头，把他们的典型作品、创新思路、市场机制宣传报道，以期为中铝公司各企业摆脱困境、创新发展提供借鉴。

拓展海外市场　积极“走出去”

镜头一：

2004 年 6 月 23 日，北京人民大会堂。

时任中铝国际副总经理、贵阳院院长的贺志辉与哈萨克斯坦科瑞卡公司负责人在两国企业代表的见证下，郑重地在哈萨克斯坦电解铝建设项目合作协议书上签字。贵阳院作为该项目的技术供应商，为该项目提供具有自主知识产权的大型预焙阳极电解槽及其配套技术。

项目建成后，哈萨克斯坦告别了无原铝生产的历史。

今年 4 月 28 日，受贵阳院院长黄粮成的委托，国际业务部负责人一行搭乘飞往印度孟买的飞机，对贵阳院十年前提供技术支持的印度 BALCO 铝厂进行回访。

2001 年，成立不久的中铝公司确定了按照市场经济规律运作，建设具有国际竞争力的大公司大企业集团的目标，加快国内资本运作步伐，通过资产划拨、重组，将一些与铝相关的企业收归旗下，贵阳院于 2003 年加入中铝公司。

“加入中铝公司后，贵阳院跃上了更高的发展平台，获得了更大的发展空间。”

黄粮成告诉记者，按照中铝公司“走出去”战略部署，贵阳院在认真分析、客观评估市场的基础上，决定按照市场要求，将业务延伸到海外。“在当时国内铝工业高速发展的环境下，贵阳院居安思危，实施了‘走出去’的海外战略。”

扩建之初，BALCO 铝厂通过多方比对选择了贵阳院的技术。贵阳院于 2002 年 12 月 21 日派出技术和商务人员组成的谈判小组前往印度，开始了第一次艰辛的谈判历程。谈判过程中，无论是技术谈判还是商务谈判，无不凝结贵阳院谈判小组的智慧。特别是，在对方苛刻的要求下，谈判几近僵局。贵阳院谈判小组据理力争，赢得了谈判的筹码，通过13 天谈判，最终于2003 年1 月3 日经过28 小时连续工作敲定了合同。

一个来自中国西部山区的有色设计院，在国际铝工业技术强手如林的市场中，成功打入拥有丰富铝业资源的印度市场。“BALCO 铝厂电解铝项目的成功实施，赢得了海外投资商的信任，以此为突破口，贵阳院逐渐扩大海外市场，先后成功拿下印度、哈萨克斯坦、马来西亚、阿塞拜疆等国家的十余个电解铝项目。”黄粮成说。

实施专利战略　跻身国际市场

镜头二：

2011 年 9 月 22 日，贵州贵阳。

由贵阳院承办的中铝国际 2011 年知识产权工作大会上，该院院长黄粮成说：截至 2011 年，公司知识产权工作平稳发展，获得贵州省知识产权优势培育企业评审小组高度评价，并以高分通过“贵州省知识产权优势培养企业”验收。

“GAMI”获得贵州省自主创新品牌 100 强称号。

截至 2011 年底，该公司已经完成了 2959 件专利申报，获得专利授权 2150 件，位列全国 2 万多家科研设计院所前列，连续 7 年平均一天申请一件专利。

一个名不见经传的有色设计院，靠什么在国际市场上争得一席之地？

“专利战略！”4 月 22 日下午，在中铝科技大厦，黄粮成指着一摞厚厚的专利证书告诉记者：“走出国门，在海外市场中与强劲的竞争对手进行比较后，我们发现，贵阳院要真正与国际市场对接还面临很多挑战。在国际市场，只有专利才是唯一的通行证。”

这样的意识，从获取印度 BALCO 铝厂电解铝项目开始，就始终贯穿在贵阳院的国际化战略中。黄粮成告诉记者：“在第一次的谈判中，当我们提出收取技术使用费时，对方提出了一个问题，‘我们为什么要支付技术使用费呢？凭什么说这个技术是你们专有的呢？’面对这个突然的问题，我们当时就拿出了很多国内的获奖证书，可是对方并不认可。当我们拿出专利证书时，对方立即答应支付技术使用费。”

贵阳院党委书记吕维宁说：“专利可以直接、权威地展示技术成果的先进性和优势，还可以明确地解决技术所有权问题，从而成为打开国际市场的‘敲门砖’。专利是收取技术使用费的基础和依据，也就成为了获取利润的‘筹码’。”

而此时，各大铝业公司激烈争夺国际市场，甚至有很多公司采用低价策略。面对这种形势，贵阳院利用专利战略不仅打开了国际市场，又在激烈的竞争中占据了市场份额。

近7年来，贵阳院以平均一天一件专利的申请量，成功开发出自己的“专利群”，为市场化发展奠定了基础。

搭起进步梯　铺就成才路

镜头三：

2011年12月22日，贵阳院博士后科研工作站揭牌暨博士后进站仪式在中铝科技大厦举行。

曹阿林、马家玉、吕晓军3人作为首批进站博士后，将对贵阳院提出的粉煤灰资源利用研究、铝电解槽磁流体动态稳定性研究和应用、多物理场耦合效应下的铝电解槽非稳态电热平衡特性研究3项课题进行“一对一”研究。

“人才是自主创新的核心。”吕维宁告诉记者，拥有一天一件专利申请量的好业绩源于贵阳院对创新人才的持续培养。

吕维宁说，贵阳院一直坚持“以用促学，学以致用”。从2000年开始，贵阳院就与国内知名高校合作，把设计过程中和企业生产中的难题，作为研究生研究的课题和方向，选送技术骨干到高校联合培养工程硕士。贵阳院开展了对年轻技术骨干的国际化交流和培养，2011年选送了两名年轻技术骨干到新西兰奥克兰大学进修。

与此同时，贵阳院建立了课题负责人制度，制定了“先申请专利后进行成果鉴定、技术合同签订前明确专利权归属与分享、重大科技项目立项前签订技术保密协议”以及“专利产权、专利申报、专利经费、专利运用高度集中管理四个统一”的制度，以此为基础建立了知识产权管理制度和专利申报奖励制度，最高奖励可达20万元。

“为充分调动科研人员申报专利的积极性，除了给予申请人一次性奖励和把专利申请与职称评定挂钩外，贵阳院还实施了智力成果参与分配的制度，把专利实施的收益按一定比例奖励给专利申请人。”

目前，在贵阳院720多名职工中，工程技术人员占80%，具有高级专业技术职称专家35%。其中，国家级勘察设计大师1人，省部级勘察设计大师5人，中铝公司首席工程师1人，省管专家5人，享受国务院政府特殊津贴专家3人，持有各类国家执业资格人员240余人。

“市场需要什么，我们就干什么”

镜头四：

2005年6月18日，总投资85亿元、年产氧化铝160万吨的广西华银氧化铝一期工程，在百色市德保县马隘乡正式开工建设。这是我国当时一次性投资最大、建设生产规模最大的铝工业项目。

华银氧化铝一期工程经国家发展和改革委员会核准，由中国铝业股份有限公司、广西投资集团有限公司和五矿有色金属股份有限公司三家共同出资设立，贵阳院承担了大部分的设计和施工任务。

2010年6月18日，四川攀枝花市钒钛工业园区内，攀钢钛业有限责任公司海绵钛项目还蒸工序如期打通，并顺利生产出第一炉海绵钛，标志着以贵阳院为主总承包的主要建设任务胜利完成。这是贵阳院积极开拓市场，走“多元化战略”获得的非铝行业、非中铝公司内部的项目之一。

黄粮成告诉记者，为应对2008年世界金融危机带来的影响，按照中铝公司的总体安排和部署，贵阳院在2003年成功“跳出国门”，走向海外市场后，再次突破自我，完成了跳出中铝、跳出行业、跳出设计的“三级跳”，谋求新的利润增长点。

事实上，早在2008年以前，贵阳院就尝试过“跳出设计”。

2007年，中铝国际以贵阳院为主对广西华银氧化铝工程实施ERP总承包，两年半之后，工程顺利交付使用。该工程成为亚洲一次性投资规模最大、氧化铝年产能达到160万吨的氧化铝厂。

“市场需要什么，我们就干什么。”黄粮成告诉记者，贵阳院积极寻求多元化发展，使原来主要承接中铝公司内部项目铝行业单一设计业务，拓展到工程设计、工程监理、装备制造、设备成套、矿山工程、工程总承包、自有土地开发等。“软硬件方面，过去贵阳院研究的电解铝、氧化铝、炭素生产工艺及控制系统，属于‘软件’。为增加产品附加值，拓展‘硬件’业务领域。2012年5月，我们成功收购了珠海新峰基地设备公司，从事装备成套生产工作，成功控股重组了贵州晨辉达矿业工程设计有限公司，目前贵阳院下属共有8个二级公司。”

兴铝强国勇担当　自主创新谋发展

镜头五：

2006年4月19日，时任中共中央政治局常委、国务院总理温家宝在中国人民革命军事博物馆参观中国保护知识产权成果展览。

“是否属于完全自主知识产权？”在贵阳院研制的350千安电解槽模型前，温家宝关切询问。

得到肯定答案后，温家宝说："其实，世界的竞争归根到底是知识产权的竞争，是品牌、质量、技术的竞争。希望你们创造出更多的知识产权。"

"贵阳院能走出国门，进入印度市场，主要靠我们自主开发的320千安电解槽及其配套技术。"4月23日上午，在中铝科技大厦，吕维宁告诉记者。

据了解，320千安电解槽还有另外一个名字，叫"争气槽"。2001年5月10日，贵阳院与平果铝业联合开发的具有自主知识产权的320千安电解槽成功投用。当时，国际上还没有320千安电解槽系列化生产的先例。铝工业界这样评价320千安电解槽：这是中国拥有完全知识产权的"争气槽"，使我国铝电解技术达到世界先进水平，标志着中国电解铝工业具有自主开发大型预焙阳极电解槽技术的能力。

在此基础上，贵阳院与青铜峡铝业公司联合开发的350千安电解槽于2004年投产，成为当时国际上容量最大的工业化电解槽。

而早于320千安、350千安电解槽的技术，也是贵阳院于20世纪90年代成功开发的我国第一套具有自主知识产权的180千安大型预焙电解工艺和装备技术。

"过去我国电解铝比较落后，基本是自焙槽模式。20世纪80年代，国内组织一批铝厂厂长到某发达国家知名铝业公司培训。当时，该铝业公司正在试验280千安预焙电解槽，参加培训的厂长们希望参观该试验项目。结果，厂方只是让厂长们远远地看了看。"

面对发达国家的技术封锁，自主创新成为唯一之路。20世纪80年代初，贵州铝厂第二电解铝厂引进日本160千安大型预焙电解工艺和装备技术，承担设计工作的贵阳院抢抓这一机遇，派出优秀技术人员配合日方人员工作，通过消化、吸收、再创新，贵阳院在电解铝、氧化铝、铝用炭素等方面形成了一大批具有自主知识产权的核心技术，实现了从引进国外技术到自行开发的根本性跨越，为我国工业技术装备水平跻身世界先进行列作出了举足轻重的贡献。

（原载于2013年5月8日《中国铝业报》）

评论

增强中铝人道路自信的经典案例

伍　彤

认真审视贵阳院十年来的发展轨迹，我们在心生豪迈的同时，对中铝公司

“打造最具成长性的世界一流矿业公司”的伟大梦想更增添了一份“道路自信”。这个极具挑战性的“中铝梦”，是中铝公司24万员工的共同梦想。

有了这份“道路自信”，我们就要更加认真贯彻落实中铝公司今年工作会议报告中提出的“坚持结构调整、战略转型目标不动摇”的要求，把握好历史机遇，重点做好“三个开发”（资源获取、海外开发、国防军工和高端材料开发）。用“三个开发”检验和检查战略转型的速度、质量和效益。

伟大的梦想要靠辛勤的劳动来实现。习近平总书记“五一”前夕在全国劳动模范代表座谈会上发表的重要讲话，深刻阐述了劳动对于实现中国梦的重要意义。劳动创造未来，奋斗成就梦想。以振兴民族工业为己任的中铝人，是一支在任何艰难险阻面前勇往直前、敢于亮剑的“铁军”，因为我们对自己选择的道路无比自信，这种自信必将转化为打造世界一流矿业公司漫漫征程上源源不断的正能量。

“梦想只要持久，就能成为现实。”当前，中铝公司正处在结构调整、转型发展的特殊时期、关键时刻，让我们将圆梦的目标转化为实实在在的行动，坚定改革方向，坚定转型目标，坚定必胜信心，用辛勤劳动、诚实劳动、创造性劳动汇聚起实干兴企的动力源泉，用劳动和创造托起“中铝梦”。

托起中铝人的“金融梦”

——中铝财务有限责任公司发展纪实

2011年7月8日，一个普通的日子，中铝人翻开了产融结合的新篇章，中铝公司注资15亿元人民币成立的中铝财务有限责任公司正式宣布开业运营。从这一天开始，中铝财务有限责任公司（以下简称“财务公司”）——这个专属中铝公司“银行”的开张，托起了中铝人的“金融梦”。

截至今年9月底，该公司资产规模达到62亿元，开业以来综合效益贡献超过6亿元。其中，财务公司账面利润达3亿元，间接综合贡献超过3亿元。

各项数据清晰地显示了该公司科学发展、跨越式发展的新高度，一家资本充足、管理科学、内控严密、运作规范、资金安全、效益优良、市场竞争力强，以“服务中铝公司、服务各板块和实体企业”为经营理念的中铝公司内部银行英姿初现。

搭建平台　赢在起跑线

一个“回车”，就可快捷调动企业内部资金；轻点鼠标，即实现结算精准实时到账。

10 月 14 日上午，记者来到财务公司，发现“网上银行”全面开通，各项财务系统完全信息化，繁杂的信贷、资金、结算等业务在人数不多的各个部门有序地运行着。

“增强中铝公司的核心竞争力和持续经营能力，对公司货币资源进行重新配置、集中管理，提高资金使用效率和资金收益。”早在财务公司成立之初，中铝公司董事长、党组书记熊维平就对财务公司进行明确定位。

“资金集中管理平台建设是中铝公司实现资金集约化管理的重要举措，也是发展金融产业的关键一步。”财务公司总经理蔡安辉告诉记者，今年以来，该公司加快推进资金集中管理平台的建设，完善客户服务管理体系，明晰财务公司在中铝公司总部、各板块和实体企业间的管理要点和控制环节，进一步健全中铝公司财务集中管理制度体系。

“拿中铝公司氧化铝产品来比喻的话，各企业的资金就像原材料铝土矿一样，通过存款集中到财务公司里来，财务公司通过结算、贷款等业务使各企业的资金更高效、更经济地使用。”该公司计财部经理黄薇说。

7 月 4 日，中铝公司召开党的群众路线教育实践活动动员会，拉开了中铝公司教育实践活动的序幕，也为财务公司的发展带来了契机。“动员会后，我们按照中铝公司党组关于群众路线教育实践活动开展的总体要求，迅速行动，对板块公司和实体企业进行走访。”蔡安辉说，截至目前，财务公司已经走访了 90% 的成员企业，行程跨 12 个省市自治区。

镜头定格在 9 月 3 日，山西。财务公司副总经理朱书红一行三人赶赴山西，走访山西铝厂、中国铝业山西分公司、山西华泽铝电有限公司、十二冶 4 家成员企业，落实中铝公司党组成员、副总经理刘才明提出的开户、银行账户授权、资金集中、结算集中以及清理银行账户五项要求，积极介绍财务公司相关业务，深入了解成员企业金融需求，现场辅导答疑释惑，拉近了实体企业与财务公司之间的距离。

“网银系统使用效果可用准确、高效、便捷、经济八个字高度概括。”中国铝业山西分公司财务部经理赵玲珍向记者介绍。财务公司网银系统批量支付功能，能显著提高企业月末付款高峰时的工作效率；网银自行打印回单、对账单，不但省却了财务人员去银行打印回单的工作，而且免收结算手续费，为企业控亏增盈给予了实实在在的支持。财务公司系统工程师及时、热情地用电话或者远程协助方式解决企业在网银使用中遇到的问题。

优越的系统平台赢得了各成员企业的青睐。截至目前，近 400 家企业在财务公司开户，直联银行账户授权大幅攀升，今年以来结算规模超千亿；日均存款显著增长，近 5 个月日均存款较前 4 个月增长超过 40% 。中国铝业、云铜股份和中铝国际三家上市公司与财务公司的金融服务协议均获得股东大会批准，上市公司存款限额已提高至75亿元。

贴心服务 获得好口碑

有了先进的资金管理平台，剩下的就是解决“服务”问题了。

“在此之前，财务公司同各板块之间的定位不明晰、沟通协调不顺畅、相互之间的信任未能完全建立。”财务公司副总经理葛小雷告诉记者，由于财务公司成立时间不长，各板块、实体企业对财务公司了解不够全面，认为财务公司等同于外部商业银行。

“财务公司最大的核心价值在于服务中铝公司产业的发展，服务各板块和实体企业。”5月3日，在中铝公司第26次总经理办公会上，刘才明再次强调财务公司的定位。

方向确定后，财务公司自上而下开展了一场关于科学发展的大讨论，进一步坚定发展信心，达成了“以创新服务促发展，积极开展‘四优’贴心金融服务（即在业务品种、产品定价、业务效率和服务意识四个方面优于其他银行），将服务能力转化为核心竞争力，开拓一条契合功能定位、有利于公司健康发展”的可贵共识。

“财务公司有商业银行的业务功能，但又区别于商业银行。”蔡安辉告诉记者，商业银行一般不提供批量支付指令功能，而财务公司可以批量支付，而且在结算业务上，商业银行会收取一定的手续费，而财务公司对于各成员企业的结算业务是完全免费的。

相比之下，选择财务公司会更便捷、经济。

今年3季度以来，利率市场化改革加速，货币市场供应趋紧，利率攀升，银行惜贷，成员企业面临融资紧张，财务公司经过审慎决策，适时调整信贷结构，推出新的信贷业务品种，开辟绿色通道提高放款速度，向多家客户快速提供紧急过桥贷款。

“财务公司根据成员企业的个性化需求，对信贷业务品种、期限结构进行适时调整、优化配置，积极研发出更符合中铝公司成员企业行业特点的新品种。新品种经济收益并不高，而且容易加大财务公司管理成本和运营风险，但可以为企业的信用价值、商业价值保值增值。”蔡安辉说，从中铝公司大局出发，财务公司坚持创新服务，尽最大努力为实体企业解决各种融资难题，以服务创造价值。

据财务公司信贷投资部刘磊介绍，财务公司由于对各成员企业有足够的了解，审核过程比较简单，一般只需要一到两周就能放款，特殊情况下，贷款当天审批通过，当天就能放款。

不仅如此，财务公司还在监管许可的范围内，以让利的方式为成员企业提供远优于市场水平的价格。存款利率上浮到顶，活期存款按照协定存款计息，不同程度扩大贷款利率下浮空间，如贴现利率比同期银行报价低15%以上。

不到半年，财务公司干部员工对“四优”贴心金融服务的认识进一步提高，责任感和信心进一步增强，面向各板块和实体企业的市场定位不断落实和强化，得到了中铝公司成员企业的一致认可。截至目前，130多家成员企业在财务公司有存款余额，已经熟练使用财务公司平台的成员企业有近100家，其他已开户企业正在开通加入这个管理平台。

规范操作　筑牢风控墙

敢于开发容易加大管理成本和运营风险的新业务，源于财务公司拥有一套完善的风险防控体系。

今年以来，财务公司以操作风险、流动性风险和信用风险为防控重点，进一步加大风险管理力度。

据介绍，该公司要求相关部门在结算业务过程中，坚持资金零在途、业务零损失、客户零投诉的“三零”标准，着力防范信息科技风险，加大系统软硬件检测维护力度和频率，不断优化信息系统功能，实现系统零故障运行。

“每一笔指令的操作过程，我们都会进行50多个点的审核，确保信息合法合规，资金安全。在审核、办理阶段，一旦出现其他因素导致银行退款时，财务公司会及时反馈给成员企业并跟进业务，确保成员企业零损失。”

该公司结算部员工刘煜告诉记者，为确保达到“三零”要求，在结算过程中，往往需要对各成员企业的业务人员进行详细讲解，有时还需要电脑远程协助，帮助其找到问题所在，确保结算业务各项指令高效、精准完成。

朱书红介绍说，财务公司实行了前中后台全流程信用风险管理，每一笔贷款发放前，先由该公司信贷投资部进行贷前调查，风险管理部进行独立风险审查，最后通过业务审查委员会审议和总经理审批。款项贷出后，各部门还负责贷后检查、风险监控和不定期审计等工作。

不仅如此，该公司还建立了“客户信用评价+综合授信额度+利率风险定价”的信贷模式，着力完善信贷业务体系。“今年7月份以来，我们为优化信贷结构做了大量工作，从业务板块、企业层级、地区分布、期限、品种结构等方面进一步细化，不同的发展时期采取不同的经营方式，确保信贷业务体系安全平稳运行。”信贷投资部副经理朱丹告诉记者。

一系列行之有效的措施促进了财务公司信贷组合的不断优化和资产质量的平稳向好，经受住了市场波动的考验，开业至今，所有贴现票据和贷款全部按期收回，保持了不良资产率为零的好业绩。

业务创新　开拓新市场

2008年以来，受世界金融危机和欧债危机的影响，中国有色金属行业陷入低谷，中铝公司各所属企业经营受到较大影响，融资压力进一步加大。

“在这种情况下，很难使企业的资金从当地银行集中到财务公司。”

大多数板块和成员企业反馈的意见，让财务公司不得不思考下一步的发展方式。

“要拓宽渠道，实现资金来源的多元化，确保财务公司的可持续发展。”9月18日，在财务公司全体员工会议上，刘才明对财务公司的发展作出指示。

葛小雷告诉记者，拓宽资金来源渠道可以通过获取新业务资格来实现。随着中铝公司国际化程度的不断提高，会有不少的外汇存量，财务公司将积极争取外汇存款、结售汇、电子商业汇票、同业拆借等新业务资格，紧跟中铝公司“走出去”战略。

知易行难，财务公司知道业务全牌照是财务公司做实金融板块的基础，但牌照申请却存在诸多困难。据葛小雷介绍，金融股权投资等银监会负责审批的新业务资格，硬性准入条件是全口径资金集中度必须达到30%，中国人民银行对于同业拆借的准入限制则是成立两个完整年度以上，也就意味着要到2014年财务公司才能正式递交申请。

条件不具备，监管机构不受理，面对诸多困难，财务公司没有止步不前，在综合分析中铝公司金融需求后，今年7月，财务公司启动了七项新业务的申请工作。“包括电票、外币存款、承销成员单位的企业债券、对金融机构的股权投资、有价证券投资、买方信贷和融资租赁、同业拆借业务。目前，电票和外币存款资格申请取得突破性进展，特别是电票业务有望在今年上线。”该公司结算部负责人张盛铭说。

青春筑梦　托起新希望

2012年1月17日，中铝公司新春团拜会上，一群穿着艳丽服饰的年轻人在乐曲声中唱着歌、跳着舞，一句句以日常工作为主的歌词，拨动着现场观众的心弦。他们是财务公司这个优秀团队的员工代表。

刘煜，1986年出生，外表看起来娇小而柔弱，2011年4月来到财务公司工作，家住北京，却常常不能陪伴家人。

“今年中秋节，全家人为姥姥举办了生日聚会，但我因为要给成员企业做结息工作，9月18日那天忙得很晚，等我下班回到家时，姥姥的生日聚会已经结束。”提到家人，刘煜显得很激动，强抑眼中的泪水，继续说道：“爷爷今年84

岁，由于经常不能陪伴他，有时我下班回到家他都不认识我……”说到这，刘煜开始哽咽起来。记者把话题转移到工作上，刘煜又立刻兴奋起来，滔滔不绝地介绍工作上的事。

刘煜告诉记者，因客户需要，财务公司曾在两周内完成了近800张商业汇票的审验及放款工作。

时间紧、任务重，为保证放款的时效性，该公司结算部全体员工一同加入到了票据的审核工作中。由于审核需要全程监控录影，而监控室处在中铝大厦空调管道的末端，在密闭阴冷的小房间内，她和同事往往一待就是一天……最终，这个年轻的团队在年底前完成了所有贴现票据的放款工作，得到成员企业的一致好评。

和刘煜一样，也在结算部工作的贾轶尧，2011年从英国留学回国后，加入到财务公司这个“大家庭”，一直从事结算经办和账户管理工作。

家在沈阳的贾轶尧，因为工作的原因，平时很少能回家。“以前是几个月回去一次，现在公司的业务越来越多，工作量比以前大很多，回去的机会更少了。”

贾轶尧告诉记者，经办的工作主要是接收成员企业的指令，贷款和贴现的发放，定期、通知存款等业务办理。“我们每个人平均一天要完成六七十笔指令，每一笔指令的操作都要求我们在高度集中的状态下进行，不能分神。因为，我们一个细微的失误有可能就会给成员企业带来很大的麻烦。”

贾轶尧说，不久他将调到别的岗位上工作，他正在把经办的业务技能传授给新入职员工。

吕毅，1984年出生，在财务公司信贷投资部工作，虽然同为“80后”，吕毅却显得更为沉稳，对于记者的每一个提问，吕毅都会稍加思考后再作答。吕毅告诉记者，信贷投资部主要为中铝公司成员企业提供多产品融资服务，提供各类用途、长短期资金支持。“我们部门业务繁杂，需要经常加班才能完成工作，朱丹经理每次都带领我们几个开展业务讨论、设计融资方案、撰写贷款调查报告等，生活上也很照顾我们，我很喜欢这个团队。”

吕毅向记者介绍了今年4月的工作场景——

今年4月，羊拉铜矿提出贷款需求，信贷投资部一行四人赶赴云南，在香格里拉县城奔赴矿山途中，暴雨导致山体滑坡，信贷投资部一行人时而避让从山上滚落下来的石块，时而下车搬开拦路石，短短140千米的路程，竟然行驶了近6个小时。在海拔3400米的矿山上，张炜又出现了严重的高原反应，患上了急性肠炎，赶到地方诊所输液治疗到凌晨，但还是坚持走访企业，整理数据，撰写报告，圆满完成了工作任务。

（原载于2013年10月30日《中国铝业报》）

评论

找准支点撬顽石

伍　彤

资金被誉为企业的“血液”，在任何一家现代企业的重要性都不言而喻。因此，中铝公司办起了专属于自己的“银行”，让全身血液的流动更顺畅，让整个“身体”更具活力。

但是，在理想和现实之间，常常是“理想丰满，现实骨感”。

在实现理想的途中，越是遇到看似难以逾越的“顽石”，越需要精准定位撬动顽石的支点，越需要借助合适的工具，越需要在撬动顽石的过程中，一点点渐变用力的方向和力度。唯如此，才能较为高效地朝着理想前进。

中铝财务公司成立以来克服困难的实际行动给我们带来了上述启发。财务公司成立之初，将中铝公司各实体企业的资金集中起来统一管理，借以提高资金使用效率和收益，这也是当初财务公司成立时的初衷。但是，由于2008年国际金融危机爆发后，各企业生产经营遇到困难，各地方银行资金也较为紧张。在这种情况下，实现当初的预想就遇到了“现实问题”。

在这种“绕不过的困难”面前，中铝财务公司审时度势，找准“杠杆”的着力点，首先从“提供服务”入手，接着从提供“免费午餐”入手，为实体企业提供免费结算业务服务，然后又从“以让利的方式为成员企业提供远优于市场水平的价格”入手。就这样，一点点加码，一次次发力，挡在财务公司开拓发展面前的“顽石”终于被成功撬动了。

由于找准了撬动“杠杆”的支点，用好了“巧劲”，中铝财务公司才能在成立以来较短的时间里，在银行业普遍面临资金困难的大环境下，用真诚和服务赢得了理解和支持，赢来了良好的口碑，做成了属于自己的那份“蛋糕”，实现了3亿元账面利润的真金白银，也为实现中铝公司产融结合的战略目标打造了新引擎。

寻找希望的“火种”

——中铝抚顺铝业直购电项目组工作纪实

抚顺铝业直购电项目的实施，标志着国家直购电试点政策得到了最终落实。

抚铝直购电为全国电解铝企业第一家也是唯一一家。“抚铝曾经是中国电解铝的一面旗帜，是一种精神的体现，要实现新的跨越，重树‘中国第一铝’的精神、状态和风貌。”中铝公司总经理熊维平深情嘱托、殷殷希望时刻激励抚铝人锲而不舍，自强不息。在中铝总部、各级政府、合作企业的全力协调配合下，抚铝直购电项目组落实直购电合同，直购电电价比目录电价平均每千瓦时降低 0.1265 元，全年减少电费 4.045 亿元。抚顺铝业直购电项目荣获中铝公司 2011 年度总经理特别奖。

直面危机：打响生死保卫战

2009 年，席卷全球的国际金融危机给电解铝行业带来了很大冲击，国内铝价跌近谷底，而原铝的销售价格竟低于企业生产成本 50%，全行业都在亏损。

“当时，抚顺铝业有限公司的电价占制造成本高达 48.6%，2009 年 3 月，迫于成本压力，公司大面积停产，只保留了 26 台槽作为最后的‘火种’。”

抚顺铝业有限公司总经理田福泉告诉记者，电价是影响电解铝生产的主要因素之一。金融危机的冲击，使抚顺铝业面临生死存亡的考验，如何破解危局，化危为机，度过行业严冬成为企业当时最迫切、最棘手的问题。“当时甚至有人预言，‘中国第一铝’将就此倒下。”

扭转用电成本劣势不再是简单的盈利与亏损的问题，而是关乎企业生死存亡和能否得以发展的问题。

“‘中国第一铝’是中国铝工业的摇篮，国家三代领导人视察过抚铝，几代抚铝人把汗水洒在抚铝，我们这届班子发展的责任重大！抚铝几万名员工和家属都在看着我们，决不能让它死在我们的手里。”2009 年 3 月 25 日，在该公司生产形势分析会上，田福泉动情地说道。

面对危机，该公司领导班子带领广大干部职工外寻政策，内控管理，降本增效，努力控亏……一场关乎企业生死存亡的保卫战就此拉开。

寻求政策：为了心中的旗帜

2009 年 3 月，国家相关部委连续出台有色金属产业调整和振兴规划、电解铝企业直购电试点等产业利好政策，国家发改委首次明确放开 20% 售电市场。抚铝作为振兴东北老工业基地重点企业被遴选为直购电试点单位之一。希望的火种又一次照亮了这个老企业的生命之旅。

希望看到了，可是实现的难度却超乎想象。直购电的实施首先需要用电企业通过市场方式寻找目标电厂进行合作。在省有关部门的帮助下，抚铝组织人员全力寻找符合抚铝电价要求的目标电厂，一家谈不成，再谈另一家……省内不行，就到省外。

“抚铝曾经是中国电解铝的一面旗帜，为了心中这一面旗帜，只要有一线希望，我们就不会放弃。”田福泉坚定地告诉记者。

确定了方向，项目组成员马上兵分几路，积极奔走各级政府、各部门，寻求政策的支持。

提到工作的难度，项目组成员刘广军向记者介绍：“那段时间，我们经常跑省里，有时一天跑几趟。记得有一次，我们去省里汇报工作刚回到厂里，电话就追回来了，说材料有部分细节需要商讨，我们来不及吃午饭，又立刻赶回省里，我们当时就有一个信念，那就是以最快的速度解决问题，早一分时间，企业就多一分希望。”

艰难谈判：7个月跋涉十几万千米

“你们要来，我们一起吃个饭可以，要是和我谈直购电的事就不用来了。”随即，电话挂断。项目组成员徐世忠谈到一家家的寻找目标电厂过程时坦言，他早已经习惯遭遇谈判闭门羹。“这还算是个软钉子！厂里的2000多员工等着揭锅吃饭呢，脸皮厚点算个啥。有一次，我联系一家省内发电企业，老总闭而不见。没法子，我直接跑去人家公司大门，谁知人家叮嘱门卫，死活不让我进”。短短两年的“直购电生涯”已让这位四十多岁的年轻干部白发丛生。

直购电项目涉及批复协调国家发改委、工信部、电监会、能源局，辽宁省物价局、经信委、电监局，东北电网公司、辽宁省电力公司等20余个单位部门，涉及接洽谈判辽宁省全部发电企业33家，包括华能伊敏电厂在内的内蒙古、黑龙江、吉林发电企业9家。

7个多月时间里，直购电项目团队北上内蒙古、东走吉黑、南下北京、驻在沈阳，整个行程十几万千米。在过网电费上与电网公司先理后情，取得了一个又一个阶段性胜利，坚定的发展信念使企业找到了生存发展的不死方舟。

“从抚铝坐火车到伊敏电厂要18个小时，我们经常是晚上出发，第二天早上到，中午谈事情，下午3点又赶回来，一刻都没得停歇。”徐世忠说，在整个谈判项目过程中，项目组成员经常在火车上过夜。“我们每次出差谈判回来，不管多晚，第一件事都是先回公司开会研讨下一阶段的工作，然后再回家。”“家人会埋怨吗？”面对记者的提问，徐世忠笑着说：“能有什么埋怨，企业处于爬坡阶段，没有企业就没有我们的小家，只有把工作做好了，才能考虑家庭的事。”

在中铝公司熊维平总经理、罗建川总裁、刘祥民高级副总裁、辽宁省省长陈政高、抚顺市委书记刘强等各级领导的支持下，项目组精诚所至、金石为开，积极合作的前景日趋明朗。

2009 年 10 月 12 日，国家发改委、国家电监会、国家能源局终于联合下发了《关于抚顺铝业与发电企业开展电力直接交易试点有关事项的批复》，标志着电力用户与发电企业直接交易试点正式启动，抚顺铝业率先在全国实现了直购电。2009 年 10 月至 2010 年 10 月，该公司节约电费支出 4.5 亿元，2011 年节约电费支出约 4.04 亿元。抚顺铝业顺利实现了扭亏为盈，连续两年完成总部下达的利润指标。

采访手记

两年来，抚顺铝业直购电项目组紧紧抓住直购电这一关乎企业生死存亡和未来发展的生命线，在努力维护政策延续的同时，继续在多方寻找更加稳定、廉价的供电来源。特别是 2011 年年底以来，全国销售电价上涨 3 分钱/千瓦时，给公司 2012 年直购电价造成一定影响。面对新形势和新变化，项目组没有懈怠，以总部与华能集团签署的战略合作框架协议为契机，进一步维护好来之不易的供电关系，巩固直购电成果，保证了直购电的持续性，并努力做好 2012 年度直购电合同签署的相关准备工作。同时继续坚持开辟其他供电市场，加强铝电联合，全力争取“最低”、“最经济”电价，力求通过大用户直购电这一“政策”，进一步深入拓展两企业间实质性的广泛合作，为公司的生存和发展提供保障。

一切围着市场转

——沈阳铝镁设计研究院有限公司开展市场化改革工作侧记

初春的沈阳，天空飘着纷飞的雪花，沈阳院金纳新材料有限公司（简称金纳公司）总经理李洪锡像往常一样，赶到位于浑南新区的新厂房，安排三千吨高强耐蚀镍合金生产设备调试的收尾工作。

“按照中铝公司和沈阳院市场化改革、开放型发展的总体要求，金纳公司为提高产品质量，降低生产成本和提高产能，引进国际上最先进的德国 ALD 公司生产的 VIDP-400 三吨真空感应熔炼炉和 ALD 六吨保护气氛电渣炉，同时引进了先进的生产工艺和检测仪器，为抢占市场提供了保障。”李洪锡告诉记者。

“换血”为发展赢先机

“沈阳院作为一个科技型企业，可以站得更高，看得更远，想得更深，力争在核心工艺方面实现重大突破，推动实现革命性的科技创新，促进节能减排，引领全国铝工业的发展。”2012 年 4 月 23 日，中铝公司党组书记、总经理熊维平在沈阳院调研时要求沈阳院进一步解放思想，拓展业务领域。

4 月底，沈阳院召开专题会议，针对熊维平总经理的指示，研讨该院下一步的工作方向，确立了以市场为目标，坚持科技引领，发挥技术优势，加快实施产业结构调整等方面的战略措施，金纳公司等二级单位迅速落实，付诸行动。

“这次‘大换血’为企业带来勃勃生机。”3 月 15 日上午，在金纳公司新厂房里，李洪锡向记者介绍金纳公司开展市场化改革工作的情况：“过去因为场地小、设备产能低，不配套和可靠性差等原因，制约了金纳公司的发展。沈阳院了解情况后，及时与金纳公司开展合作，以增资扩股的方式成为大股东，投资建设了三千吨高强耐蚀镍合金项目。”项目的投资，正是沈阳院“以市场为目标”战略实施的具体体现。李洪锡指着身后的设备告诉记者，真空感应熔炼炉和电渣炉的引进，不仅使金纳公司的产能有近 10 倍的提升，更重要的是产品质量更优质、稳定。

“来，你看这个。”在李洪锡的引领下，记者来到六吨保护气氛电渣炉旁。他指着设备的保护气氛罩告诉记者：“传统的电渣熔炼是在空气下进行，没有保护气氛的，这会导致合金中易氧化成分烧损，上中下部成分偏析。引进的保护气氛电渣炉，确保了精准、一致和可预测的产品质量。同时，新的电源系统和变频控制系统将大大提高产品的成品率，使耗能降低 30% 以上。”

“一切围着市场转。”采访中，李洪锡多次这样强调。

李洪锡告诉记者，除了更新设备，金纳公司还引进了新设备操作工艺和高级技能人才，“三千吨高强耐蚀镍合金项目已经获得辽宁省‘海外团队’项目资金的支持，我们用这些资金来引进人才，目前已经和德国、英国的两名高技能专家达成协议。”

配合新厂的建设和投产，金纳公司建立健全了多项管理制度，使每项工作走向制度化、规范化。李洪锡说：“以市场为目标，引进先进设备和先进工艺，提高产品质量；缩短生产流程，降低产品生产成本，企业才能在残酷的市场竞争中立足，也是企业发展的必然趋势。”

一个产品一张“身份证”

“作为设计单位，设计质量是我们获取市场的主要因素。”沈阳院负责人告诉记者，在市场化改革工作中，沈阳院进一步加强和改进产品质量管理，提升设计和产品的质量。

“建立技术、工艺、生产、质量、物流及库存系统，每个环节都有条形码跟踪，提供自动化高效采集数据的平台，方便制订市场计划，监控生产及流向，提高产品合格率，保证中间品、成品、库存等的可回溯性，为产品成本核算也提供基本数据。”在金纳公司新厂房简易办公室里，李洪锡向记者介绍，该公司为满足客户对产品质量越来越高的要求，通过给产品贴上条形码的方式，实现产品信息的采集，最终实现企业的 ERP 管理。

“就是给每一个产品戴上身份证。”看到记者的疑惑，一旁的金纳公司行政总监韩宝锋补充说道。给产品配上“身份证”，可以清楚了解产品的来龙去脉，让客户放心使用。李洪锡介绍说，该公司通过对产品的配料、成分检验、操作班组工艺执行进行统一管理，将每个生产环节进行记录并输入电脑。条码系统的采用，可以实现信息流和实物流快速准确地无缝链接，对产品的原料、加工运输、仓储等环节进行标识。倘若发现有质量问题的产品，可以通过这些标识进行追溯，不仅可以跟踪产品的下游供应链，迅速召回相关产品，还可以追溯产品的上游供应链，找到产品的原料商，追查产生质量问题的成因。

“三千吨高强耐蚀镍合金项目采用质量追溯只是一个开头。”李洪锡说，下一步，该公司将在所有车间实施质量追溯，大至熔炼炉、小至冷却部件、冒口甚至车屑，都拥有一张张独一无二的“身份证”。

科技创新夺取市场

科技创新是沈阳院抢占市场的又一制胜法宝。

3 月 15 日下午，记者来到沈阳院下属企业沈阳博宇科技有限责任公司（简称博宇科技），了解该公司通过科技创新赢取市场份额的情况。

“近年来，博宇科技通过科技创新，不断提升产品性能和质量，得到越来越多客户的认可，2012 年以优良的业绩超额完成了上级下达的指标任务。”博宇科技副总经理王宝奎告诉记者。

以该公司研发成功的氧化铝厂 DCS 系统为例。

2011 年 9 月，由沈阳院设计，博宇科技开发、研制和总承包的氧化铝生产过程智能 DCS 控制系统在中国铝业重庆分公司 80 万吨氧化铝项目中顺利通过验收，并正式投入生产运行。

王宝奎介绍说，该控制系统结构采用集中监控的设计方案，设置烧结法、拜耳法一区、拜耳法二区等三大集中控制室。在三大集中控制室的操作站上可以监视和操作整个串联法 24 个氧化铝生产工序中的工艺参数和设备运行状态。

“使用这个系统，极大方便工人操作和监控，减少了操作人员的数量和劳动强度，大大提高了生产效率。”该系统受到业主重庆分公司的高度肯定。

而焙烧炉余热利用项目是该公司又一项最新科研成果。

过去，温度高达160摄氏度的焙烧炉烟气都是排放到大气中，白白流失了很多热量。

“我们组织了相关人员，反复论证，采用余热回收技术，使69~75摄氏度的热水全部返回氧化铝生产系统使用，该技术已经成功应用到中铝山西分公司。”王宝奎说，这项技术可为年产80万吨产能的焙烧炉应用企业每年节约蒸汽约30万吨，补充新水量约27万吨，实现节能效益约3000万元。

做好服务好评如潮

在辽宁省鞍山市著名风景区千佛山附近，有一处风景优美、户型别致的房地产项目，名叫鞍山玉峦湾。在沈阳或鞍山，提到“玉峦湾”，大多数人会想到沈阳院康加陆建筑事务所（简称康加陆）。

“服务好。”3月16日上午，在康加陆总经理办公室里，当记者问及该所以什么优势赢得客户认可时，该所负责人刘国繁直言道。

据了解，多年来，沈阳院坚持“为客户创造价值，为客户提供优质设计产品”的服务理念，通过实行施工服务满意度调查制度、派出专家参加客户工程项目的投产保障试车、组织建设项目设计回访等方式，不断提高设计、施工和技术服务质量。

康加陆就是沈阳院用心服务客户的单位代表之一。在市场化改革工作中，该所以优良的施工服务赢得了一个个客户的认可，很多单位在项目建设中点名要康加陆承建。

刘国繁告诉记者，“玉峦湾”项目属于山地建筑，地质情况复杂，施工难度大，加上最初业主提供的地质报告与实际情况不符，阻碍了施工的进度。“换做是别的建筑设计院，可能会要求业主加钱或者以此为由拖延工期，而我们主动进行现场测量，与业主方一道，对基础方案进行修改，不仅保证了项目的建设进度，还为业主节省投资五六百万元。”

“玉峦湾”项目建设中，由于康加陆精心规划，用心设计每一个户型，使得“玉峦湾”一期获得了开盘一周即售罄的好成绩。业主坦言：“下一期的工程项目还由康加陆来设计。”

像“玉峦湾”项目一样，由康加陆承建的宝马汽车工厂项目同样获得业主的高度认可。

“承接这个单后，朱海旭副总以自身的外语特长优势，对宝马的技术文件进行翻译，连续3个晚上制作投标文件，最终，我们获得了这个项目的设计合同。”

（原载于2013年4月10日《中国铝业报》）

企业秉承“围绕发展抓党建，抓好党建促发展”的党建发展原则，以党建为动力，力促一面面鲜艳的党旗在企业高高飘扬，推动企业稳步向前发展。

第七篇　党旗飘扬

IANGHAO YANGQI GUSHI　JIANGHAO YANGQI GUSHI　JIANGHAO YANGQI GUSHI

从未停歇的号角

——焦作万方开展创先争优活动推动企业科学发展

8月11日上午，焦作万方铝业股份有限公司碳素分厂党总支组织该厂员工开展卸石油焦车活动，为企业的正常运营作出了积极贡献。这是焦作万方开展创先争优活动的一个侧影。

企业究竟如何将创先争优活动结合生产经营实际开展？如何发挥一线员工的创新积极性？如何丰富载体，增强企业的活力？

人人都是“发明家”

近日，焦作万方电解一分厂承办的“新型结构铝电解槽技术开发及工业试验”项目，获得了中国铝业公司科技进步奖一等奖。

“在焦作万方，每一位一线员工都想在本专业领域做出成绩，但是如果没有创新意识，没有创先争优精神，我们将这些人的技术科研成果不断提升，直到获得国家级奖项的念头和支持力度可能没有这么大。”焦作万方技术中心主任聂小丹认为，“科技创新工作在焦作万方从未停歇，‘创先争优’活动开展后，公司制订了创新管理办法，对在技术创新、合理化建议中做出突出贡献的员工进行奖励，使人人都成为企业科技创新的‘发明家’。”

通过激励机制激发一线员工的积极性和能动性，让人人参与科技创新，是焦作万方落实“创先争优”的目的之一。

该公司综合办公室副主任刘青照告诉记者一件有趣的事。公司激励机制的出台，“创先争优”的落地，让他欢喜让他忧：“创新管理办法出台后，申报创新项目数量很多，甚至一个车间就要申报十几个，这让我们部门的管理人员忙得不可开交，有时还得邀请专家评审，采取‘优中选优’”。

显然，大量的科技成果不是在实验室中“闷”出来的，而是在解决实际工作问题中创新而来。这一点，该公司总经理周传良深有体会：“以科技创新为载体，将科技创新与解决工作实际问题相结合，通过创新解决工作难点。6-×××系和1-×××系铝合金棒等项目都是这样出现的。”

创先争优，不仅让焦作万方实现了科技创新获奖数量上的突破，更实现国家科技奖励层次上的突破。据了解，创先争优活动开展以来，焦作万方共完成了18项技术研发项目，获得中铝科技进步一等奖1项，申报并取得了15项国家技术专利，发表论文超过100篇。

丰富载体打造满意工程

“创先争优活动要有好的载体，没有载体创先争优就容易形成空壳，就好像无源之水、无本之木，很难取得实效。”该公司党委书记黄振彬说。

有了载体，才会有创先争优活动与生产经营的最佳结合点。走进焦作万方，处处可见“党员先锋岗”、“党员攻关项目”、“党员公开承诺”等醒目的标识牌。

据介绍，创先争优活动开展以来，该公司党委以按照有利于党组织开展活动、有利于党员参加活动、有利于活动取得实效的“三个有利于”原则，以降本增效、201示范工程启槽、电厂建设项目、运营转型等重点工作为争创目标，以“三型”党组织创建活动、党员先锋岗、党员攻关项目、党员志愿者服务队等为载体，设立了党员先锋岗23个，党员攻关项目62个，组建党员志愿者服务队31个，成员204人，共组织志愿服务活动190余次，有力促进了焦作万方各项工作的开展。

说起电解三分厂槽上部维修班党小组，其分厂内部的员工都不由自主地竖起大拇指，“他们党小组的员工个个很聪明，组织了多次技术攻关活动，并在全公司电解一线进行推广，为分厂乃至公司降本增效都做出了积极贡献。”该分厂员工刘文生说。

活动开展以来，该公司各级党组织和广大共产党员已向广大群众作出承诺9000余项，兑现8700余项，兑现率97%以上。组织开展领导点评200余场（次）。组织群众评议党组织和党员4次，满意度均达到94%以上。真正把创先争优活动打造成了群众满意工程。

一名党员一面旗帜

“你好，我是电一维修班刘班长，由于我们锤头用联接销轴突然断裂，直接影响正常生产，急需2根，现在能加工吗？”

“没问题，请把销轴尺寸送过来，马上给你安排！”

40分钟后，该公司设备维管中心将加工好的联接销轴送到电一维修班。这是记者近日在该公司电解一分厂看到的场景。

在创先争优活动中，该公司设备维管中心党总支部以创建“支持保障型”

职尽责和纪律作风方面存在的突出问题，把转变各级干部思想作风和工作作风作为重要抓手。

在兰州分公司电解二厂电解作业区，针对消耗壳面块、降低导杆压降和降低电耗等难题，电解作业区主管赵永庆带着车间技术员杜富宗和员工蒋旭等人员连续在电解槽旁忙碌了20多天，加大了壳面块消耗力度，防止了换极不精确、操作粗糙等现象发生，有效降低了导杆压降和电耗，保证了电解二厂的生产顺利进行。

兰州分公司党委书记朱永松在动力厂调研时发现由于时值雨季，加之路面开挖，造成通勤车无法正点，导致部分员工洗澡时间延迟，热水供应不及时的问题，当即组织相关人员研究、制定了解决方案，广大员工拍手称赞。

“队伍好不好，关键看领导。”在各级干部的带动下，兰州分公司上下形成了全公司、各单位的“治庸问责”大动员，各级领导干部深入生产一线，盯生产，抓服务，解难题。

二

9月5日16时，兰州分公司电解一厂电解作业区主管助理郑建生突然接到南厂房一台电解槽有漏炉迹象的报告，接到报告的郑建生心急如焚，立刻带着几个人赶往现场。经过一番检查，发现该台槽电压针振摆动、槽温上升，出现了炉帮发红现象，稍有不慎，电解槽就会形成破损。找到了问题，郑建生带领大家立即采用不停槽局部小修的方法，成功避免了电解槽漏炉事故的发生。

记者了解到，“治庸问责”工作开展以来，在电解一厂电解作业区形成了一个不成文的规定，只要是延长电解槽寿命的关键检修环节，必须由主管助理亲自“操刀”。干部盯现场、盯关键，这或许就是电解作业区维护“高龄槽”的秘诀。

为了形成“治庸问责”活动的长效机制，兰州分公司还制定了“治庸问责”联系点工作制度，把安全承包点、党建联系点、生产承包点，与“治庸问责”结合起来。各单位领导针对自身情况和特点，制定适合自己深入基层、走入一线工作方法，实现了安全管理、生产组织、服务保障横向到边、纵向到底，各项工作得到有效推动。

三

9月24日，记者想了解兰州分公司生产运行部的情况，可是去了三次都没有找到调度长方强，追问之下得到的答案是：“上一线去了。”

生产运行部是联系一线生产比较紧密的部门，一段时期以来，他们的身影经常出现在生产检修的现场。针对点多、面广难题，他们两人一组，一天出两组，并结合各生产作业区实际情况随时进行检查和服务。

面向基层，一些与员工生产生活紧密相连的“疑难杂症”也迎刃而解。

在物资运输中心，经理王玉民在走基层过程中，发现机运管理作业区机车班女工们穿的鞋不保温、不防滑，当时就协调相关部门进行了解决。

在电解二厂，厂长郭兰江发现由于工作现场环境恶劣，大量油污、粉尘造成员工工作服清洗困难的问题，及时联系分公司工会为一线班组添置大功率洗衣机，有效地解决了问题。

这些只是兰州分公司各级干部身体力行的一个缩影。

自备电厂员工杨保平感慨地说：“领导干部带头干，而且设身处地为员工着想，这样的干部我们喜欢，我们干起活来也有劲头。”

（原载于中国有色金属网）

广集民智抓服务

——中铝财务有限责任公司党支部服务基层转变作风侧记

“在服务中铝公司层面上，公司市场化意识不强，危机、风险意识欠缺，存在等靠要观念；在服务成员企业上，公司对企业业务和生产情况深入了解不够，调研有时流于形式，起不到预期的效果。”

近日，一场以“服务基层、转变作风”为主题的党的群众路线教育实践活动专题会议在中铝财务有限责任公司702会议室召开。会上，该公司班子成员就“服务基层”方面存在的问题进行对照检查，气氛严肃热烈，既深刻检查自己、开展自我批评，又相互开展积极健康的批评，既红了脸、出了汗，又加了油、鼓了劲。

推心置腹营造氛围

“党的群众路线教育实践活动最重要的内容就是服务基层，转变作风。”该公司总经理蔡安辉告诉记者，早在活动初期，财务公司就在学习教育、征求意见、查摆问题、交心谈心、对照检查5个方面下了不少工夫，并精心做好相关准备工作。

为听到最真实的声音，找到最关键的症结，该公司经营班子成员带头深入基层、深入群众，广泛征求意见建议；多次召开不同形式的员工座谈会，征得各类意见建议46条。通过整理、归纳，剔除重复的，梳理出对经营班子的意见建议共有14条，涉及“四风”方面的突出问题为12个。这些为该公司党支部、经营班子及成员对照检查、找准问题、开展批评和自我批评夯实了基础。

为确保会上不放“空炮”、“礼炮”、“哑炮”，该公司党支部书记朱书红与每位党员干部开展一对一的交流、谈心。在其带动下，支部党员干部之间坦诚相见，以诚恳的态度进行了相互见面交心谈心，为活动的开展创造了良好氛围。

广开言路查找问题

“要敢于照镜子，乐于照镜子，照出真实的自己来，才能够强化宗旨意识，以更好地服务基层。”活动一开始，该公司党支部就沉下身心、广开言路，全方位听取意见建议。

“蔡总过于讲究程序，会风还有改进空间。”

“朱总在服务基层上急于求成，过于强调风险，建议改进交流方式。”

“葛总应加强对工作统筹安排，避免轻重不一。”

8月1日，该公司员工群众意见征集会上，与会干部员工代表毫无禁忌地发问，“火药味”十足。

“如此直白的批评，班子成员受得了吗?”

对于记者的疑问，蔡安辉表示，公司希望通过这次活动，听到大家最真实的心声，了解公司服务基层过程中存在的问题和不良倾向。

沉下身子，了解到了企业实情；广开言路，收到了干部员工的肺腑之声。该公司将收集到的40余条意见建议分类梳理、汇总反馈给相关干部。

看着群众提出的问题，有的同志感到压力了，有的同志坐不住了。了解了社情民意，也读懂了问题所在，校正了过去自我感觉良好的心理，财务公司党员和干部豁然开朗，有种大汗淋漓之后的畅快感，也增强了服务基层的责任和使命感。

“对症下药” 立行立改

找准问题的目的，在于真正解决问题。为了避免承诺挂在嘴上、制度贴在墙上、措施停在纸上，该公司党支部、经营班子坚持边查边改、立行立改。

早在征求意见阶段，该公司经营班子就主动顺应民意，先后到各成员单位了解实际情况，组织推进了财务公司“四优”平台建设，为成员单位办了一批实事好事，解决了一批成员单位反映强烈的突出问题。

“财务公司作为中铝公司金融服务平台的主要载体，重在找准定位，做实服务，以最佳的服务理念、服务质量、服务水平、服务状态来努力争取更广泛的支持，同时，加强作风建设，树立公司金融品牌形象。”会上，该公司针对查摆出来的问题，逐一研究，提出整改措施，确保一抓到底。

朱书红告诉记者，目前在财务公司，对党支部、经营班子的14条意见建议中，6条已经整改落实到位，并相应形成和建立了4项文件制度和业务规范，达到了建章立制的初步效果；4条意见建议正在整改落实当中；其余4条待整改的意见建议，将连同会议新查摆出来的问题，一并研究整改措施，明确整改责任部门，制订整改任务书、时间表，抓好后续整改落实工作，巩固教育实践活动成效，建立健全教育实践活动长效机制。

（原载于2013年11月27日《中国铝业报》）

廉洁之风暖人心

——中国铝业广西分公司2011年党风廉政建设活动侧记

“人在岗、心在责、想工作、干实活。”

2011年7月，在中国铝业广西分公司廉洁文化理念征集活动中，后勤服务中心副经理刘利仕，用以上语言描述着自己心中的“廉洁”理念。

事实上，刘利仕参与的活动绝不止这一项。为突出“以人为本，重在教育，强化监督，治理源头”的工作思路，在过去的2011年里，广西分公司纪委还开展了反腐倡廉主题教育、幸福感征文等活动，廉正风潮吹拂壮乡红土地。

干部测评平均成绩超过95分

在广西分公司纪检监察（审计）部职工刘超的办公桌上，整齐摆放着一摞摞材料和文件，“这些都是分公司2011年在党风廉政建设方面出台修订的管理制度。”刘超拿起几份文件递给记者说。

记者看到，“制度”包含了党风廉政责任制、效能监察、工程排查、案件查办、廉洁文化管理等方面，有《党风廉政责任书》、《中国铝业广西分公司推进廉洁文化建设工作方案》、《中国铝业广西分公司物资出厂管理办法》、《中国铝业广西分公司2011年惩防体系建设工作要点》等。“签订《党风廉政责任书》是加强广西分公司党风廉政建设的新举措，是落实党风廉政建设责任制的新载体。”纪委副书记、纪检监察（审计）部主任赵林向记者介绍说，由于《党风廉政责任书》的内容贴近实际，所以，此举对进一步强化领导干部廉洁自律意识、抵御不正之风的侵袭发挥了重要作用。

据了解，在2011年中层以上干部廉洁从业评价工作中，该公司共有7位公司领导和71名处级干部参加了廉洁从业评价。“平均成绩超过95分，优于2010年评价成绩。”

案例的作用

“看了这一条条案例，我更深刻地了解到腐败的危害性，心灵得到了净化，灵魂受到了教育，使我更清醒地认识‘树廉洁心，行明白事，做明白人’是一个党员干部应该具备的起码条件。”该公司党委工作部企业文化主管陈亚宁在看完《镜鉴——国有企业廉洁从业教育读本》后说。

在党风廉政教育活动中，该公司纪委向领导干部发放了《镜鉴——国有企业廉洁从业教育读本》等学习光盘、书籍资料，并鼓励领导干部根据读本案例，撰写心得体会。通过集中学习和自我学习、正面教育和反面教育相结合的方式，学习《廉政准则》“八个禁止、52个不准”、《中国的反腐败和廉政建设》白皮书等，不断提升广大领导干部对廉洁从业的认识。

“我们把党风廉政教育活动与创先争优活动相结合，切实贯彻《中国铝业广西分公司推进廉洁文化建设工作方案》，通过各种形式的学习，把廉洁文化渗透到企业的生产、经营、管理各个环节，促进廉洁文化进班子、进基层、进岗位、进家庭。”该公司纪检监察（审计）部负责人说。

廉洁短信暖人心

“新春佳节即到，公司纪委、监察室祝愿您：身体健康，阖家欢乐，度过一个廉洁、简朴、文明的佳节。”为提醒领导干部时刻绷紧廉洁自律这根弦，该公司纪委在重大节日期间，向党员领导干部发送一条温馨的廉政短信，提倡勤俭节约，反对奢侈浪费，制止不正之风，营造风清气正氛围，已成常态。

一枝独秀不是春，百花争艳春满园。广西分公司以求实创新的理念，从完善廉政教育机制、开展丰富多彩的活动入手，为廉政“大宣教”搭建了平台，扩大了反腐倡廉教育对象的覆盖面，增强了党风廉政宣传教育的亲和力、渗透力和感染力，使廉洁的理念如一缕春风，吹得壮乡红土地处处“廉”花香。

（原载于中国有色金属网）

透过心得看变化

——中国铝业广西分公司开展“治庸问责”工作侧记

近日，中国铝业广西分公司内部网站上，每天更新最多的是“向十八大献礼”和“治庸问责心得”两个栏目的内容。记者看到，“治庸问责心得”文章点击量最多时达到1000多次。

自中铝公司开展“治庸转作风、问责提效能”工作以来，广西分公司通过结合运营转型、控亏增盈、“三型”党组织创建等工作深入开展“治庸问责”活动，广大干部员工的精神状况更加饱满、工作热情愈加高涨，生产经营稳步提升。11月5日，该公司生产经济分析会上传来消息，该公司9月份利润逾7000万元，资产回报率、利润总额均完成总部下达的年进度计划。

在该公司网站已刊登的17篇各级干部的“治庸问责”心得体会中，我们能看到“治庸问责”工作给该公司生产经营和干部作风建设带来的转变。

听民声集民智　找问题明方向

“如何开展好治庸问责工作，我认为要解决好3个问题。一是思想上要解决

‘敢不敢’的问题；二是执行上要解决‘严不严’的问题；三是方法上要解决‘善不善’的问题。”该公司碳素厂副厂长唐瑞龙在《开展治庸问责工作的思考》心得体会中，阐述了他对开展“治庸问责”工作的思考。

记者了解到，活动开展初期，唐瑞龙和他的团队就意识到，“治庸问责”不能“纸上谈兵”，要充分听取基层干部员工的意见，集中广大员工的智慧，持续推进作风能力建设。

活动中，该厂通过“治庸问责”工作人员下一线访谈、接待一线员工来访以及在公共场所开设意见箱等渠道，听取干部员工的意见。短短一周时间，就收到了20多条意见和建议，该厂“治庸问责”工作小组成员将内容相同或相似的意见进行汇总后，梳理出8条有代表性的意见，编制形成了《碳素厂治庸问责讨论分析成果汇总表》。并针对《汇总表》反映出来的问题，从管理人员的工作方法、工作效率、工作责任心等方面查找当前工作中存在的“慵懒、拖延、推诿”等不良现象，提出了“治庸问责”的建议和措施，明确了整改的方向。

通过“请进来、走出去”的听民声、集民智机制，使该厂及时听到了来自各级干部员工的意见和呼声，为其开展“治庸问责”工作，有效满足员工需求提供了保证。

造氛围　转作风　优指标

“开展‘治庸转作风、问责提效能’活动不能走过场，而是要把转作风提效能同每个人的具体工作结合起来，开创工作的新局面。”该公司电解铝厂副厂长劳善恕的心得体会吸引了记者的注意。

据了解，在当前国内外经济形势严峻，部分地区电价过高等不利外部环境下，保生存、促发展成为各电解铝企业面临的最大难题。

记者从广西分公司内部网站了解到，自分公司开展“治庸问责”以来，该厂通过在厂区悬挂各种横幅标语，充分利用厂部网络和电子显示屏，大力宣传治庸问责的工作内容和重要意义，积极营造浓厚的活动氛围。

截至目前，该厂已悬挂8条横幅标语，内容涉及班组长素质提升、干部执行力的提高等，发布了“治庸问责”各类文件和论文25篇。“我们希望通过氛围的营造，使广大干部在任何时候，任何地方，都能提醒自己时刻保持先进性，勇于担当，做好转变作风的表率。”该厂综合科主管杨应尧告诉记者。

“干部作风的好坏关系人心向背，决定生产好坏。”劳善恕认为，治庸问责工作首先要转变广大干部的作风。

在《治庸问责讨论分析成果汇总表》中，记者看到，本位思想较重、学习意识淡薄、基础管理松散等干部作风问题被详细罗列出来，而每个问题对应的表格后面都提出了详细的解决办法。

一系列找问题、解决问题的“治庸问责”工作的开展，有效提升了该厂干部的作风能力，促进了生产经营的稳步提升。1～9月份，该厂电解铝制造成本低于考核成本，综合能耗指标持续优化，累计收益800多万元，较好地完成了生产经营任务。

提高执行力　产量创记录

“行胜于言，‘治庸问责’关键还在于提升执行力。”记者看到，在该公司矿山部主任向瑞群的心得体会“推进‘治庸问责’，提升执行力”一文中，“执行力”一词用了10次。

为何如此看重“执行力”？

向瑞群告诉记者，矿山部开展“治庸问责”初期，结合该矿“阶段生产任务不能按计划完成、运营转型与其他分厂相比存在差距”两个突出问题进行全面查找矿部管理干部“庸”的表现。最终查找出了“执行力不强、形势估计不足、工作预见性不强、缺乏创新精神、沟通不够主动、基础管理工作较薄弱”等13个共性问题。“执行力不强表现最为明显。”

发现问题容易，解决问题才是关键。在与团队成员多次交流意见后，向瑞群决定，先从转变思想入手。

9月5日晚，“矿山人大讲堂”在平果铝江洲生活区职工之家拉开帷幕，向瑞群给矿山部100多名机关科室人员、班组长以上管理人员上了“治庸问责”第一课。从矿山生产管理理念、矿山未来发展要求及面临的外部环境影响、如何提高执行力等内容进行深入浅出的传导和分析，提高了广大干部对执行力的理解和解决问题的能力。

不仅如此，该矿还给每位科级干部赠送了《执行——如何完成任务的学问》等书籍、开展科级干部挂靠班组及中班值班、“保产保供”专项劳动竞赛等活动，将管理干部深入一线、服务一线放在“治庸问责”的重要位置，使每一个干部都把心思和精力用到提升能力和完成目标任务上来。

11月1日，该矿早调会资料显示，10月份矿山部洗后矿月产量达65.106万吨，平均日产达2.1万吨，创造矿山部投产以来的历史最高纪录。

（原载于2012年11月10日《中国铝业报》）

问计青年　走实路线

——平果铝团委开展群众路线问卷调查侧记

近日，中国铝业广西分公司团委在组织团干部下基层深入开展调研的同时，围绕基层团组织建设和团员青年所期盼的热点难点问题，精心设计调查问卷，分类调研。

据介绍，调查问卷分为青年思想状况和反“四风”两部分，包括企业认同感、工作学习生活、共青团和青年工作等内容45道题，以该公司各基层团组织为单位，对35岁以下青年员工进行调查，听到了青年员工的心里话，了解到了青年员工过去不曾说不愿说的意见和建议，体察到了团员青年的真情实感，为开展好群众路线教育实践活动奠定了基础。

多强化组织，青年就信任

今年以来，该公司团委学习借鉴创建“三型”党组织工作经验，积极探索灵活多样的团组织设置方式。

笔者发现，在调查问卷“青年思想状况”部分，关于团组织建设就设置了9题，对于“团组织作用发挥情况”“团组织服务青年职能作用发挥情况”等问题，80%的员工选择了“80分以上”或“发挥很好”选项。

该公司团委副书记黄智告诉笔者，在团组织建设中，该公司团委充分利用微博、QQ、微信等新媒体拓展工作平台，扩大团组织的覆盖面和影响力，最大限度地使团组织融入青年员工之中。“我们通过召开团干部座谈会，传达学习党的十八大精神和团的十七大精神，梳理业务流程，将团干自身建设与落实各项目标任务、提升业务素质、转变工作作风结合起来，进一步加强团干部队伍建设，夯实基础。”

“团干部能说也能做，经常组织我们开展各类学习、文体等活动，我感觉他们的工作能力还蛮强的。”该公司物流中心青年员工陈思源告诉笔者。

多举办活动，青年就参与

“技能比武活动给我们提供了一个广阔的平台，既能检验自己的技能水平，也能通过活动找到差距，提升业务技能水平。”

调查中，团员青年普遍反映公司团委组织开展的技能比武、青年志愿者服务等活动内容丰富，形式多样。“活动多了、服务好了，基层组织才有影响力和号召力。”该公司热电厂团委书记黄小清这样说。

团的活动的效果，折射出基层团建工作的水平。调查显示，思想引领的工作虽然看似乏味，但如果结合好企业生产经营、员工成长的实际，还是很有影响力的。

在组织服务方面，该公司团委坚持深入开展“青年安全生产示范岗”创建活动，组建了由总岗长到岗长、岗员的整套组织体系；积极探索“青年文明号”有效载体，最大限度地发挥每个团员青年的生产积极性和创造性；深入开展科技创新、管理创新、服务创新活动，确保青年创新创效活动取得实效。

多深入群众，青年就认可

“分厂团委的干部经常到车间，给我们办了不少实事。”这是笔者采访该公司部分青年员工时得到的回答。但是，当问到“公司团委干部深入基层的情况”时，一些青年员工给出了“很少”的答案。

翻开调查问卷，在“请您评价公司团委和团干部联系实际、联系群众、深入基层的情况”一题上，绝大多数的员工选择了“走马观花，下基层目的不明确”和“对基层了解少，指导工作不得要领”两项。

究其原因，一方面，公司团委全面指导整个公司的团组织建设情况，具体事务一般安排基层团组织来做，直接面对员工少；另一方面，由于网络、通信条件的便利，联系群众的途径多了，团干部与青年员工面对面的机会就少了。

针对这一情况，黄智表示，此次问卷调查，既是让青年员工参与到党的群众路线教育实践活动中来，也希望通过了解广大青年员工的思想状况，对公司团委和团干部存在的作风之弊、行为之垢进行一次大排查，根据调查中关注和反映出的问题，提出针对性改进措施，不断提高服务公司中心工作与青年成长成才的能力和水平。

（原载于中国有色金属网）

下一线　正党风　解疑难

——中铝广西分公司开展党的群众路线教育实践活动侧记

自今年3月份启动党的群众路线教育实践活动以来，中国铝业广西分公司负责人及机关干部下基层与一线职工同劳动，走进基层了解民意，帮助职工解难题、办实事，受到了广大职工好评。

岗位体验——一线“接地气”

4 月 15 日上午，该公司党委书记、副总经理刘保伟来到电解铝厂电解车间四区，与当班电解工卢高翔配合制作保温夹层盖板。刘保伟一边劳动，一边同卢高翔及其他班员聊着电解生产及职工生活情况，“现在是 4 月天，我们才干一会儿，就出了一身汗。要是到炎热的夏天，那劳动强度和难度可想而知，电解工真是不容易啊。”听到刘保伟这么一说，起先对刘副书记下来了解情况还有些狐疑和担心的职工，打开了话匣子，提出各自对生产和企业负责人“四风”方面的意见建议。

今年 4 月初，该公司下发通知，要求公司负责人和机关干部下基层跟班劳动，与广大职工交朋友，在劳动过程中了解基层职工真实的声音。

该公司副总经理刘晓辉到矿山参加保卫部回收盗采矿石行动，党委副书记、纪委书记、工会主席李兵巡检 35 千伏安高压线路，副总经理夏远强扮演“机车司机”进行空车对位，副总经理陈广展当起“司炉工”与职工一起探火、压火，财务总监荣梅担任“化验员”完成筛分任务，副总经理杨海洋与职工一起清洗发动机内部零件……企业负责人放下身段，以普通班员的身份进行岗位体验。

一次次实打实的岗位体验，一句句耐心诚恳的询问，一声声温暖人心的关怀，一个个务实有效的建议，让岗位体验的干部们深有感触：“以前放不下架子、俯不下身子、迈不开步子，现在觉得下基层步子稳了，查找问题有底气了，了解民忧有方法了，做一个‘沾地气’的干部，内心更舒坦。”

职工也感受到了阵阵暖意，卢高翔说：“公司领导不仅和我们一起劳动，还给我们上党课，让我们对当前的形势有了更深刻的认识，企业这么关心我们，再苦再累，心里也舒坦。”

干部上党课——严格“扣扣子”

“共产党员的党性与作风是密切联系在一起的，党性的外在表现就是作风，党性是作风的灵魂……”3 月 14 日下午，该公司总经理、党委副书记程运材带头上党课，结合企业改革发展实际，就如何切实转变作风，领导率先垂范和强化宗旨意识，密切联系群众等方面作了讲解。

在为期一周的干部轮训班上，95 名中层以上干部一起学习了习近平总书记的系列讲话精神、中央八项规定和中央六项禁令、中铝公司五项公务接待规定等教育实践活动要求学习的内容。该公司党委还开通了“电子信息”平台，给各党支部、副科级以上干部发送学习书籍2000余册，为个人自学和集中学习提供便利。

在该公司内部网站“党的群众路线教育实践活动”专题网页上，笔者看到，在公司动态、上级精神、基层风采、学习园地和组织机构几个栏目里，刊载了活动信息和学习资料90余篇、活动简报14期、干部心得体会88篇。

厂情发布会——架起“连心桥”

4月30日晚，该公司组织召开了今年首次“厂情心连心，沟通面对面”厂情发布会，就该公司出台的《员工退出岗位管理办法》进行解读，并为职工关心的热点问题答疑解惑。

在党的群众路线教育实践活动中，该公司利用厂情发布会、职工小夜校等途径，让企业负责人与广大干部职工坐在一起，倾听职工的愿望和诉求，帮助职工解决生产生活中的实际问题，促进劳动关系和谐稳定。

活动中，该公司负责人深入基层、深入职工，广泛征求意见、问需问计，先后调研走访基层联系点13次，发放《“三查三问”调查表》285份，梳理出意见建议40条，机关干部到各二级单位与相关负责人、职工代表进行个别谈话150余人次。

平果铝大桥路面修缮基本完成、雷感生活区干沟改造休闲小广场项目火热建设中、后勤服务中心增加道路清扫频次改善扬尘问题、合格铝土矿皮带运输工程取得阶段性进展……一桩桩实事、一件件好事，让广大职工真切体会到“企业就是自己的家”。

截至目前，该公司职工通过厂情发布会提出的问题大部分得到了解决。

（原载于2014年6月11日《中国铝业报》）

员工爱岗敬业，为企业的发展作出了贡献；企业也要积极搭建各种平台，营造适合员工成长的环境，形成员工奉献企业，企业关爱员工的良性循环。

第八篇　员工成长

大坝村里的“中铝青春”

——记中国铝业遵义氧化铝有限公司的“80后”员工们

汽车在漆黑的山路上颠簸，窗外偶尔闪过村庄射出来的灯光。6月2日凌晨3点，在中铝遵义氧化铝公司党群工作部主任李永贵的指引下，记者抵达祖国西南边陲的大坝村。在这里，900多名“80后”中铝公司员工顽强地克服了交通不便、矿石紧张、熔盐系统生产线告急等困难，谱写了中铝公司年轻一代员工群体青春励志的诗篇。

作者（中）在中铝遵义氧化铝有限公司生产车间采访

山村里的丰富生活

“这里是遵义县尚嵇镇大坝村范围，离遵义市100多里，由于大部分为山路，出行不便，平时员工一般都在公司里。”李永贵告诉记者，遵义氧化铝公司2010年建成投入试生产，员工绝大多数为“80后”刚毕业的大学生、技校生和部队退伍的士兵。“他就是1987年出生的退伍士兵张旭立，现在在公司综合管理部开车。”他指着身旁的司机对记者说。

张旭立回头对记者笑了笑，稚嫩的脸庞却充满着自信。

“你家在附近吗？平时下班后会回家吗？”

“我家是尚嵇镇的，虽然离这里只有6里路，但路不好走，平时很少回家。”张旭力顿了顿，继续说道，“除了接机或者送领导到市里办事，平时大部分的时间都是在公司里。”

“那平时下班了做什么呢？”

“在公司打打篮球，或者参加公司文体协会开展的活动。”

“为丰富员工的业余文化生活，增强他们的团结协作能力，提高他们对企业的认同感和归属感。去年7月，公司成立了文艺、体育协会。”李永贵补充说道。

我喜欢在这里工作

“只要好好工作，就能得到很好的成长，就一定会成功。”在遵义氧化铝，员工大多有这样的自信。

这样的自信基于遵义氧化铝公司良好的员工成长通道。

在企业成立之初，该公司领导班子就意识到了这一点。

6月2日下午3点，在该公司电气车间现场，该公司党委书记何维告诉记者，在遵义氧化铝，每一个寻求发展的员工都可以选择技术、管理、服务、工程等类别，根据自己的兴趣和潜力，挑选一两项去实践。另外，经过努力，生产工人可以从初级工晋升到高级技师；技术人员可以从工程师晋升为高级工程师，待遇随之提高。

“我喜欢在这里工作，感觉只要努力，就会有希望。”正在一台设备前巡视的电气车间技术员罗高松告诉记者。

1984年12月出生的罗高松，2008年毕业后来到遵义氧化铝有限公司工作。

“在公司试车投产期间，罗高松通过学习电气理论和相关设备操作知识，解决了部分设备安装调试问题，如破碎站的PLC调试、原料磨的试车、隔膜泵的调试生产等，成为生产的排头兵。2011年被评为公司‘杰出员工’。”站在一旁的电气车间主任杜朝龙说。

和罗高松一样，通过公司的人才成长通道，释放自己的聪明才智，展现自己人生价值的还有很多，袁国庆就是其中一个。

袁国庆，1985年出生，2009年7月毕业后进入遵义氧化铝有限公司电气车间工作。工作两年多来，通过自身的努力，全面掌握了工控PLC逻辑控制程序，先后在工作中协助电气车间、部室及公司解决和完善了煤气车间10台上位机与PLC数据监控等问题。

“80后”初露头角

“今年以来，公司党委以开展基层党组织建设年活动推进‘创先创效型’党组织建设为抓手，紧紧围绕‘三型’党组织创建和实现‘达产达标’中心开展工作，有力地推动了生产经营的发展。”6月2日上午，该公司副总经理胡玉波向记者介绍该公司熔盐、溶出系统开展党员攻关活动的情况。

2011年9月份以来，该公司熔盐系统八台熔盐炉炉内耐火浇注料先后出现脱落、垮塌、烧失，机组磨损情况极为严重，导致氧化铝产量下降，全年达产达标压力巨大。

“公司2010年7月刚刚建成投入试生产，员工绝大多数为80后、没有实操经验的大学毕业生，面对如此巨大困难，起初甚至有人怀疑这帮年轻的员工队伍无法渡过难关。”胡玉波说，“实践证明，这是一支充满活力的员工队伍，是一群可爱的员工队伍。”

时间定格在那一刻。危机面前，这支年轻的队伍积极响应公司党委的号召，组建了熔盐、溶出系统专项攻关组，从完善熔盐、溶出系统操作，熔盐炉燃煤配比等12个方面组织实施攻坚战。

5月份，该公司氧化铝产量达7.4万多吨，与攻关前相比，预计熔盐、溶出系统氧化铝年产能将在原有基础上再提高18万吨，年消耗和固定成本费用可降低近亿元。

“2月份时，我们对今年的生产经营状况非常担忧，现在，我们对完成今年的任务充满信心。”胡玉波说。

人人都是“家”的主人

夕阳斜照，遵义氧化铝员工宿舍区异常热闹：篮球场上，年轻的小伙子们你追我赶，打出激情；羽毛球馆旁，健身操队员们动感时尚，跳出美丽愉悦；多媒体演播厅里，歌声嘹亮，唱响青春……

这是6月3日早晨记者在遵义氧化铝员工宿舍区看到的一幕。

随行的党群工作部干事岳小砚告诉记者，为丰富员工的业余文化生活，该公司工会于2011年成立文体协会，并拨款建设了羽毛球馆、篮球场，购置了健身器材，搭建了职工书屋等，拓展员工业余活动阵地。

我们走进了羽毛球馆。环顾四周，这里的陈设简单却很齐全，配有卫生间、更衣室等，两个羽毛球场地上雀跃着一群年轻的员工们。

我们向前，和刚下场休息的球员聊了起来。

“以前下班后，除了在宿舍上网，就不知道该干什么了。公司建设羽毛球馆后，我每周都来打几次，感觉很开心，第二天更加有精力上班了。”热力车间员工徐开镒告诉我们。

“他们是这个家的主人。”工会副主席、党群工作部主任李永贵告诉记者，“员工是企业最宝贵的财富，最基本的依靠力量。所以，我们想方设法创造条件，让员工有‘家’的感觉。”

在“家”里，人人都有知情权、话语权。“迎新座谈会”就是员工知情权、话语权一个重要的载体。每年年初，该公司工会组织召开“迎新座谈会”，交通、洗澡、婚姻……大事小事都可以提。据统计，2011年，遵义员工提意见建议454条，其中315条被采纳，224条已实施。收到基层合理化建议502条，实施率为70%，其中涉及技术进步的建议占32%、涉及节能减排建议占33%。

“虽然我们每天都生活在这里，很少上街。但是，我们并不觉得孤单，这里的一切让我们感觉像‘家’一样温暖”。党群工作部干事龚蔚这样告诉记者。

两天的采访，两天的感动，片言只语难以完整地描述这一群处在遥远山区里的中铝“80后”员工。在他们身上，记者看到了中铝公司的希望，犹如大坝村一样，繁花似锦、草木青葱。

（原载于2012年6月23日《中国铝业报》）

再访“大坝村”

——中国铝业遵义氧化铝有限公司一线目击记

编者按

本报去年6月20日第95期三版刊发了“大坝村里的‘中铝青春’”一文，文章描述了远离遵义市50多公里的大坝村里，一群可爱、可敬的“80后”中铝公司员工，用顽强的意志，克服交通不便、矿石紧张、熔盐系统生产线告急等困难，顺利完成了生产经营任务，谱写了中铝公司年轻一代员工群体青春励志的故事，引起读者的关注。

如今，一年过去了，这群曾经让人关注的“80后”员工们过得怎样？受严峻市场形势和矿石品位影响的中国铝业遵义氧化铝有限公司（简称遵义氧化铝）能否走出困境？4月17日，记者带着问题再次来到大坝村，亲身感受遵义氧化铝一年来的变化。

成为企业中坚力量

4月17日下午，记者到达遵义氧化铝两小时后，该公司所在地尚嵇镇遭遇了40年来最大的冰雹袭击，桂圆大的冰雹整整持续了20分钟，全镇70%以上的地方受到了严重灾害，遵义氧化铝生产经营也因此受到了影响。

作者（右）在中铝遵义氧化铝有限公司采访

当天17时20分，冰雹到来时，记者刚好和该公司总经理周利洪在一起。调度室来电告知，该公司蒸发车间部分设备因暴雨跳停，生产经营受到威胁。

周利洪随即拿起电话，对相关人员作了蒸发器跳停修复工作的安排。

18时30分，蒸发车间一组、二组跳停设备修复完毕，恢复运行。

亲历设备修复工作的蒸发车间副主任赵瀛告诉记者，此次修复工作中，很多“80后”年轻员工发挥了重要作用。

蒸发车间丙班值班长尹敬业就是其中一个。当天下午刚下班回到寝室的尹敬业，听到一阵刺耳的声音传来，他意识到可能是蒸发器安全阀起跳，当即打电话给当班班长高远，了解到蒸发二组18台蒸发器全部跳停，一组部分设备跳停。他立即戴好安全帽，穿上雨靴，急匆匆赶到现场，加入到设备修复工作中。

“这次跳停设备修复工作进展很顺利，得益于过去车间多次开展应急事故演练，使我掌握了处理方法，知道先干什么，后干什么。”年仅23岁的尹敬业告诉记者。

而处理事故关键环节的电气车间员工刘涛和李磊，分别出生于1987年和1986年，在事故发生后仅5分钟，就赶到事故现场，做好了用电恢复工作。

“经过两三年的锻炼，这群年轻的员工逐渐成熟，不再像当初遇到问题时那样畏首畏尾了，他们逐渐成为企业的中坚力量。”周利洪说。

厂里建起了花园

4月18日清晨，记者在一阵阵清脆的鸟鸣声中醒来，翻身下床，打开窗帘往外看，一幅秀美的黔北美景展现在眼前——红褐色的遵义氧化铝办公大楼在朦胧的晨雾中耸立着，楼前各式各样的花儿草儿在露水中鲜嫩欲滴，三三两两的员工在花园里的健身器材上锻炼着……

上午9时，记者来到公司党委书记何维的办公室，了解了该公司一年来在员工工作、生活环境方面所做的工作。

何维告诉记者，为了让员工在舒适的环境中工作和生活，该公司先后投入1300多万元在厂区道路两侧、宿舍楼前、办公区域等种植了大叶女贞、红叶石楠等植物，并在宿舍区建起了羽毛球馆、篮球场、乒乓球室、健身房等。

“通过美化环境，建设文体娱乐场所、开通阅读书屋等，想方设法丰富员工的业余生活，提高他们对企业的归属感和认同感。”公司总经理助理林青说，一年来，厂容厂貌，特别是生活区域发生了很大的变化，很多前来调研的领导都夸赞厂区生活环境不错。“原来很多地方都是光秃秃的荒地，卫生环境差，现在美化绿化之后，每天起来上班都感觉更轻松愉悦了。”

袁国庆的心里话

“大坝村里的‘中铝青春’”报道里那个年仅25岁的电气车间技术员袁国庆，熟练掌握工控PLC逻辑控制程序等关键技术，一直让人充满钦佩。

在计控中心办公楼，记者再次走访了他。

依然那么瘦小的袁国庆，脸上多了自信，言语更显成熟：“以前是自己管好自己，现在要带动大家一起进步。”

据了解，去年6月，袁国庆参加公司的竞聘上岗，成功就任计控中心副主任一职。

“通过平时与大家积极沟通，了解到他们需要什么，想办法让他们进步。”袁国庆告诉记者，他要求每个班组每月开展不同的学习活动，通过集中学习和自学的方式，提高员工的技能水平和处理事故的办法。“过去发生事故时，他们只能等待技术员前来处理，现在他们都可以独立处理了。”

从办公室出来，迎头碰上一位年轻员工，他正是“大坝村里的‘中铝青春’”报道中提到的“杰出员工”罗高松。记者和他聊了起来：“一年来得到了哪些锻炼?”

“我现在是车间的技术员，对各项技能的掌握更加熟练了。去年10月份，我还在车间里授课，主讲变频器操作技巧。”他笑呵呵地回答。

该公司工会副主席、党群工作部主任陈艳芳告诉记者，公司正在推荐罗高松为遵义市“金牌工人”。“他将成为公司唯一一个‘80后’市级金牌工人，对广大年轻员工起到了很好的模范带头作用。”

“家”的氛围更浓厚

18日下午，记者来到遵义城南马家湾。

“这是我们的职工住宅楼，公司绝大多数员工都买了这里的房子。”顺着陈艳芳手指的方向，记者看到了马家湾水果蔬菜批发市场对面，坐落着一排排红黄相间的崭新楼房。

从“大坝村里的‘中铝青春’”一文中，我们知道，遵义氧化铝90%的员工都是1980年后出生，而男员工占绝大多数，女员工数量不到25%，员工婚姻状况一度成为该公司一大难题。

而今，成熟、干练并拥有漂亮房子的遵义氧化铝员工，成为了当地女性热追的对象。

据了解，像袁国庆和罗高松一样，该公司很多年轻员工都买了职工房，谈了女朋友，开始安家落户。

该公司人力资源部经理熊军告诉记者，过去由于公司地处偏僻，交通不便，业余生活单一，员工流失严重。“为了留住员工，我们不仅建了职工房，还开通了往遵义市、贵阳市和马家湾职工住宅区的通勤车，组织年轻员工参加大学函授班学习，参与有色金属行业技能培训等，不断改善他们的工作、生活条件，使他们安心地在这里工作、生活。”

花园式工厂、漂亮职工楼、丰富的文体生活，留住了一群群活跃的“80”后员工，也推动了遵义氧化铝生产经营的发展。

公司副总经理胡玉波告诉记者，自今年1月份以来，该公司产品产量逐月增加，一季度生产制造成本同比大幅降低。目前，氧化铝单位制造成本在中国铝业各实体企业中排名位于前列。

（原载于2013年4月20日《中国铝业报》）

化验台上绽放的青春

——记中国铝业广西分公司员工技能比武三连冠获得者韦春庆

近日，在中国铝业广西分公司员工技能比武总结表彰会上，该公司技术中心氧化铝分析室综合组女职工韦春庆从分公司领导手中接过证书和奖杯，喜悦的心情洋溢在脸上，这已经是韦春庆第三次获得员工技能比武桂冠。

韦春庆，技术中心氧化铝分析室支持工程师，说起话来略带羞涩，谈到先后获得灰分析工、铝酸钠溶液分析工和化学分析工技能比武第一名，创造该公司技能比武历史上首个三连冠记录时，她谦虚地说：“并不是我能力特别突出，技术中心还有很多技术高超的同事，只是我比较幸运而已。”

一分耕耘一分收获，在韦春庆看来，做任何事情，只要坚持到底，就能成功。

善于坚持　带着问题工作

1993 年，韦春庆从桂林理工大学（原南宁有色金属工业学校）冶炼专业毕业，来到中国铝业广西分公司工作。

“当时条件很艰苦，铝业生活区很多道路都还没有修好，我们七八个大学毕业生挤在一套房子里。后来，有些同学选择离开了。”韦春庆告诉记者，来分公司上班之前，曾经到贵州铝厂、柳州新平厂和南宁铝厂实习过，当时带的师傅就曾开玩笑说，一个女孩子干吗学冶炼专业，像电解槽这样的工作岗位不适合女孩子。

“既来之，则安之。”韦春庆认为，中铝公司是国企，条件艰苦肯定是暂时的，至于工作是否合适，她认为，别人能坚持的，自己应该也可以。

在学校学冶炼专业，却被安排到化验室干起化验工作来。起初，韦春庆觉得不搭调，后来慢慢发现自己喜欢上了这个岗位。“我这个人喜欢安静，每天在化验室里安静地和这些瓶瓶罐罐打交道，让人特别舒心。”

然而，化验分析工作并不轻松。韦春庆说，由于化验工作的特殊性，她和同事们每天都要站七八个小时，对铝土矿、赤泥选铁、石灰石等进行七八十个样品的分析，通过分析，将检测结果录入公司 ERP、Limis 系统，促进生产的稳定运行。

每天要做同样的事，重复上百个动作，让人觉得枯燥乏味。对此，韦春庆有她自己的理解，“是否枯燥，看个人怎么去做，怎么去想。化学分析是生产的‘眼睛’，数据不准确将影响生产的平稳运行，要带着很强的责任感，带着问题去工作，这样，就不会觉得这份工作枯燥乏味了。”

善于学习　爱刨根问底

韦春庆先后从事过氧化铝物理性能分析、原料分析和中间成品分析等工作。多年的实践工作告诉她，要在业务领域取得进步、逐步提高，直至成功，就必须付出更多的辛苦和努力，也需要有更完善的理论知识支撑。为此，韦春庆利用一切空闲时间为自己充电，并且报读了工业分析与检测专业，勤奋好学为韦春庆开启了通往更高层次的知识大门。

为了尽快熟悉和掌握化验分析业务，韦春庆不仅学习好技术中心发给的书籍《化验员读本》，还虚心地向前辈学习，刻苦钻研化验分析技术，她找来《化工原理》、《冶金化学》和《基础化学实验》等专业书籍和行业标准，光是笔记就记了好几大本。韦春庆身上有一种打破砂锅问到底的精神，有时，为了一个问题，她常常查阅大量书籍或者上网找答案。

韦春庆说，不为别的，就是想要弄清楚它，不然心里放不下，就当做是积累工作经验吧，这样下次遇到同样的问题时就不会不知道该怎么办了。

因为工作出色，2012 年下半年，中心聘任韦春庆为支持工程师。但是，用同事的话来说，这并不是什么好差事，因为韦春庆本来就是助理工程师，聘任支持工程师待遇上没有区别，反而会增加工作量。

“领导信任我，让我来承担这个工作，我就不应该计较个人得失，努力把工作做好。”韦春庆这么说，也这么做了。

作为工程技术人员，韦春庆勤奋好学，刻苦钻研业务知识，解决许多生产难题。她运用学过的知识，提出《氧化铝比表面积测定新方法——剪纸称重法》，获得公司科学技术进步工作二等奖；她参与研制出的砂状氧化铝标样，得到了国内同行业认可并通过了行业标准样品的鉴定；在国家实验室认可过程中，她同样参与了铝土矿、氧化铝、铁矿石等化学成分能力验证的分析工作，为企业作出了积极贡献。

善于分享　传授技艺不遗余力

韦春庆至今已记不清带了多少徒弟，她只记得每年都会有新来的大学生或者实习生，这个时候，韦春庆总会把技艺毫无保留地传授给他们。

韦春庆认为，要做好化验分析工作其实很简单，只要把基本功练好，练扎实，并严格按照操作规程去工作，就能把工作做好。

除了日常工作中，把技艺传授给身边的同事外，技术中心开展的内部培训，也为韦春庆和“徒弟”们提供了学习和交流的平台。

韦春庆告诉“徒弟”们，要积极参加公司的岗位练兵，技能比武活动。因为，“岗位练兵、技能比武是一次很好的锻炼机会，通过平时的积累。在武台上，与高手过招，就算拿不了名次，也会学到很多东西。”

2013 年 5 月，技术中心“金牌工人工作室”正式成立，韦春庆作为金牌工人代表成为工作室成员之一，并和溶液站的年轻员工江涛签订了“师带徒”协议，真正把技艺传授给年轻的同事。

提到韦春庆，“徒弟”江涛觉得很有面子。她认为，韦春庆连续三年夺得技能比武的第一名，是位技艺精湛、性格随和的师父。她希望能以师父为榜样，熟练掌握专业技艺，为分公司作出自己的贡献。

（原载于 2014 年 3 月 13 日《百色早报》）

熔铸成“钢”

——记全国五一劳动奖章获得者、中国铝业广西分公司电解铝厂铸造车间副主任吕刚

从一名普通员工到设备主操，吕刚花了1年。

从一名设备主操成长为车间技术骨干，吕刚花了9年。

从一名技术骨干成长为全国技术能手，吕刚花了10年。

21年来，吕刚扎根生产一线，凭借坚忍不拔的韧劲，闯出了一片新天地，体现了自己的价值。

4月28日下午，中国机冶建材工会在京召开会议，对机冶建材系统获得全国五一劳动奖状、奖章和工人先锋号的集体和个人进行表彰，中国铝业广西分公司电解铝厂铸造车间副主任吕刚从中华全国总工会副主席、书记处书记张世平的手中接过证书，喜悦之情溢于言表。

选择留下

1993年6月，吕刚从株洲冶金工业学校毕业，满怀着在国有企业当一名工人的喜悦，来到革命老区百色市平果县，加入到平果铝的建设队伍当中。

当时，平果铝电解铝项目尚未投产，刚到企业5个多月的吕刚就随30多位年轻员工一道，被派到贵州铝厂实习。

走进该厂铸造车间，吕刚发现现实与自己的愿望相差甚远——热气腾腾的厂房里，几名正在忙碌的工人，从上到下被裹得严严实实：戴着配有防护面罩的安全帽，穿着厚厚的工作服，手上还套着棉手套，虽然时值冬天，工人们却被捂得热汗淋漓。

“比种庄稼的还辛苦。”这是吕刚对熔铸工人的第一印象。

许多学生不甘心受这个苦，选择了离开。而天生倔强的吕刚没有退缩，暗下决心要当一名优秀的熔铸工人。

这一干就是21年。21年里，吕刚学会了炉前进铝、排包，学会了虹吸进铝……从开始对铝合金熔铸一窍不通成长为车间技术骨干，从学徒工干到班组长，从一名普通的工人成长为“全国技术能手”。这些都源于吕刚勤奋好学，敢

于吃苦。

从事铝锭铸造的人都知道，铸机堆垛是整个生产流程的重点。有一次，车间在堆垛时，铝锭卡住了翻转器，当班人员费了九牛二虎之力也无法解决难题。车间老师傅周班长闻讯赶来，凭借丰富的经验，很快找到了问题症结。

当同事们沉浸在喜悦当中时，吕刚却异常平静，拿出随身携带的工作日志簿和笔，走到周师傅跟前，问道："铝锭卡翻转器时，应该怎么办？"

周班长望着眼前一脸认真的小伙，笑着说："翻转器是一个整体行程，一定要在每个行程结束之后再进行故障处理。"

吕刚认真地把解决办法记录在本子上，并将日常工作中遇到的一些问题一并向周班长请教。勤学好问的吕刚学到了比其他同事更多的知识，也得到了老师傅的认可。

由于工作出色，1996 年6 月，吕刚被任命为该公司电解铝厂铸造车间运行三班班长。

初尝甜头

当上班长，吕刚没有比过去轻松，反而更加忙碌了。每天，没到上班时间，他就来到岗位，仔细检查一遍设备。工作结束后，他总会再次检查设备，确认设备完好了才下班。吕刚告诉记者："设备是生产的'心脏'，它健康了，生产才能正常运转。"

为充分发挥每个人的工作积极性，上任之初，吕刚就把班里技术好、责任心强的员工找来，推心置腹与他们交谈，增强他们的集体荣誉感，使他们成为标杆，带动整个班组成员心往一处想，劲往一处使。

吕刚知道，除了设备正常运行外，班员整体技能水平的提高，也是班组生产经营状况良好的重要因素。为提高每一位班员的技能水平，吕刚制订了班组"师带徒"激励方案，每一位技能水平好的员工，身上都有带一两个徒弟的任务，任务完成，师徒均有奖励；任务完不成，将延长师带徒时间，并停发相应奖励。

由于设备运行良好，开机率高，员工整体技能好，产品质量高，1996 年 10 月 ~1997 年 7 月，吕刚所在的运行三班连续 9 个月夺得班组竞赛第一名。如今，说起这事，三班班员依然非常自豪。

爱问"为什么"

吕刚喜欢思考，工作中爱问"为什么"。在国内铝锭生产中，打渣岗位被认为是环境最恶劣、最不安全的岗位。

“铝锭表面有层渣，如果不打掉就不合格。”谈起免打渣技术的开发和应用，吕刚娓娓道来，“在高温状态下，铝液表面会出现大量的氧化膜，冷却后形成渣附在铝锭表层，需要打掉才能满足客户要求”。

能不能不用打渣？在厂部的指导下，吕刚和其他技术骨干一道，展开了科研项目《铝液铸造免打渣生产工艺的技术开发和应用》的一系列调研。

最终，免打渣技术采取流程改造的方式，分别在炉眼岗位、溜槽改造、分配器改造3个环节着手，于2006年完成技术改造。

不仅如此，他还带领团队攻克了20千克重熔用铝锭单炉多机生产技术难题，改静态进铝为动态进铝，用原铝的温度来进行重熔、精炼，减少了劳动强度，每年还节约几万立方煤气。

在设备改进、修旧利废、节能降耗方面，他提出了台包密封圈重复使用、减少除尘风机软连接粉尘泄漏等10多项合理化建议应用到生产上取得成效。他参与的《延长铝液分配器的使用寿命》等QC活动获得多个“国优”称号。

苦练成名

2008年11月，“中国铝业杯”第二届全国有色金属行业职业技能竞赛在西南铝举行，吕刚和其他三位同事作为选手参加铝及铝合金熔铸工组的比赛，由于刚接触铝合金熔铸技术几个月，加上过于相信自己，没在赛前做更充分的准备，这一次，吕刚没有获奖。

返程途中，吕刚暗下决心，一定要在下次的比赛中拿个好名次。

而下一次比赛，要等5年。大赛组委会规定，同一工种需要5年才能再次参加比赛。5年里，吕刚把自己当成铝合金熔铸技术的小学生，一边虚心地向身边的老师傅请教，一边买来大量的专业书籍，日夜研读，并将理论应用到日常工作中实践。

2013年9月，吕刚再次站在“中国铝业杯”全国有色金属行业职业技能竞赛铝及铝合金熔铸工组的赛场上，与来自全国各兄弟企业的76位选手角逐。最终，吕刚夺得了该组第一名，被中国有色金属工业协会授予“有色金属行业技术能手”称号，被人力资源和社会保障部授予“全国技术能手”称号。

对于成绩的取得，吕刚说：“前后两次比赛的结果，让我更深刻地明白一个道理，那就是做事情一定要踏实，要坚持到底，努力付出才会有收获。”

成为“技术能手”的吕刚，没有忘记带动身边的同事共同进步。他把铝合金熔铸过程应该掌握的关键技能，以及其他的工作经验毫无保留地教给大家，使他们得到快速成长，铸造车间运行乙班班长黄胜政就是受益者之一。

黄胜政告诉笔者，吕刚为人正直，凡事讲原则，不绕弯，“特别是安全方面，我们要是违章操作，吕主任会毫不客气地批评我们，并按相关规定对我们进行处罚。”

在技术方面，吕刚是“消防队员”。“我们车间里，哪个班的生产出问题了，大家都会请吕主任去‘救火’。”黄胜政说。

今年年初，有客户提出需要6061铝合金棒，由于此前没生产过这个产品，产品成品率一度直线下降，正当人们不知所措时，吕刚来了。他和大家一起找到了问题所在，很快提高了产品成品率。

“没有企业就没有我的今天，不管将来处在什么位置，我都会尽心尽力工作，努力为企业创造更大价值。”吕刚说。

（原载于2014年4月30日《中国铝业报》）

师傅真教 徒弟真学

——广西华银铝业有限公司检修厂“师带徒”活动侧记

都说“教会了徒弟，饿死了师傅”，可是这句话在广西华银铝业有限公司检修厂却没有市场。去年以来，该厂通过开展“师带徒”活动，结合生产经营实际，在工作过程中，有效地传承技艺，同时，在继承中发扬和创新，使“师带徒”活动具有鲜明的时代气息，形成“师傅真教，徒弟真学”的良性循环。近日，笔者走进该厂，就“师带徒”活动进行了探访。

师傅真教 倾囊相授

于毅，焊工高级技师，2006年以技术骨干的身份来到华银铝上班，曾获得“欧盟焊工”认证。

公司投产初期，该厂大部分员工是刚毕业的学生，没有焊工作业经验，面对焊件往往不知从何下手。而当时公司正面临投产，现场改造、管道安装急需焊接，培养技术过硬的焊工作业人员成了当务之急。按照厂部领导的指示，于毅扛起了这个重担，把十多年来积累的焊接经验倾囊相授。

师带徒，于毅有自己的一套方法。焊工作业，需要耐心和耐力，他往往先在一旁观看指导，实在不行再现场演练，手把手教，直到徒弟能独立完成为止。

学习焊接很枯燥，如果只是单纯地灌输，徒弟很难理解，于毅要求徒弟们带着问题去工作，在工作中找问题，然后师徒再一起把问题解决，真正做到寓教于学。

不仅如此，于毅还身体力行，用行为感染着徒弟们。厂综合科副科长李利锋告诉笔者，投产初期，于毅接到氧化铝厂分解管道的安装和焊接工作任务。时值高温季节，管道的标高为 47 米，属高空作业，焊接难度大，工期紧，于毅拿起焊枪走在前头，一干就是几个小时，一趟下来汗水渗透了衣服，手脚直发抖，跟在后头的同事看到这一场景，都默默地参与到工作中。

短短半年时间，于毅带领的队伍，就已经发展到 23 人，完成了 3600 米赤泥输送管的安装焊接工作，以及公司大大小小的技改、节能降耗项目。

徒弟真学　传承技艺

在今年 9 月份举行的百色市“职工技能状元”竞赛中，该厂员工徐贵新、黄晓、欧文军同时获得焊工组三等奖。

他们三人，均师从于毅。

采访中，笔者了解到，在于毅口传心授的影响下，徒弟们非常珍惜每一次学习的机会，经常是白天上班，晚上温习、记笔记，巩固学习成果，有时还会自发地集中在一起，互相交流学习体会。

在技艺传授方面，于毅没有将自己的思想强压给徒弟，而是任由徒弟们发散思维，提出不同的方法。

“有一次，在焙烧炉余热回收利用项目改造中，我对师傅的工作方案有异议，提出了不同看法，师傅并没有因此生气，反而采纳了我的建议。”欧文军告诉笔者，于师傅常说，敢于提出异议的人，说明动了脑筋，这样才会进步。

如今，23 名徒弟正逐步成长为焊接技术能手，分布在各个生产岗位上，甚至有些“徒弟”也变换了角色，当起了“师傅”。“以前刚工作那会儿，我们什么都不会，师傅把所有的技艺毫无保留地教给了我们，我们有义务将技艺传承下去。”徐贵新说。

（原载于 2014 年 11 月 29 日《中国铝业报》，韦耐丽对本文也有贡献）

员工是企业的主人，企业的每一步发展都离不开广大员工的无私奉献。特别是在生产一线的员工，他们勤奋工作，为企业的发展付出了许多，他们，是企业里最可爱的人！

第九篇　可爱员工

IANGHAO YANGQI GUSHI　JIANGHAO YANGQI GUSHI　JIANGHAO YANGQI GUSHI

传递爱心的使者

——记中国铝业广西分公司“铝都义工联盟”

作者（前一）参加平果铝都义工联盟活动

在中国铝业广西分公司（以下简称平果铝）职工生活社区，有这样一个特殊的群体，他们都有自己的工作，彼此是同事或朋友，也有素不相识的，但是每到一个时间段，他们都会自发地聚在一起，去帮助别人。这，已经成为他们生活中一个不可或缺的部分。

在平时的帮扶工作中，他们几乎不提及各自的名字，我们无法得知他们每个人的真实姓名。但受到帮助的人知道，他们有一个共同的名字：铝都义工。

今年7月1日，是铝都义工联盟成立五周年的日子，笔者走近义工联盟，了解到一个个感人的故事，感受到一颗颗跳动着的火热的爱心。

从3人增加到80余人

“起初，我们建立义工联盟时并没有想过将来能发展到什么程度，只是希望有一个平台能吸引更多的人参与到爱心活动当中来。”发起人之一赵林告诉笔者，最初发出倡议建立铝都义工联盟的想法很简单。

“老赵”、“阿琨”、“王生”都是平果铝职工。“老赵”是该公司纪检监察（审计）部主任赵林，“阿琨”是该公司信息部员工李祖琨，“王生”是该公司后勤服务中心副主任王更生，三人是在一次机缘巧合中，达成共识建立铝都义工联盟的。

“我只是一名平凡的工人，经常看到一些扶危济困的事迹，感动之余，经常想下班之后我应该做些什么？那种想做点事而又没有人结伴同行的孤独很折磨人，直到遇到‘志趣相投’的赵主任、王更生。”李祖琨告诉笔者。

“行善积德，奉献社会，热爱铝都，共建文明。为了让我们相处生活的铝都更美好，让我们相互依赖的社会更和谐……我们决定发起成立铝都义工联盟，以民间义工团队方式长期开展爱心公益活动……”2008年7月1日晚11点12分，在中国共产党成立87周年纪念日这个特别的日子里，平果铝阿琨网络社区发布了这样一条公告。自此，一群有着同样诉求的爱心使者开始在他们周围集聚。

其实，早在2004年，平果铝阿琨网络社区早就有这样的活动。2004年2月15日，一个名为“桃源爱心行动”的栏目出现在网络社区里，一群素未谋面的网友因为爱心事业在网络上交流。

“当时只是网络上的一个行动小组，没有权威性，参与的人数并不多。”李祖琨说，铝都义工联盟其实是桃源爱心行动小组的“升级版”，“我们希望能通过社团的形式，把身边有爱心的人聚集在一起，以团队力量去帮助需要帮助的人。”

经过五年的发展，如今，铝都义工联盟已经发展到注册正式会员80余人，成立了理事会，由热爱公益事业、责任心强的爱心人士负责联盟日常管理工作和运作。

“在册正式会员80多人，实际上，这五年，参与爱心活动的人数已经多达几百人”，赵林告诉笔者，平时很多社区居民、员工看到爱心活动通知后，自觉参与到爱心活动当中来，甚至很多人不愿意说出自己的名字，只想做点好事。

爱让他找到回家的路

2010年10月8日，一封感谢信在喜庆热烈的鞭炮声中送到了平果铝。信中写满了真挚、朴实、感人的话语，突出的重点就是——“好心的平果铝人让他们的孩子找到了回家的路”。

8月8日，广西上林县大丰镇里丹村上东庄智障青年黄盛翔骑摩托车到县城买东西，不慎走失，流落至平果铝。铝都义工联盟会员王芳、卢华、黄小兰和杨才强、李祖琨等知道后，决定帮助黄盛翔找到亲人。

由于智力有障碍，起初，黄盛翔对于王芳等人的主动接触感到害怕，惊恐之下说话更是含糊不清。信心满满的王芳等人一开始就遇到难题。

“他的家人一定很着急。”王芳回忆当时的情形说，“虽然有难度，但是我实在不忍心看到这么年轻的小伙流浪在外头。”

王芳等人一面悉心照料黄盛翔，一面通过网络发贴、亲友相告等方式寻找黄盛翔的家人。

经过一个多月的用心呵护，黄盛翔开始信任王芳等人，在纸上歪歪扭扭地写出了自己的名字——“黄盛翔”，寻亲之路逐渐看到希望。

10月2日晚9时许，有义工在网络上看到此前铝都义工联盟发的帖子《请帮他找到回家的路》时，一个名叫“爱尔兰”的义工发表了一个简单的建议

“请联系当地派出所，或网上查询”。这应该是一个比较平常的留言，因为平果县派出所与民政局都早已联系过，没有得到有效信息。网上查询，一个流浪小伙子会在网上有名字吗？开始大家都没想到试一下，但是义工杨才强用“吉祥”名字抱着试试的心态在百度搜索“黄盛翔”时，奇迹般地发现黄盛翔的家人8月14日在《南国早报》刊登过寻人启事。

“感谢你们帮我们找回了黄盛翔，谢谢你们……”10月3日上午，当黄盛翔的叔叔找到失散的亲人时哽咽着说出这番话，而在场的王芳、卢华等义工也激动地流下开心的眼泪。公司党委副书记李兵还代表公司领导接见了黄盛翔和他的亲人。

为弘扬助人为乐的道德风尚，10月8日，平果铝精神文明建设委员会将为关心帮助黄盛翔找到亲人顺利回家的平果铝员工及家属颁发“精神文明新风奖”同时授予他们“荣誉义工”称号。

“我们会一直走下去”

8月17日上午，平果铝工人文化宫广场，铝都义工联盟和平果铝团委联合开展第一次爱心义卖活动，所获善款全部纳入公司爱心基金，用于帮助更多需要关心的员工。

据了解，当天活动共筹得爱心善款1281元。

该公司技术中心员工郑怡萍说：“知道铝都义工联盟开展义卖活动，我赶紧回家找了几件闲置的物品，以很低的价格报出，没想到物品很快被卖掉。虽然钱不多，但知道义卖所得捐给公司职工帮扶互助基金时，我感到非常快乐。”

其实，自从铝都义工联盟成立，这样的爱心帮扶活动就没有停止过。特别是到了周末，因为义工们平时都有自己的工作，所以只能牺牲掉周末休息时间参加活动。

笔者在平果铝阿琨网络社区看到，该站首页“爱心奉献”栏目中，密密麻麻记录着爱心帮扶的活动消息：5月10日，铝都义工联盟开展“爱护家园除草行动”；8月21日，铝都义工联盟开展便民服务；9月21日，铝都义工中秋节前看望敬老院老人；12月26日，铝都义工联盟组织“圣诞节爱心行动”到孤儿院与孩子们共度节日……

“我们做活动的‘爱心’使者都是招募来的，我们在网站上发出通知，说明需要的人数、车辆、物品及活动的时间和集合地点，立刻就会有义工跟帖响应，有钱出钱，有车出车，有物出物，每个义工所献出的爱心都有‘爱心记录’。”李祖琨告诉记者。

在该栏目里，一条由义工盘国安撰写题为“国旗映红孩子们的笑脸”的消息格外显眼。

2012年底，铝都义工联盟副会长兼秘书长欧健得知一个意外而又令人感动的消息：有一群生活在大山深处的孩子们，他们最渴望的梦想，居然只是唱国歌、升国旗。

今年年初，为了圆孩子们这一梦想，铝都义工联盟开展了天等县龙陂屯教学点爱心行。

活动得到众多爱心人士的支持。平果县“嘹歌山泉”水厂总经理黄厚翔为孩子们捐赠了45套运动服；平果县“世纪前线灯饰”的苏振兴听说孩子们需要国旗，立即做好旗杆，带上国旗、红领巾和文体用品来到龙陂屯……

“看到孩子们在这么艰苦的环境下读书，我很感动，希望通过自己的微薄之力来帮助他们，我希望我们的帮助不仅仅改变他们的生活，更能改变他们对这个世界的理解，改变他们的心态。”参加完活动后，赵林感慨道。

对于义工联盟下一步的工作，欧健说：“我现在负责公司的扶贫工作，我希望能够把这项工作和义工联盟的一些活动结合起来开展。我们的能力有限，无法帮助到所有需要帮助的人，但是，在爱的道路上，我们会一直走下去。”

（原载于《中国有色金属》2013年第21期，张敏对本文也有贡献）

红旗班组：一切为了工作

在山东华宇热电厂，有这样一个清一色女员工的班组，曾获该企业“三八红旗班组”称号。

在“三八”妇女节到来之际，记者采访了这一群平凡而又可爱的女员工。

累并快乐着

走进该厂化学车间水处理化验室，映入记者眼帘的是一幕忙碌的景象。只见水处理化验室的女工们有的在查看数据、有的在化验样品、有的在记录数据……

“您觉得这个工作辛苦吗?”记者对迎面走来的化验工黄香玲问道。“很辛苦。”黄香玲说，化验工作要高度集中，一个班下来总是身心疲惫。

她指着化验室对面的混凝剂加药间说："不管晴天还是雨天，我们每天都要在这里和混凝剂加药间来回奔跑加药，就算是炎热的夏天，也不能打伞，只能戴着安全帽，来回穿梭。"

"这么累，你还愿意这样辛苦地干？"面对记者的直言，该班班长孙培艳微笑着说："我本身就是学这个专业的，我很喜欢这个工作，而且领导也很关心我们，我们没有理由不做好这份工作。"

一切为了工作

"一切为了工作。"在采访中，这是记者听到最多的话。化验工李洁娟，家庭负担较重，身体也不好，家人劝她休息几天，但她还是坚持工作。李洁娟告诉记者："一人一岗，大家都很辛苦，我不能给大家添麻烦。"化验员徐琳夫妻均为倒班工，父母不在身边，孩子又小，碰到两人都上夜班时，便把孩子寄托在邻居或朋友家中，托人照看。

虽然每次心里都酸酸的，但是她没有耽误过一个班。化验员黄梦迪是刚参加工作没几年的小姑娘，繁杂的工作让她感到难以适应，有好几次累得悄悄哭了。但是，她没有退缩，硬是一步步跟着师傅学好技术。无论酷暑严冬，刮风下雨，她们总是定时去采样点采样，再制样、化验，默默地工作着。

（原载于2012年3月10日《中国铝业报》）

设备好"管家"刘慎

近日，在广西华银铝业有限公司"七一"表彰会上，该公司矿山部机动科科长刘慎获得了"优秀共产党员"荣誉称号。

刘慎，1992年参加工作，先后从事氧化铝、电解铝、赤泥堆场工艺管网施工验收，矿山设备管理等工作，2006年12月底从中国铝业广西分公司调到华银铝从事矿山设备管理工作。

对于刘慎，同事们一致认为他是一个业务精湛、工作认真负责、精力充沛的人。

“刘科长很实在，对待工作认真负责，要是我们不认真工作，会受到他严厉的批评。”公司马牌矿山机动科副科长唐素华告诉记者，有一次，因为接连下雨，他和另一位点检员把矿山尾矿库输送管道的测厚工作推迟了一周。刘慎知道后，对他们进行了教育并要求他们当天完成管道的测厚工作。“矿山尾矿库输送管道一旦泄露，不仅影响生产，还会影响到周边村屯群众的生产生活，起初，我们有些不理解，觉得刘科长太较真，但是经过他的教育后，也都慢慢明白了。”唐素华说。

机械专业出身的刘慎，起初对电气和自动化并不太了解。为了拓宽自己的知识领域，他就将工作中遇到的问题记录在小本上，利用工作之余的时间向身边的同事请教，打破沙锅问到底，非弄个水落石出不可。不仅如此，他还阅读了大量有关本岗位相关的理论知识，先后自学了微电子技术、plc 编程语言、cad 制图等多种专业知识，提升了自身的业务水平。

经过多年的磨砺，刘慎逐渐成为设备管理工作的专家，多次参与完成了重要的技改项目。《胶泥矿综合利用》就是其中一项。

唐素华告诉记者，矿山投产初期，由于矿石性质等原因，浓密机浓缩效果差，回水质量严重超标，只能用泥浆水洗矿，造成槽洗机矿砂跑粗严重、回水排泥设备故障频出等问题。“那段时间，检修工人每天都要在现场盯着，随时检修水泵，生产根本无法正常运行。”关键时刻，刘慎把点检员找来，对浓密机进行了技术改造。

改造后的浓密机，回水质量达到了设计要求，洗矿效果明显提高，矿山水耗、电耗、絮凝剂干泥单耗明显下降，回水系统相关设备故障率大大降低。

面对成绩，刘慎很平静、淡然。正如记者采访时他的回答一样：“不要写我，没什么可写的，我做的这些都是分内的事，是大家共同努力的结果。”

（原载于 2014 年 7 月 23 日《中国铝业报》）

化验台静吐芬芳

近日，在广西华银铝业有限公司第一届职工技能比赛总结表彰会上，来自该公司技术研究分析中心原料组班长苏雅静两次上台领奖，分别获得该公司第一届职工技能比赛化验工种第一名和第八届“中国铝业杯”全国有色金属行业职业技能竞赛化学检验工种第13名。

从一名普通员工成长为班组长，从“笨手笨脚”到成为化验技能比赛冠军，苏雅静用良好的工作行为习惯影响着身边的同事，在平凡的化验岗位上静静地吐露芬芳。

“我不想拖大家的后腿”

2008年3月，年仅19岁的苏雅静，来到广西华银铝业有限公司技术研究分析中心上班。由于专业不对口，且错过了实习时间，初来乍到的苏雅静，成了班组里操作水平较差的员工。

“刚开始，看到同事们熟练地操作，自己却笨手笨脚，心里挺不开心的，我不想拖大家的后腿。”苏雅静决定下一番苦功，努力赶上班组其他成员。

化验工作要用到很多化学基础知识，为了弥补自身的不足，每天工作之余，苏雅静都会拿着站里给员工发的《氧化铝生产过程中铝酸钠浆液分析化验规程》、《化验员读本》等书籍仔细研读起来，碰到看不懂的地方就用笔勾画出来，找时间向班长和同事请教。

“同事们对我都很好，黄治安班长每天都会耐心地跟我讲一遍所学的东西，并将操作过程示范给我看，然后要求我跟着操作一遍。”苏雅静告诉笔者，现在能熟练地工作，全靠当时基础打得好。

好学肯干的苏雅静，很快就跟上了同事们的步伐，得到了领导的认可，并于2011年4月当上了溶液站丙班班长。

当了班长，苏雅静依然没有停住学习的脚步，在自学化验理论知识的同时，到学校里找化学教师请教化学知识。“老师现在要带毕业班，没有时间教我了，不过没关系，我表妹化学成绩好，准备放假回家了，到时我再向她请教。”苏雅静笑着对笔者说，眼里透露出对未来的自信。

“要一起进步才行”

“只有发自内心地去热爱自己的工作，才能把它做得越来越好。”苏雅静告诉笔者，此前曾经在广州一家医院里当医生，如今在华银铝从事化验工作，“前后两份工作都离不开白大褂，我都挺喜欢的，这就好比做菜一样，看到别人津津有味地吃着自己做的菜，会有很大的成就感。”

身为一班之长，苏雅静知道，自己进步还不够，要整个班组一起进步才行。

“起初，由于经验不足，在部门班组建设竞赛活动中，我们班都是倒数一二名。后来我们通过查找自身的薄弱环节，记好被扣分项，并学习其他班组的先进经验，终于在去年第二季度，我们班连续 3 个月获得了‘优秀班组’，我自己也获得了‘优秀班长’的荣誉。”

在班员技能提升上，苏雅静除了有计划地安排班组集体学习外，还针对个别水平较差的员工进行单独培训。

2011 年 6 月，丙班新来一名员工小朱，由于小朱此前从未接触过铝酸钠溶液的化验，她参与的项目都严重滞后，苏雅静一遍又一遍地给她讲授操作的过程，“小朱接受能力较差，上手很慢，有几次我都想放弃了，后来老班长告诉我，要有耐心，把最难的教会了以后就不怕带新人了。舅舅也告诉我，年轻人有的是力气，累了睡一觉起来就好了，要有战胜困难的信心。”苏雅静略带羞涩地说，通过几个月的反复训练，小朱终于能很好地掌握铝酸钠溶液的物理和化学分析项目。

苏雅静告诉笔者，以前就是老班长黄治安、陈雪梅等人不厌其烦地教授，她才有今天的成绩，她要把从老班长那学来的东西传授给身边的同事，让大家共同进步。

“成绩是大家的”

2014 年 8 月 6 日上午，华银铝第一届职工技术比武化验工种实操比赛在该公司技术研究分析中心化验室举行，苏雅静和其他 24 名从理论考试中脱颖而出的参赛选手被分成 6 组进行考核。此次比赛的两个项目是盐酸滴定和微量铁曲线测定，最终，苏雅静凭着完成时间快、数据准确获得实际操作比赛第一名，并在之后举行的第八届“中国铝业杯”全国有色金属行业职业技能竞赛中取得第 13 名的好成绩。

提及第八届“中国铝业杯”全国有色金属行业职业技能竞赛，苏雅静有些懊恼，“成绩比我想象中的要差，应该还可以获得更好名次的。”苏雅静告诉笔者，可能是因为抢要速度分，稳定方面稍差一些，影响了最终的比赛成绩。

苏雅静说，当时现场操作的时间很紧张，好多选手在规定时间内没有完成操作任务，而她却提前 37 分钟完成了所有操作。在苏雅静看来，赢得的这 37 分钟，是她和部门领导、同事们用上百倍的时间练习换来的。

备战比赛时，技术中心派出经验丰富的安技科科长李爱龙对苏雅静进行训练，加强理论知识的积累和实际操作的熟练度，并且每周定期对其进行测试，扎实有效的训练为苏雅静参赛奠定了良好的基础。

“成绩是大家的。”面对荣誉，苏雅静说，如果没有领导和同事的帮助，自己是取不到这个成绩的。

如今，比赛结束了，苏雅静更加严格要求自己，不容任何的细枝末节出现问题，总是按规程操作每一个化验步骤，从化验工作的准备、操作、结果计算到数据统计，从不忽略任何一个细微之处。以其熟练的技术、不苟的态度，影响和带动了身边的化验员，她所在的班组做到了报出的化验结果准确无误，为生产经营的稳定运行作出了贡献。

（原载于中国有色金属网）

好儿媳尽孝十五载

——记广西分公司第七届模范五好家庭获得者黄小清

温柔贤惠，悉心照顾患病婆婆十五载，邻里公认的好儿媳。她就是2010年广西分公司第七届模范五好家庭获得者、热电厂员工黄小清。

“我婆婆年轻时没少吃苦，老了咱当儿女的该让她享享福！”这是黄小清的心里话。说起儿媳，黄小清的婆婆频频竖起大拇指：“黄小清是我的好儿媳，比亲生儿女都好。”

黄小清的婆婆、今年68岁的陈秀娥老人出身贫寒，一直在乡下生活，饱受艰辛。1996年10月，新婚的黄小清就提出把婆婆接到城里一起生活。正是这次的搬家，使老人的生活发生了翻天覆地的变化。

2000年6月的一天傍晚，黄小清发现婆婆吃饭时精神状态不佳，就问：“妈，您这是怎么了?”婆婆不在意地说：“没事，头有点小晕。农村人，犯点小晕是常事。”黄小清一听，立刻放下手中的筷子，硬是把婆婆拉到了医院。

到医院检查结果显示，婆婆患有严重的高血压、高血糖，医生建议立刻办理住院手续，并感慨道：“幸亏你送的及时，否则很容易得脑梗塞。”

当时，丈夫林盛松在广州学习电网自动化改造。为了不影响丈夫学习，黄小清在电话里只报平安。自己一个人既要上班、又要照顾不满一岁的小孩，还要每天往返医院几趟照顾婆婆。

邻居李桂华大姐看着心疼，建议黄小清叫丈夫回来一起渡难关，可是黄小清坚持一个人扛着。

半个月后，婆婆出院了，丈夫也学习回来了，黄小清却累倒了……

可是，对婆婆的照顾却从来没有停止过。看到由于长期服药，体质逐渐下降，阴雨天关节疼得厉害的婆婆，黄小清看在眼里疼在心里。于是，她特意到美容院学习了推拿按摩，坚持每天睡前给婆婆做身体理疗。

推拿按摩是一项体力活，每一次做下来，黄小清的手都会酸痛不已，但是她总是乐呵呵的。这一按就是11年，从未间断。今年年初，新房子建好后，她又把采光最好的房间留给了婆婆；上千元的鸭绒被她自己舍不得用，毫不犹豫地给婆婆买了一床；无论多忙，她每天总要抽出一点时间陪伴婆婆聊天，问长问短。

邻里对黄小清赞不绝口，农学兵大叔说："这么孝顺的媳妇真是比闺女还亲！我们整个平果县怕是也难找！"

（原载于2011年10月15日《中国铝业报》）

一个企业的蓬勃发展，需要每一位员工的脚踏实地，真抓实干，爱岗敬业，企业与职工是一个命运共同体，两者休戚与共，利益共同，密不可分。

第十篇　爱岗敬业

ANGHAO YANGQI GUSHI　JIANGHAO YANGQI GUSHI　JIANGHAO YANGQI GUSHI

“粮仓”卫士

——记中国铝业广西分公司矿产资源保护团队

1 月 30 日除夕晚上 8 点，路上的车辆和行人比往日稀少很多，中国铝业广西分公司（以下简称平果铝）保卫（武装）部矿产资源保护大队队员姚明全、廖春常等一行 10 人分成两个组，急匆匆地往平果铝矿山上赶。

“盗矿分子往往选择重要的节假日偷矿，我们得彻夜巡逻。”护矿大队队长姚明全告诉记者。他已经记不清有多少个除夕夜没在家过了，只知道保护公司矿产资源这个“粮仓”是他们的责任和使命。

使命——肩负重托

说起盗矿，护矿大队副队长廖春常向笔者讲述了一段令保卫部全体员工都无法忘却的经历……

2012 年除夕晚上 11 点，平果县雅龙矿产资源检查站，平果铝保卫部两名员工正在岗位值勤。突然，三辆越野车在站点前急停，车上跳下十几个年轻人，手持砍刀、沙枪等凶器，团团围住值勤人员，紧接着，39 台大大小小的盗矿车从站点通过，离开平果县城。

“那一次最少有 3000 吨矿产资源被盗。”廖春常说，2013 年以前，有时一天就有 7000 吨左右的矿石被盗，相当于平果铝矿山一天的生产量。

在利益面前，不法分子教唆当地老百姓偷、抢铝土矿石，低价收购，并以拉运石灰石、残矿为借口，盗采、盗运大量的铝土矿石。据监管部门统计，仅盗采盗运每年就造成矿产资源税和氧化铝、铝加工等附加值税流失约 1.5 亿元。

2013 年 5 月 7 日，经平果铝党政联席会议研究决定撤销后勤服务中心原保卫组织机构编制，设立以保护矿产资源为主要职责的保卫（武装）部，推动平果县境内矿产的合理利用和均衡发展。

忠诚——维持秩序

2 月 3 日，大年初四上午，笔者和护矿队员来到平果铝矿山三期 74 号采场。

采场内，一台挖掘机正为运矿车加装矿石。不远处，一辆载满矿石的车正往平果铝矿山洗矿场方向开去。“过去很难看到这样的生产场景。”在采场附近，廖春常向笔者描述了保卫（武装）部成立以前采场内的生产情况。

2013 年 5 月份以前，矿山采场内，平果铝的挖掘机刚把铝土矿石挖出来，附近的村民就会一哄而上，抢走大块大块的矿石，矿山员工多次劝说皆无效果。加上对方往往人多势众，有时员工也是敢怒不敢言。

保卫（武装）部在成立之初就决定先从采场入手，对闯入公司采场哄抢矿石的人员，采取劝说、驱赶、抓捕等措施，维持矿山正常生产秩序。

2013 年 10 月 2 日早上 6 点，廖春常接到矿山二期调度室打来的电话，说有 3 名村民在 85 号采场抢矿，导致生产无法正常运行。

10 分钟后，廖春常和两名同事赶到现场，看到 3 名村民正在该公司的挖掘机附近捡铝土矿石。出于安全的考虑，挖掘机被迫停止作业。

廖春常和同事上前，对他们进行了十几分钟的劝说，结果无效，眼看生产因为他们抢矿将受到严重影响，廖春常一行只好采取果断措施，配合铝城公安分局人员将三人抓捕。

类似这样的事例还有很多，廖春常说，保卫（武装）部成立后，矿产资源保护大队每周都有和不法分子正面“交锋”的经历。

责任——誓死捍卫

护矿工作，是伴着生命危险的。

2013 年 7 月 4 日上午，在平果县马头镇塘莲村央兵屯附近，4 名村民在平果铝 74 号采场哄抢矿石。矿山保卫科矿山三期班长韦厚庆等人迅速赶到现场，配合铝城公安分局人员对闹事的村民进行抓捕。

次日下午 5 点，保卫科员工梁猛接到矿山调度室电话，说有人在 74 号采场哄抢矿石。

十多分钟后，梁猛和同事闭智艺的车刚开进采场，就被十几个哄抢矿石的人团团围住。他们手里拿着钢钎、铁锤，木棍等，嚷着要打人。显然，他们这次是来打击报复的。

三名村民把梁猛从车上拉下，用木棍往腿上狠狠地敲打，梁猛应声倒下，巨大的疼痛让他失声惨叫。不法分子并未就此罢休，对巡逻车、矿山工区的皮卡车进行疯狂打砸后，扬长而去。

闻讯赶来的护矿队员将梁猛送到医院。

在病床上，梁猛对前来看望他的平果铝领导说：“保护公司财产是我们的责任和使命，受点伤没关系。”

同样是在74号采场，去年8月7日上午9点多，韦厚庆和同事叶建林发现4名村民用两台农用车在盗矿。韦厚庆一行随即上前驱赶，4名村民丢下车辆，往山上逃跑。

韦厚庆一行在车上守候到中午12点，一辆越野车飞驰而来，车上跳下6个年轻人，指着韦厚庆说："你们想干什么？做事不要太嚣张，否则挨收拾。"韦厚庆走上前，坚定地说："这是平果铝的铝土矿石，是国家的财产，今天你们开车来偷矿，你们必须给我把矿卸下来。"看到护矿队员态度如此坚决，不法分子只好把矿卸下。

韦厚庆告诉笔者，从事矿产资源保护工作，就不能怕受伤，怕受威胁。否则，就干不好这个工作。

奉献——默默坚守

从事矿产资源保护工作，除了不怕受伤，不怕威胁，还要耐得住寂寞，放得下"小家"。

1986年6月出生的廖春常，2008年6月来到平果铝上班，加上在部队的时间，80后的他工龄已有十个年头了。廖春常说："作为士兵，保家卫国是主要责任；在公司，保护国家的财产更是职责所在，我们必须保护好平果境内的铝土矿资源，因为它是我们的'粮仓'，保护不好，我们就没有饭吃。"

提起廖春常，护矿大队的领导和同事都夸赞不已。姚明全说："小廖是一个非常有干劲的年轻人，都把时间花在工作上，随叫随到，并能很好地完成工作。"护矿队员苏光金说："矿山的保卫工作很艰苦，小廖他们经常半夜三更还在山上巡逻，很不容易。"如今，已经28岁的廖春常，因为工作忙，没时间谈恋爱，还是单身，像他这样的，在保卫（武装）部还有好多位。

苏光金，2010年6月从碳素厂调到保卫部。工作3年多来，每天轮班在采场里巡逻，很少有时间和家人团聚，有时刚坐上桌准备吃饭，因为采场有人闹事，就得立刻出门。爱人埋怨说："以前在厂里上班时没见你那么忙，怎么到保卫部后就这么忙呢？实在不行就换个单位吧。"苏光金告诉笔者，以前也有机会到生产厂上班，但是干这个工作后，觉得很有意义，不想离开这个岗位了。

和苏光金一样，护矿队员农世会，2010年6月从碳素厂调到保卫部上班后，就全身心投在工作上，年幼的小孩也无法照顾到。2013年6月22日是孩子的8岁生日，一大早，农世会就订好蛋糕，准备晚上给孩子过个生日。下午4点多，在二期巡逻的农世会接到电话，说84号采场有人偷矿。此时，已经到了交接下班时间，农世会二话不说，叫上同事赶往现场。不法分子见到护矿队员，急忙往山上跑，为了维持生产秩序，农世会和同事一直在现场守着。

晚饭时间，孩子打来电话，问：“爸爸，你不回来陪我吃蛋糕吗?”农世会这才想起孩子生日的事，愧疚地说：“孩子，爸爸还在忙，爸爸要保护好公司矿产资源这个‘大蛋糕’，‘大蛋糕’保护好了，我们将来才能有更多、更大的蛋糕吃。”说完，背着同事，偷偷擦拭眼角的泪滴。

（原载于2014年2月15日《中国铝业报》）

新闻链接

自平果铝保卫（武装）部成立以来，共收缴被盗铝土矿20334吨，扣押盗矿车辆47台次；启动各类行动58起次，出动人员近900人次；应急处置挡工堵路事件39起；协调县矿业管理大队和铝城公安分局抓获进入采场抢捡铝土矿、挡工堵路、非法盗运铝土矿及涉嫌盗矿人员共计46人（次）；驱赶进入采场盗抢盗捡铝土矿村民423人（次），驱赶进入采场的盗矿车辆、小型铲车167台（次）。

假日坚守

——中国铝业广西分公司员工端午节工作速写

端午小长假，很多人都陪家人、朋友外出赏景、旅游休闲，而在中国铝业广西分公司，却有这样一群“80后”员工节日期间坚守岗位，默默工作。6月2日，笔者来到该公司相关岗位，感受他们在节日期间的工作。

“我应该多承担一些”

6月2日上午8点20分，检修人员来到值班室办理工作票，要对该公司氧化铝厂分解槽2系列RP211电解槽搅拌电机进行停电检修。

作为分解点的主操，李刚毅主动承接了这个任务。他迅速到配电室停止RP211电解槽双回路电，并爬上近40米高的电解槽顶，开始当天的第一个工作任务。在李刚毅同事的指引下，8点40分，笔者来到RP211电解槽顶。此时，李刚毅正在拆除电机电缆线。

1982 年出生的李刚毅，2006 年 6 月从桂林工学院毕业来到中国铝业广西分公司氧化铝厂上班。

在李刚毅的记忆里，没有几个节假日能陪家人过，对于家人，他深感愧疚。“家人很理解我的工作，我不上，同事就得上，工作总得有人做，身为主操，我应该多承担一些。”李刚毅说，维修电工属于技术工种，虽然不是最辛苦的岗位，但是电是看不见、摸不得的，属于高危行业，需要胆大心细。

“虽然辛苦，但是能学到东西”

10 点 10 分，在热电厂三期主控室，笔者见到热电厂汽机水化车间丙班员工黄海萍时，她正和同事调整 5 号汽轮机组负荷。

“黄师傅，再降 10 吨电负荷。”

“先稳一下，我看压力上来没有。”

黄海萍目不转睛地盯着汽轮机组热力系统监控页面，手里拿着对讲机跟同事黄锐通话，时而和身旁的副班长黄伟勇沟通技术问题。

当天上午，因为氧化铝厂五溶出要闷罐，要求热电厂三期主控室把压力降到 4.5 兆帕。刚刚上班的黄海萍和同事一起把压力降低到合适位置。

2008 年 2 月，从西安外事学院毕业的黄海萍，来到该公司热电厂三期主控室工作。黄海萍学的是计算机信息管理，安排在热电厂汽轮机副司机岗位时，黄海萍“当时就懵了，第一次接触工作，连什么是‘泵’都不清楚”。

黄海萍告诉笔者，为提高工作效率，去年以来，车间要求每个员工都要熟悉各个岗位的操作技能。“以前，我只要看好我的岗位就行了，现在必须每个岗位都要照顾到。”

在这种工作模式下，员工通过多岗位操作、设备自主维护和提合理化建议等方式，获得更多的绩效奖金，极大提高了工作积极性。

“车间提供各种平台，让我们这些年轻员工快速成长，虽然工作辛苦，但是能学到东西，我很喜欢这个团队，喜欢现在的工作。”黄海萍说。

“先把当前工作做好”

1989 年出生的动力厂空压车间运行四班员工徐睫，2012 年底退伍后，被安排到公司动力厂上班。

起初，徐睫对动力厂的相关技能完全不了解，在车间班长、老师傅的带领下，徐睫很快掌握了压缩机开停、设备维护等技能。

11点整，笔者随徐睫来到车间1号站和2号站，这是平常徐睫上班的地方。在2号站，只见徐睫时而打开空压机箱，查看里面是否有油污，水阀是否关好，时而拿着测试仪对着设备进行测温，工作起来一丝不苟，俨然是一位工作多年的老师傅。

徐睫告诉笔者，每次上班时，他首先要做的是对几个站进行巡检，查看设备的运行情况，车间卫生状况等。

前两年，该公司热电三期投产，按照“增产不增人”的原则，从动力厂调配了一些人员过去。原来，徐睫所在班组有六七个人，现在只剩下4个人了。“平时，要是不出什么大问题的话，我们还能应付过来；如果遇到突发状况，我们几个人根本忙不过来。”

提到加班，徐睫说，平时都很忙，很少能陪家人，本来打算假期和家人去玩的，可是轮班轮到了，就得上班。目前，先把工作做好，自己还年轻，工作干好才是最重要的。

（原载于2014年6月4日《中国铝业报》）

节日里，那些感动的事儿

时间：上午8点

岗位：平果铝职工医院儿科医生

人物：张梦婷　韦冬梅

中秋值班，平果铝职工医院儿科医生韦冬梅已记不清有几个年头了。她说，外面的医院待遇比较高，很多朋友劝她跳槽到外面的医院去工作或者自己创业，这样生活会比现在更好些。但是，韦冬梅说她喜欢平果铝这个生活圈子，不想离开平果铝，打算一辈子干下去。

和夜班同事交接的时间是早上8点，韦冬梅提前半个小时就做好准备工作。韦冬梅告诉记者，中秋佳节，很多父母都让小孩吃过多的食物，病人比平时多很多。拉肚子、肺炎、感冒……各种病症的都有，韦冬梅挨个给病人看病。因为是节日，很多病人都不愿意住院，大家都希望快点看好病，快点开药回家。

和韦冬梅一样，今年中秋期间值班的还有同事张梦婷。张梦婷家人住在南宁市，今年的中秋佳节，她只能自己一个人在平果铝吃晚饭。

说到节日值班的问题时，张梦婷说："既然选择了这个工作，就没什么好埋怨的，只希望能把病人治好，让大家都过上一个开心的节日。"由于病人需要及时治疗，到吃饭时间时，往往需要停下来。"有病人进了诊室，肚子再饿，我们肯定要放下筷子，先给病人看病，等没人的时候，趁空儿随便扒两口饭，填饱肚子就行。"张梦婷笑着说。

由于平时工作较忙，很少见到女儿，张梦婷显得很愧疚："每次回到南宁，女儿亲热地跑过来抱我时，我总感觉对不起她。但是没办法，医生的职业决定了我不能做一个称职的妈妈。"

时间：下午4点

岗位：电解车间生产运行甲班班长

人物：刘川

19日下午，在中国铝业广西分公司电解铝厂电解车间，生产运行甲班的68位值班员工各就各位。

"我已经在岗位上过了7个中秋节了。"生产运行甲班班长刘川利落地整理着桌上的工作簿，笑着说。

出生于1982年的刘川，2006年参加工作以来，一直从事电解工作。

"电解与调度、保修、客户服务等岗位一样，分分秒秒都要有员工常态值班。工作性质、倒班机制决定了我们不能与家人一起过节。这么多年，家里人也都习惯了。"

"我们班同事之间比亲人还亲密。"车间员工相互调侃着，"我们节假日不休息，还总值中班或夜班，逢年过节时都是在车间和同事过。"

刘川家在贵州，离平果县600多公里，工作七年来，印象中没几次能回家过节。"每年过节时都很想家，好几次都写好了假条。可是，一直都装在兜里没能上交。不是领导不批假，而是因为我们这里'一个萝卜一个坑'。"说起请假一事，刘川洒脱地说："班里外地的人很多，谁都想回家，身为班长，我必须以身作责，带好头，把工作做好。"

说起团圆饭，刘川告诉记者，公司为每名值班的员工提供了一份晚餐，"昨天我们还买了水果和瓜子，晚上班里准备团聚一下，在岗位上过节。"

（原载于2013年9月25日《中国铝业报》）

原料车间，一群无怨无悔的“先行者”

原料车间是否正常运行？矿石的研磨需要经过哪几道工序？

如何有效防止杂物进入流程？5 月 4 日，笔者来到中国铝业广西分公司氧化铝厂原料车间，切身感受原料工人工作的细节。

下午两点，笔者随车间区域工程师黎枝德来到石灰炉与原料磨道路岔口，看见三名工人蹲在几个大铁管上忙活着。黎枝德说，这些大铁管叫“球磨机出口筛栏”，他们正在对筛栏进行改造。

“这几个筛栏是生产过程中因为堵塞换下来的，我们觉得放在那里闲置挺可惜，就决定对它们进行改造。”黎枝德告诉笔者，车间员工通过运营转型的工具和方法，仔细分析，在废旧筛栏上加装隔离断细棒，阻隔杂物进入流程，避免因杂物进入水旋器卡堵，造成原矿浆细度跑粗。

看到笔者的一脸茫然，黎枝德解释说：“这就好比人的消化系统，吃进脏东西，就会‘拉肚子’。”

“原料车间是氧化铝生产的第一道工序，是先行者，这里主要负责给溶出提供原矿浆，而矿浆的粗细度，直接关系到氧化铝产品的质量。因此，这里是氧化铝生产流程中非常重要的工序，也是最脏、最累的岗位。”黎枝德边说边领着笔者来到设备旁。

走到 1 号矿浆槽底时，在黎枝德的指导下，笔者拿着十几斤重的铁耙，对回转筛排渣溜槽的碎木、胶皮等杂物进行清理，由于铁耙重且长，笔者才耙了五六下就感觉有些吃力。黎枝德说，这个岗位一个班只有一个人，每天要定时对排渣溜槽进行清理，每次要清理五台槽。

清理干净后，笔者随黎枝德来到矿浆槽顶。在这里，当班人员要进行原矿浆细度的抽查。只见黎枝德用取样杯从回转筛中取出原矿浆，倒进筛篮，用水冲刷一会儿后，黎枝德指着筛篮中剩下的细颗粒物对笔者说：“从肉眼看，没有大的颗粒，说明矿浆的细度是合格的。”

说话间，一阵大风吹来，车间霎时尘土飞扬，黎枝德捂着嘴巴示意笔者停住说话，闭上双眼。

再次睁开双眼时，两人不禁相视而笑。此时，两人头上、脸上和衣服上已是满满一层灰。

“跟打仗一样！”黎枝德边说边指引笔者来到水旋器平台，指着黑乎乎的出料口说：“平时，当班员工要在这里查看矿浆是否合格。”笔者上前，伸头去看，这时，一股浓重的碱蒸汽扑面而来，眼镜片瞬间挂满了雾珠，一片黑暗。

“这怎么看？”笔者不解。

黎枝德笑着说：“没办法，岗位所需，当班员工需要克服困难，查看好矿浆的质量。”

随后，笔者又来到厂房五楼、磨机下料口等岗位。短短一个多小时里，艰苦的生产岗位操作，着实让笔者累了一把，禁不住感叹原料工人不容易。

返程途中，该车间主任陈海告诉笔者，由于生产需要，目前，车间有些岗位还需要人工操作，相对辛苦一些，下一步，车间将逐步改善工作环境，确保设备正常运行，减少粉尘污染，并充分发挥技术通道的作用，让员工参加技能培训，通过取证增加收入，提升员工的工作幸福指数。

（原载于2014年5月7日《中国铝业报》）

作者（前2）参加“平果铝三层岗邓小平足迹之旅”红色体验活动

持续创新是实现战略目标、不断增加价值和增强企业活力的有效手段，是打造优秀的管理团队和改善、优化、整合资源配置的先进方法，是实现企业永续发展的活力源泉和不竭动力。

第十一篇　持续创新

ANGHAO YANGQI GUSHI　JIANGHAO YANGQI GUSHI　JIANGHAO YANGQI GUSHI

工作标准必须是零缺陷的

——山东华宇热电厂创新设备管理促安全生产侧记

“过去巡检发现设备有缺陷，我们得打电话找检修人员来处理，赶上他们活儿忙，还要等着处理。现在，有啥缺陷主值班员就可以录入‘缺陷管理系统’，检修人员自会主动前来消缺，省时省心又解决问题。”近日，在山东华宇热电厂发电车间集控室，汽轮机运行岗位员工孙瑜这样评价应用一年多的设备“缺陷管理系统”。

“系统”的诞生

有设备就会有缺陷，尤其是在生产装置高度密集的发供电企业。山东华宇热电厂是山东华宇铝电有限公司的自备电厂，现配备 3×135 兆瓦燃煤式发电机组，担负着电解铝生产线负荷直供、厂用电、对外供汽等任务，在全公司处于牵一发而动全身的位置，设备运行水平直接影响着企业经济效益。

这样重要的生产单位，是如何维护好设备，确保设备正常运行的呢？该厂锅炉专业工程师杨传凯告诉笔者，设备缺陷的发现，涉及运营、检修等不同专业人员，过去一直靠员工纸制记录或电话联系，经常出现因沟通不顺带来的管理盲点。“有一次，机组因蒸气泄漏，检修人员没有及时到位，对故障点不清楚，而导致机组被迫停机，给公司造成了不小的经济损失……”杨传凯激动地向笔者讲述：“这件事给我们的触动很大，当时我们就召集大家研究如何解决这个问题，刚开始想到了很多办法。比如，设立缺陷通知单等，工作繁琐，效率低。最后，我们决定采用内部网络平台，建立一个‘缺陷管理系统’。”

在运行值班室，值班员佟洪军正在电脑前操作“缺陷管理系统”，“我们将班组发现的缺陷，及时地录入系统，缺陷处理前问题呈现‘未处理’状态。当缺陷消除，运行人员到现场确认后，输入消缺时间和具体内容，系统状态就变成‘已验收’，从而形成消缺流程的闭环管理。”佟洪军向笔者简单介绍系统的操作过程。

“有了缺陷管理系统，设备有啥问题，一目了然。”检修车间热控专业技术员马飞这样说。他们班组主要负责全厂设备的 DCS 维护，人员紧、任务重，而

“缺陷管理系统”的应用，让他们提高了效率。

你登录系统了吗？

在该厂检修车间，笔者看到了一幕有趣的场景。员工见面相互打招呼不是“工作完成了吗?”，也不是“吃饭了吗?”，而是“你登录系统了吗?”。

“自从厂部有了‘缺陷管理系统’，员工之间的流行语不再是‘偷菜’、‘围脖’、‘神马’，而是‘登录系统’，这个系统确实帮了我们的大忙。”轮机专业工程师马本广的话解开了笔者心中的疑团，“不用跑现场，也不用打电话，只要打开设备‘缺陷管理系统’，坐在电脑前就能全面掌握设备情况和消缺工作。”该厂通过“缺陷管理系统”，对设备缺陷进行有效控制和监督，实现了工作的快捷、高效。

发电车间主任李振江告诉笔者，“缺陷管理系统”有强大的功能，它可以通过记录和搜索，把暂时无法解决的缺陷进行提取、整合，为今后的装置停机检修提供依据。

多了一双“大眼睛”

在采访中，笔者了解到，“缺陷管理系统”不仅对设备进行监督，它还可以对员工进行有效监督。笔者看到，设备“缺陷管理系统”有很多列表，包括工作人员、责任、处理方法、处理时间等，在系统内都有详细显示，并且只有车间管理人员才能进行删除。这种可追溯性，促使员工工作更加主动、细致。

“以前都是靠我们管理人员具体监督，现在有了这个‘缺陷管理系统’，感觉又多了一双监督的‘大眼睛’。”发电机组单元长王元强感慨说。

据了解，包括厂领导在内的设备管理人员能够随时登录系统查看设备问题和机组检修工作的进展情况，通过网络统计进行跟踪问效，在每月奖金考评会上直接对设备缺陷处理情况进行考核，有力地督促了消缺工作的顺利进行。

热电厂副厂长周广义说：“凡不符标准之事都有原因，凡存在隐患之事皆可预防。工作标准必须是零缺陷，而不是‘差不多就好’。零缺陷的工作标准则意味着我们每一次和任何时候都要满足工作过程的全部要求。”

绩效奖金挂钩和网络公开监督的“双保险”，增强了对缺陷的管理和控制。2011年，山东华宇热电厂设备缺陷的处理率显著提升，没有发生重大设备故障，安全生产实现了零事故。

（原载于2012年3月7日《中国铝业报》，鞠海明、苏文龙对本文也有贡献）

方式，及时根据市场和生产组织方式变化调整预算考核指标。“在执行过程中，我们努力避免出现因市场好转时‘躺着捡死鱼’和市场严峻时‘死猪不怕开水烫’的现象，确保市场无论好坏，各单位都要有所收获。”

二、抱团取暖加强板块互助

“各单位要按照分公司降本增利和确保生产稳定运行的要求，围绕运营转型理念和方法，以‘降低消耗、降低完全成本’为主线，积极做好降本增效、生产管理、产品销售发运等工作。”3 月 5 日，在分公司的生产经营例会上，财务部经理蒋凤贵对各板块各项指标的完成情况进行分析后，要求各级管理层有针对性地安排生产经营活动，解决预算执行过程中存在的问题。

据了解，分公司财务部每月的 5 日、15 日、25 日，都定期将各时段生产经营测算情况对分公司负责人和相关部门进行汇报，对反映出来的突出问题如煤耗、阳极毛耗、碱耗上升，备件修理费上升等，召集相关部门、单位抱团取暖，共同解决出现的问题。

“在现代企业管理下，财务管理不能停留在算账和报销上，做传统的‘账房先生’，而应该通过掌握企业的经营思路，加强与各职能部门的沟通，并充分调动各单位的管理资源，引导企业向实现既定目标努力。”蒋凤贵说。

三、优化考核鼓励“跳起摘桃”

“我们设置了 2000 万元的创一流指标奖，鼓励全体员工挑战自我，追求卓越。比如，我们把氧化铝厂绩效考核指标设置成员工们‘跳起来才能摘到桃子’，把‘超产 1 万吨氧化铝奖励 50 万元’作为主要正向激励措施，从本质上发挥了绩效考核调动积极性的‘杠杆’作用”。蒋凤贵说着将分公司的《中国铝业广西分公司绩效考核方案》递给记者。

记者看到，《方案》详细地规定了各单位的成本考核指标占月度关键绩效指标的百分比，以及与产品完全成本的比例。“各二级单位控制的成本考核指标占月度关键绩效指标（KPI）的 60%，其余 40% 与板块最终产品完全成本挂钩。如热电厂控制好了自己的成本指标，完成了当月蒸汽和煤气成本考核指标，只能拿到 60% 的绩效工资，其余 40% 必须寄希望于氧化铝完全成本也能完成才能获取全额绩效工资；氧化铝厂完成了当月制造成本考核指标，也只能获取 60% 绩效工资，其余 40% 也与完全成本挂钩。”蒋凤贵补充说道。

在财务管理工作中，分公司财务部通过健全成本联保体系、加强板块互助、优化考核指标、鼓励“跳起摘桃”，巧妙地将分厂与分厂，分厂与部室有机地联系在一起，结成有效的利益共同体，促使大家风险共担，最终取得了优良的业绩。

（原载于2012年3月21日《中国铝业报》）

跨　越

——中国铝业广西分公司运营转型工作侧记

日前，记者从中国铝业广西分公司财务部获悉，在复杂的市场形势下，该公司继续保持良好的发展势头，盈利再创新水平。

“这要归功于运营转型对各项指标的持续优化以及对员工思想的积极引导与提升。”中国铝业广西分公司总经理武建强告诉记者，“运营转型给公司带来了思想大解放、视野大开拓。”通过做到真信、真懂、真用，该公司找到了挑战自我、突破传统的工具和方法，有力推动了企业生产经营的发展。

思想大解放——真信

2011年5月，中国铝业广西分公司启动运营转型工作。

“工作之初，很多员工难以接受转型观念，认为只要干好本职工作就行了，没必要开展运营转型。”武建强说，“转变干部员工的思想观念，是该公司运营转型工作的首要任务。”

而此时，麦肯锡专家尚未进驻，没有专家指导，工作如何开展？

几经研讨，公司领导班子决定提前进入角色，成立了运营转型团队，“摸着石头过河”……

从参加中铝总部各种运营转型视频会议，到学习借鉴首批开展运营转型单位的先进经验；从了解最基本的转型知识、工作意义，到学会运用问题树、鱼骨图、能耗桥等工具；从建立内训师选拔、员工培训管理、培训考核评价及奖惩等制度，到编制以“是什么、为什么、转什么、为谁做、达到什么目标、有什么好处、怎样做、与以往管理变革有什么区别”为主的“8W”教材。一场思想大解放活动在该公司全面铺开。

“以‘降低铝锭综合能耗项目’为例，我们将该项目分解为‘降低电压’‘提高电流效率’等9个子项目，明确每一个子项目岗位上的区域工程师、主操、员工应该起什么作用，怎样做等，使员工观念有了很大的转变，由原来认为‘没办法’、‘指标已经是最好的’、‘没有改善空间了’等认识，逐步改变为认识到‘市场无情却公平’、‘落后就要挨打’等。”该公司电解铝厂内训师杨玉荣向记者介绍转变员工思想观念的过程。

此外，公司还坚持每周二晚上从7点到9点进行2个小时的中铝业务系统（CBS）培训，公司负责人、处级干部、首席工程师、主任工程师及持续改进变革骨干积极参与。

一系列形式新颖、灵活多样的思想大解放活动，使广大干部员工的思想发生了很大转变。

“我运用在培训中学到的转型工具和方法，对如何巧卸罐车防渗料这一问题进行研究，将叉车两个货叉拆下，调整180度后再安装回去，使每车皮卸货时间由原来的4个小时缩短到现在的2个小时，既提高了工作效率，又减少了火车停时。运营转型真是个好东西。”尝到运营转型甜头的该公司物流中心配送站主管陈宁生激动地对记者说。

“营养套餐”为员工充电——真懂

“运营转型是所有人转观念，不是少数人的事，是全体员工的事”、“理念是基础、行动是关键、管理是根本、持续改进是灵魂”……

5月9日，职工小夜校运营转型培训班在分公司安全环保教育室举行，分公司党委副书记、纪委书记、工会主席李兵通过现场学习观摩、分组讨论、个别提问等形式给公司劳动模范、金牌工人、工会干事等近百人上了一堂生动、别样的运营转型培训课。

据了解，自运营转型工作开展以来，分公司针对各层级干部员工掌握知识不均衡、转型骨干缺乏、员工求知欲强烈等实际情况，建造了“员工能力培养室”、“金牌工人工作室”，精心烹制了“中层干部大讲堂”、“职工小夜校”、“支部书记论坛”、“最佳实践分享会”等“知识营养套餐”，极大地调动了广大员工的学习热情和积极实践的自觉性。

截至4月底，共培养了57名转型骨干、56名CBS评审委员、10名持续改进主管和价值流主管，为该分公司强力推进运营转型提供了保障。

向每一环节"深挖细抠"——真用

广西分公司党委书记刘永刚提出："运营转型智在员工，贵在诊断，重在落实，成在坚持。"

随着运营转型工作的深入开展，一个个以前认为不可能完成的任务，在该公司运营转型团队的诊断下，利用各种方法和工具，顺利地解决了。

众所周知，作为流程较为复杂的氧化铝生产工艺，纯拜耳法单条生产线每次停汽检修的行业平均时间约为 24 小时，而每减少一个小时的检修时间，就相当于增加 50 多吨的氧化铝产量。该公司氧化铝厂运营团队完善停汽检修改进方案，最终使纯拜耳法单条氧化铝生产线每次停汽检修时间缩短了 1.5 小时，相当于增加单条生产线年产量 900 吨，一次检修就增加直接经济效益 30 万元。通过运营转型，我们先后发现运营系统、管理架构、理念能力 3 个系统问题点 131 个，确定速赢项目 33 个，产生短期直接效益 5054 万元。

在中央企业强化基础管理工作现场会上，中铝公司总经理、党组书记熊维平要求各企业在开展运营转型工作中要真信、真懂、真用，促进管理的提升。武建强告诉记者，广西分公司正在运营转型的推动下，从优秀向卓越出发，努力实现世界一流综合性铝企业的目标。

（原载于 2012 年 6 月 2 日《中国铝业报》）

转出高效益　调出新活力

——山东华宇铝电有限公司开展运营转型工作侧记

近日，笔者从山东华宇铝电有限公司（简称山东华宇）发电车间了解到，该车间自 2011 年 8 月份以来，通过提升机组效率，使锅炉飞灰含碳量下降 4.06 个百分点，锅炉效率提高 1.92 个百分点，年可节约标煤 9000 吨。是什么原因使该车间短时间内取得如此好的效益?

转变观念 顺利完成工区整合

“运营转型是中铝公司加强基础管理，实现结构调整和战略转型目标的重要保障，是一场脱胎换骨的革命。”山东华宇铝电有限公司党委书记、总经理柴永成说。

从最初的陌生到如今的人尽皆知，从疑惑到欣喜，这是山东华宇每一位参与运营转型员工的共同感受。早在2011年4月份，山东华宇就主动请缨，并于5月4日启动运营转型工作。

山东华宇管理层对运营转型工作的高度重视，带动了广大干部员工的参与。运营转型如一夜春雨，滋润着山东华宇每一个角落，渗透到每一个员工的心田。经过调研诊断、优化流程、设计实施、固化完善等一系列工作，将转型理念、工具和方法运用到生产经营的全流程，在控制成本、资源开发中实现运营系统、管理架构和理念能力的变革，取得了较为明显的效果。

山东华宇有2个240千安电解系列，每个系列有2个车间、4个工区、4个工区长、4个副工区长和16名作业长。“多年以来，大多数人已经习惯了这种管理架构，感觉这样很好。”电解铝厂厂长鞠永伟说。

运营转型实施后，山东华宇打破了固有的思维模式，将原来的4个工区合并为3个工区，减少工区长岗位1名、副工区长岗位1名、作业长岗位4名，4个车间共减少定员24名。这次改革能否顺利完成，事关运营转型下一阶段工作的开展，公司领导高度重视，分厂、车间、工区等各级管理者耐心地向部分思想有疑虑的员工讲述运营转型的重要性和必然性。

“起初，我并不知道什么是运营转型，以为就是合并机构、减少人员、末位淘汰，给我们工作添麻烦。通过参加培训，我懂得运营转型是为了让我们的路走得更平稳，工作更高效，流程更优化。”电解铝厂九工区二班员工郭生甲说。

2011年7月底，山东华宇按既定计划，顺利完成了工区的整合。

至此，运营转型在山东华宇取得了阶段性成果。

巧用工具 提高合金产品质量

“矩阵分析”是运营转型的常用工具，在运营转型的试点推广中，山东华宇电解铝厂铸造车间员工巧用运营转型分析工具，破解生产难题。

“由于人员操作不到位、工艺技术落后、设备存在缺陷等原因曾导致某型号铝合金产品质量不高，产品合格率降低，生产成本增加，效益下降。”该厂铸造车间主任赵鹏提到某型号铝合金产品的合格率，无奈地说，“这是我们生产过程中的老大难问题。”

运营转型就是要查找问题，解决问题。该车间运营转型团队经过多次现场考察，反复分析论证，采用“矩阵分析”这一运营转型工具寻找解决问题的突破口。根据该型号合金质量“问题树”显示，裂纹、夹渣、化学成分质量等问题最为突出，均与人员操作、工艺技术、环境、设备缺陷等有直接的关系，运营转型团队深入剖析问题存在的原因，查找症结，得出最优先举措13项，分析出问题根源。近日，该车间传来好消息，该型号合金合格率由原来的95.8%上升到现在的97.5%。

产出效益　年省标煤9000吨

在运营转型实施过程中，运营团队人员发现，潜力蕴藏在生产一线，挖掘好、发挥好基层的力量是多出效益的关键。

“运营转型是企业强化基础管理的重要抓手，是各项专业管理、专项管理的统领和指南，必须真信、真学、真干。”山东华宇热电厂厂长刘建江说。

该厂发电车间主任李振江带领全体员工以提升机组效率，降低煤耗为工作主线，带着问题去工作，真正发挥员工的积极性，真正体现了运营转型贵在“真信、真学、真干”。

该车间通过调整1号炉参数，降低飞灰可燃物，使煤耗逐月降低，年可节约标煤9000吨，长期效益非常可观。

（原载于2012年1月11日《中国铝业报》，苏文龙对本文也有贡献）

安全是最大的节约。我们要把安全当成一种习惯，习惯按章操作，习惯标准动作，让安全管理一贯化、安全教育经常化、安全生产习惯化。让每月都有安全周，天天都是安全日。

第十二篇　安全生产

ANGHAO YANGQI GUSHI　JIANGHAO YANGQI GUSHI　JIANGHAO YANGQI GUSHI

构筑安全屏障

——焦作万方铝业股份有限公司创新安全管理推动企业发展

近日，焦作万方铝业股份有限公司推行了作业安全分析和安全“三色灯”警示机制等安全创新模式。该模式有效地细化危害辨识和风险评估，提高了员工的安全生产意识，为推动企业生产发展提供了保障。为深入了解该模式的管理方式，记者来到焦作万方采访了相关人员。

“三色灯”的作用

“我干电解这行 23 年了，感觉安全越来越好，心里越来越踏实了。”在电解一分厂工作的刘景伟这样对记者说。

“看，这是公司每月公示的各单位安全整改内容。”顺着刘景伟指的方向，记者看到，公示栏上写着：“电解一分厂净化工段二系统北新鲜仓固定爬梯支架与料仓连接处水泥起皮、脱落非常严重，请于一周内整改完毕；5000 吨仓外壁出现部分裂纹、部分混凝土脱落，需整体加固……”这是今年 1 月份以来焦作万方推行安全“三色灯”警示机制，加强安全防护的举措之一。

在去年全面深入开展安全生产“违章综合治理年”和“安全生产标准化建设”工作，促进公司安全形势的持续稳定发展的基础上。今年以来，焦作万方铝业股份有限公司又下发指导意见，在公司各单位全面推行安全标准化建设，加大安全监管考核力度，不断提高公司安全水平，确保公司安全、健康、稳定发展。

4 月 21 日，记者随公司安全检查组来到电解二分厂，看到车间、班组等地随处可见挂有“红、黄、绿”三种颜色的警示标识。

“今年以来，我们组织了由公司生产运行部、党群人事部、投资发展部相关专业人员及各分厂、中心安全管理人员组成的安全检查组，每月对各单位进行隐患排查，并根据影响安全的可控性、紧迫程度、危险程度和影响范围，将隐患由高到低分为三个级别，用红、黄、绿三种颜色标识出来。同时，将检查结果与被检查单位沟通后，经生产运行部主管安全领导批准后下发整改指令书。”公司生产运行部副经理朱军告诉记者，“我们定期在公司 OA 网公布检查情况，并在每次生产会上进行通报，警示、督促各单位加快隐患整改进度，确保生产过程中存在的隐患能够有效管控并得到及时消除。”

朱军告诉记者，实施红、黄、绿“三色灯”警示以来，共查找了 337 处安全隐患。目前，已整改 330 处，其余部分将于近日整改完毕。

安全，从“头”做起

记者来到电解三分厂采访时，该分厂正在召开中层管理人员安全学习会。记者看到，屏幕上显示的内容是“某化工厂造气车间因操作错误与未设置报警器导致爆炸事故”。

厂长曹韶峰告诉记者：“在安全管理方面，我们注重从‘头’做起。”

“从‘头’做起?”记者一脸疑问引来曹韶峰的滔滔不绝：“‘头’是‘头脑’、‘思想’和‘头儿’的意思。

据国内外统计数据，96% 的事故是由人的不安全行为造成的。所以，安全管理最主要、最基础的是要抓人的不安全行为，要从思想上抓安全。另外，领导的示范会影响着员工的行为。所以，还要从‘头儿’上抓安全。”

4 月份，焦作万方 HSE 管理体系经过持续推进和有效运行，使该公司的整体安全状况得到了有效改善，确保了重伤、死亡事故为零，重大工艺设备事故为零，损失工时事故为零。为了在广大干部、员工心里树立安全意识，该公司汇总了公司 2000 年至 2012 年所发生的 48 起事故案例，案例包括事故经过、事故原因、防范措施和事故责任及处理等部分，并汇编成教材，组织员工进行培训，加深员工对事故的正确认识，有针对性地提高员工的安全意识和防范事故能力。同时，要求中层管理人员参加注册安全工程师考试，提升骨干的安全业务管理水平。

通过了注册安全工程师考试的熔组分厂厂长王立新说：“考试后，我对国家安全生产方面的政策、法规有了更深的了解，掌握了一些日常的安全管理知识，特别是对事故的发展规律及如何去统计、分析事故发生的原因理解更加透彻，很好地掌握了事故预防知识。”

不放过每一个细节

“通过安全分析，使我更加了解日常作业中的风险及控制方法，现在工作时，只要按照作业安全分析法的要求去做，不仅可以提高工作效率，还能减少作业过程中的伤害。”在动力分厂电三整流所，运行班长杨伟立这样介绍。

今年1月份，焦作万方结合运营转型工作，在危险源辨识的基础上，针对历年来公司易发、多发事故岗位的17项作业活动，开展了岗位安全作业分析。从人员、流程、工具、设备、材料、环境5个方面识别每一个作业步骤可能存在的风险，逐一制订控制措施。截至目前，编制、下发了电解换级和熔组的铸造、浇注等17项《作业安全分析法》，新增辨识隐患52项。

记者看到，仅电解换极的作业安全分析法就包括了扒料、开口、出残极、吊运阳极、勾块、收边等十几项内容，通过过程描述、事故类别、潜在危害分析等方面，逐一识别每一个作业步骤可能存在的风险，使员工在作业过程中有章可循。

“除了作业安全分析法，我们还建立了多维度的安全生产星级评价体系，每月按照基础管理、工艺管理、设备管理、现场5S等内容对各单位进行检查，根据奖星数量进行排名并奖励。”朱军说。

4月份，该公司电解二分厂、动力分厂等单位的安全生产基础工作扎实，获得了人均15元的奖励。“奖金不多，但是反映了各班组、各岗位员工的业绩，活动的开展，较大程度上推动了员工工作积极性，也较好地确保了生产的安全运行。”动力分厂厂长李瑞光说。一系列措施的有效开展，推动了焦作万方生产的发展。截至4月底，取得了超额完成生产任务和较大安全生产事故为零，一次三人及以上工伤事故为零，千人负伤率为零的好成绩。

（原载于2012年5月12日《中国铝业报》）

吕梁山上的拓荒者

——记山西华兴兴县氧化铝项目的建设者们

6月，骄阳似火，记者来到山西华兴兴县氧化铝项目建设现场，感受项目建设者们的喜怒哀乐。山谷绵延、沟壑纵横，黄土飞扬，道路崎岖，这是记者初到吕梁的第一印象。

一

24日上午，在山西华兴铝业有限公司办公室科员梁磊的引领下，记者来到兴县氧化铝项目热电站工程建设现场。

“兴县氧化铝项目于2006年开始筹备，2011年5月正式开工。”梁磊告诉记者，兴县氧化铝项目是中国铝业依托兴县地区铝土矿、石灰石、煤炭资源丰富的优势，投资兴建的大型氧化铝项目，总体规划为年产300万吨氧化铝，先期投资50亿元左右，建设规模为年产冶金级砂状氧化铝100万吨。“项目筹备以来，第一批建设者已经在环境恶劣的吕梁山区里坚守了5年。”

闫建伟就是坚守者之一。

上午9点30分，记者跟着梁磊来到闫建伟及其工友的建设工地。

刚刚从几十米高的3号锅炉上爬下来的闫建伟，汗水浸湿了衣服。

“2008年，我们刚来到这里时，连最基本的生活设施都没有，我和他们都是住在老乡们的窑洞里的。”闫建伟向记者讲述建设之初的艰辛，“就拿征地工作来说，一根几十公斤重的水泥界桩，我们得一根一根地往山上扛。在烈日下丈量土地，到吃饭时间，只能就地简单解决。”

“现在生活条件好些了吗?”

记者的提问，引来闫建伟极大的兴致。他指着远处的几栋房子告诉记者，“现在条件好多了，去年我们住进了彩钢房，最近又搬到了单元楼。”

二

在兴县氧化铝项目建设现场，到处悬挂着工程建设的标语。“安全高于一切，责任重于泰山”、“明责任、服管理、高标准、保质量”、“质量责任重于泰山、我为质量挑起重任”等在施工现场，总能看到“责任”两字。

“安全生产，保质保量，人人有责。”梁磊告诉记者，在华兴，每一位建设者都肩负着把兴县氧化铝项目建设好的责任。

这种责任，源于兴县氧化铝项目实行业主负责制下的管理总承包建设模式。

记者了解到，在项目建设中，兴县氧化铝项目实行了“条块结合、双岗双责”的管理机制。“按照业务设职能部室的同时，将整个工程分为10个单元项目管理机构，形成管理矩阵，管理部室的所有人员，按照专业分别进入单元项目管理机构，每人两副担子、两个岗位。”梁磊说。

责任的分解和明确，真正激发出了全员的建设活力。“一是有利于协调管理，施工企业有困难，直接可以对接到单元项目组，服务的广度和深度得到提高；二是单元项目机构作为今后生产运营单位的雏形，实现了建设生产责任一体化；三是组织搭台，个人唱戏，双岗双责，成为培养历练干部员工的有效平台，实现员工与企业共成长。”蒸发项目组副组长赵保民向记者介绍业主负责制下的管理总承包建设模式的好处。

“自年初以来，赵组长一直待在项目现场，还没回过一次家。今年6月，他的孩子参加高考，公司准他几天假回家，赵组长却没有回去。”一旁的梁磊告诉记者。

“工地上事情太多，大家每天都在争分夺秒地工作，我身为组长，责任重大，不能因为‘小家’而耽误了‘大家’。”

三

机声隆隆，车辆川流不息，塔吊林立，焊花飞溅，一片热火朝天的施工场面展现在记者面前。

24日下午，在兴县氧化铝项目高压溶出工程建设现场。记者采访了工程部副主任陈彦俊。

和大多数常年在工地上摸爬滚打的人一样，不苟言笑的陈彦俊，骨子里透露着建设项目的激情。他告诉记者，“搞基建，要有拼命三郎的工作劲头。”

据了解，从2011年9月高压溶出工程项目开工以来。他和工友们每天都进入满负荷工作状态，没有上下班、工作日与休息日之分，每天都排得满满当当。

“我给自己定了一个规矩，每天必须去4次现场协调解决问题。”陈彦俊边说边引领记者来到工地现场。

在一堆杂乱的模板前，他停住了脚步，把正在远处施工的几名工作人员叫了过来。

“这上面的钉子怎么回事？”他严厉地责问道。

原来，这些模板拆卸后，还剩有一些钉子没拔干净，很容易被路过的人员踩到。“安全管理无小事，不能有丝毫松懈，否则就会出大事。”他告诉记者，对于现场安全和工程质量，必须天天讲，时时讲，嘴勤多说，问题才不容易出现。

“瞧，那是我们总经理薛亮民提的要求。”记者顺着他手指的方向，看到溶出钢架上挂着一幅标语。“安全至上，质量一流，文明有序，节约光荣”。

采访结束前，陈彦俊告诉记者，对于今年的氧化铝主体全面建设的目标，他信心百倍，表示能够按时完成。

（原载于2012年7月11日《中国铝业报》，梁磊对本文也有贡献）

让安全“亮”起来

——中国铝业广西分公司安全生产标准化建设工作侧记

“我承诺：安全第一、预防为主、严格履行本岗位的安全生产职责……”近日，中国铝业广西分公司热电厂电气车间员工唐娟在该公司全员安全承诺启动仪式上郑重地写下自己的名字。2011年以来，该公司结合生产经营实际，贯彻落实中铝公司安全生产标准化现场会和四季度安全生产电视电话会议精神，开展了丰富多彩的安全活动，亮点频闪，有效地推进了该分公司安全生产标准化建设工作。

“地毯式”排查危险源

“违章行为及危险源辨识”也能搞竞赛？广西分公司不仅搞了，而且内容实在。“电解铝漏炉时怎么办?”、“迅速根据漏液的部位判断出是底部漏炉还是侧部漏炉……”主持人话音未落，观众席上就有人举手回答。2011年9月2日，该分公司在安全教育室举行“违章行为及危险源”辨识竞赛，对危险源进行“地毯式”的排查。

记者注意到，观众席前面一排摆满了材料，走近一看，是已经填写好的《职业健康安全危害辨识与风险评价调查表》。

“我们安排参赛选手在规定时间内深入现场，通过观察、询问、查阅资料等方式对现场和安全管理情况进行系统调查，并就如何解决问题提出评价资料。”广西分公司安全环保部安全科主管方华告诉记者，“通过现场检查和知识竞赛相结合的方式，加深了广大职工对危险源辨识重要性的了解。”

参赛队员后勤服务中心员工黄永按说，参加这类安全比赛压力大，但能增长见识，有效提高安全隐患辨识能力，对提高安全技能很有好处。同时，在参加比赛过程中也能更充分认识到提高安全技能、做好安全生产工作的重要性。

据了解，该分公司2011年共辨识更新危险源现场类23728项，管理类1174项，完成危险作业审批和现场监督监护一级危险作业136项，二级危险作业850项，三级危险作业1312项；开展了季度安全环保大检查3次，专项安全检查11次，交叉安全检查1次，共查出各类安全隐患和问题5742项，完成整改5735

项，整改率为99.7%。

现场演练未雨绸缪

2011年11月9日下午4点，连续几天阴霾笼罩的天空露出了一丝难得的晴朗，伴着午后微微的凉风，让人顿感神清气爽。

广西分公司碳素厂阳极制备车间焙烧班组中心控制室员工李俊霞像往常一样来到操作岗位上，接班后核对各监控数据是否在正常范围内。突然，她发现备用重油罐液位数据出现异常，两小时下降了150毫米。李俊霞马上将情况通知了主操廖雄，请求紧急救援。廖雄立即将这一情况向车间主任汇报。很快，碳素厂阳极制备车间启动一级应急救援预案，并发出紧急出动指令，要求各岗位按区域进行检查确认。

“报告，1号系统没问题”。

“报告，2号系统没问题”。

“报告，焙烧工序重油库排水管内阀门损坏，外阀门未关严，重油漏出……”

不到3分钟，广西分公司消防队、职工医院医疗急救队、后勤保卫人员陆续赶到现场。随即，现场应急救援指挥部成立，各专业力量分头展开救援。

车间副主任覃炳宽带领人员封堵15号路和4号路交叉口水井，消防队员针对油水分离池外排地沟的重油意外着火进行迅速灭火，车间主任向勤组织人员撤离……

经过30分钟的奋战，各阀门关闭严实，地沟内重油烧完，火自然熄灭，爆炸危险解除。演练从最开始的险情发生、实施急救、上报、启动预案、联系救援、实施救护到最后的送医救助、演练结束，每一个环节都衔接紧凑、分工有序，碳素厂各部门配合密切，任务下达快速，达到了预期效果。

据了解，在安全标准化建设活动中，分公司开展了各种应急救援演练18个场次，参加人员1023人次，重点开展现场故障处置、防汛应急演练等活动，以提高各级人员的事故应急处置能力，防患于未然。

“亮点”频闪助推安全

“‘千里之堤，溃于蚁穴’，安全生产容不得半点马虎……”，“加大反违章查处力度，发现一起，处罚一起，决不手软，‘宁听骂声，不听哭声’……”，“每个人都应该用正确的眼光和理智思维去看待和理解‘反违章’……”。2011年8月1日下午，广西分公司热电厂团委和安全科共同组织的“反违章、保安全”主题演讲比赛。幽默风趣、形式新颖的安全演讲，吸引了不少员工前来倾听。

为进一步营造安全氛围，分公司利用班前会、职工大会组织员工进行安全规程的学习，开展典型事故案例的分析，举一反三查找作业现场施工隐患，通过在OA网上开设安全活动专栏，在现场张贴安全漫画、安全横幅、标语等方式加大宣传力度。同时开展“安全生产月”集体签名和“观看安全宣传片”、开展“技能比武促安全”、“安全故事会”等形式多样、丰富多彩的安全活动，有效提高了全员安全意识。

2011年12月7日，分公司氧化铝、电解铝两大板块安全生产标准一级企业评定通过了中铝公司验收，并于2012年初通过了国家安监总局组织的验收。分公司领导表示，将继续巩固和保持开展安全生产标准化工作的成果，进一步为员工创建更加安全健康的工作环境，为中铝公司安全标准化建设做出更大贡献。

（原载于2012年2月22日《中国铝业报》）

一次成功的尝试

——华兴铝业实施“业主负责制下的管理总承包制”探究

2011年5月份，兴县氧化铝项目开工建设。2011年8月份，中铝公司党组书记、总经理熊维平对项目的建设给予肯定，作出批示：“很好，思路清晰，工作到位，开局良好。支持你们的想法和措施，希望能又好又快地建成兴县氧化铝厂。”

建设新模式的产生

踏入山西华兴铝业有限公司兴县氧化铝项目建设工地，机声隆隆，车辆川流不息，种分槽正在进行大体积混凝土浇筑，大功率的吊车正在缓缓起吊热电站气机钢结构，一片热火朝天的施工场面展现在记者面前。

“业主负责制下的管理总承包模式，使兴县氧化铝项目在投资控制、质量安全、设计优化等方面得到有效管理，避免了相互扯皮等现象的发生。”华兴铝业总经理薛亮民指着眼前的生产现场对记者说。看得出来，业主负责制下的建设管理总承包新模式，给兴县氧化铝项目带来了实实在在的好处。

兴县氧化铝项目总体规划为年产300万吨氧化铝。该项目先期投资50亿元左右，建设规模为年产冶金级砂状氧化铝100万吨，预计2013年4月投产。

记者在采访中了解到，华兴铝业在兴县氧化铝项目的建设管理中，紧紧围绕熊维平总经理提出的“建设中国一流氧化铝企业”目标，大胆探索和尝试项目建设管理模式，制定网络计划、保障措施和绩效考核激励方案。

新的管理模式，吸引了中铝国际等单位的目光。“在业主负责制下，进行管理总包，更有利于在华兴铝业统一归口管理下，充分发挥中铝国际总承包商、各专业管理队伍和参建单位的管理优势和建设积极性，科学有序高效推动项目的建设。”中铝国际兴县氧化铝项目部总经理阮左正说出了新模式的优势。

练好“内功”落实业主责任

业主负责制，关键在落实，而如何把业主责任落到实处，是项目建设新模式实施成功与否的重要因素之一。

华兴铝业的领导早意识到这一点，在建设初期就进行了内部管理创新，实行了“条块结合、双岗双责”的管理机制。条块结合，即纵向按照业务设6个职能部室，横向将整个工程分为10个单元项目并成立管理机构，纵横形成管理矩阵。双岗双责，即人员配备上每人身兼两职，管理部室的所有人员，按照专业分别进入10个单元项目管理机构，每人两副担子、两个岗位。

“实行‘条块结合、双岗双责’有很多好处。”设计联络部副经理、热电工程指挥部指挥长闫建伟向记者介绍：“一是提高效率，部室管理人员，是宏观指挥者，又是现场实际操作者，两项职能集于一身，提高了协调管理的效率；二是明确责任，落实了建设生产责任一体化，员工对承担建设项目负责的同时，也是为自己的职业生涯负责，实现员工与企业共同成长。”

承担种分槽施工的晋铝建安公司项目经理李存安说：“种分槽大体积混凝土浇筑，混凝土一次用量大，以前最担心就是能否持续供应，现在华兴铝业种分项目组组长张伟年和我一起联系搅拌站，保证浇筑时间和施工质量，全程服务到家，我们是没有任何理由不干好啊。”

一个好的机制，会立竿见影。

新的管理机制运行后，形成了人人身上有担子、个个工作有激情的良好局面，现场管理明显加强、工程推进速度明显加快。特别是业主、总承包商、监理单位和施工单位共同在现场管理、解决问题，推动了项目的快速建设。

管好团队构建和谐“大家庭”

在兴县项目建设中，氧化铝厂区建设实行业主负责制下的中铝国际管理总承包，两个首采矿山实行中铝国际、长沙院工程总承包，热电站工程由山西建工集团总承包，在这样多支建设管理队伍共建的情况下，华兴铝业如何管好团队，形成合力，发挥团队优势的作用呢?

在项目建设初期，薛亮民就提出了构建“温馨大家庭、合作大平台”的工作思路，明确了氧化铝项目部阮左正总经理是氧化铝厂区建设的第一责任人，华兴铝业与中铝国际双方的干部员工按照专业管理对接，融入团队，合署办公，一体管理；对参与项目建设的监理公司、审计公司和有色质量监督站，华兴铝业充分支持其履行职责，强化对工程质量、建设进度的管控，保证项目建设全程受控；各参建单位则发挥项目建设的主力军作用，落实建设网络计划，加强现场施工组织，实行建设质量、安全的标准化管理，实现现场施工有序高效，推进工程建设进度。

薛亮民表示，华兴铝业正在按照熊维平总经理在华兴铝业调研时的要求，积极谋划，制定系统的创新管理实施方案，不仅在建设期间进行管理创新，又好又快推动项目建设，而且更会着眼长远，超前谋划生产运营创新，为建设一个“有看头、有学头、有典型示范作用”的企业而努力。

（原载于2012年2月25日《中国铝业报》，梁磊对本文也有贡献）

作者参加“中国—东盟矿业合作论坛”活动

市场竞争，究其根本是科技实力的比拼。营造有利于创新的文化和环境，制定恰当的创新策略、建立鼓励创新的管理机制和创新能力评价体系是提高企业科技创新能力的关键。

第十三篇　科技创新

ANGHAO YANGQI GUSHI　JIANGHAO YANGQI GUSHI　JIANGHAO YANGQI GUSHI

“一天一专利”的背后

——贵阳铝镁设计研究院有限公司开展科技创新侧记

6月14日，和往常一样，贵阳铝镁设计研究院有限公司（简称贵阳院）总经理黄粮成走进位于贵阳市金阳新区的中铝科技大厦，开始一天的工作。这个清晨，他显得有点激动。

这一天，国家标准《铝电解系列不停电停开槽装置设计规范》编制工作会议在贵阳院召开。

黄粮成告诉记者，该标准经国家住建部批准，由贵阳院主编。《规范》的制定，将为我国铝电解系列国家标准填补又一项空白。

一个设计科研单位何以担此重任？在国外进行技术封锁时，贵阳院又是如何实现中国铝工业技术由国外引进转变为向国外输出？“一天申报一件专利”又是如何实现的？记者带着疑问，来到贵阳铝镁设计研究院有限公司采访。

从“无”到“有”的转变

“长期坚持自主创新，拥有世界先进的技术和为扩大市场艰苦奋斗的专家团队，是贵阳院成功的关键因素。”黄粮成说，贵阳院具有人才和科研优势，国内氧化铝与电解铝总产能的设计很大部分出自贵阳院之手。

早在2001年，贵阳院就把眼光投向了印度市场。“我们足足花了三年的时间，和印方多次谈判，最终以绝对的优势战胜法国铝业公司，签订了向印度巴拉特铝业公司25万吨电解铝厂提供320千安电解槽技术以及配套预焙阳极技术的协议。”

提及首次技术输出的场景，黄粮成依然激动不已。

“攻下印度市场的‘技术主力’，是贵阳院自主开发的320千安电解槽。”当时主管科研的贵阳院副总经理安德军告诉记者，320千安电解槽的初次上马，是在平果铝业二期工程建设中。当时，国际上还没有工厂化生产的先例。

据黄粮成介绍，在这之前，我国电解铝技术几乎都是自焙槽模式，远远落后于发达国家。20世纪80年代，国内一批铝厂厂长赴某发达国家知名铝业公司培训，他们想要参观该公司试验中的280千安电解预焙槽。结果，仅能在近百米高的大型天车上，远距离“参观”预焙槽。

面对发达国家的技术封锁，贵阳院积极寻找突破口，派出优秀技术人员参与贵州铝厂第二电解铝厂引进日本160千安大型预焙电解工艺和装备技术工作，通过消化、吸收，基本掌握了相关技术的原理，成功开发出180千安大型预焙电解工艺和装备技术，开创了我国大型预焙电解槽建设的先河。并以此为基础，先后在国内推出了200千安、230千安、280千安、300千安、320千安和350千安电解槽槽型，实现了从引进国外技术到自行开发的根本性跨越，为我国铝工业技术装备水平跻身世界先进行列做出了重要贡献。

2012年4月，由贵阳院开发设计的420千安电解槽在云南涌鑫铝业公司顺利投产。目前，槽平均工作电压已经达到了3.9伏，效果显著。

让“专利”唱主角

采访中，记者发现，在贵阳院50多年发展中取得的业绩里，出现次数最多的字眼是“专利申请”。

据黄粮成介绍，专利曾经是贵阳院进入国际市场的通行证。每一次谈判，专利都是对方关注的焦点，甚至要求谈判基本文件中，要有专利专章。在一次印度项目的谈判中，贵阳院就是凭借数十项相关技术的专利最终成功拿下了这一项目，获得了印方支付的200多万美元技术转让费。

“先申请专利后进行成果鉴定、技术合同签订前明确专利权归属与分享、重大科技项目立项前签订技术保密协议”。贵阳院副总经理姜跃华介绍到：“将科研人员专利申报量和其收入挂钩，将专利申报作为职称、职务晋升的必要条件，如专利申报达不到要求，职称、职务晋升实行一票否决”。

一整套完整的先进知识产权管理制度和专利申报激励机制，激活了贵阳院专利申报，从而保证了连续七年“一天一件”专利申请目标的实现，使科技创新激励的作用释放出惊人的力量。截至目前，贵阳院已经完成了专利申报2820多件，其中发明专利921件。

科技人才的“摇篮”

随着贵阳院的不断发展，业务范围逐渐扩大，涵盖工程设计、工程总承包和新技术、新工艺、新装备的研究与开发等领域。贵阳院的决策层清醒地认识到：企业要发展，对人才的投资是见效最快、收效最大的投资。

“把优秀的科研人员凝聚起来，使技能优秀的老师傅带领新学徒，营造一种赶学拼的氛围，接力贵阳院科研事业发展的火炬”。贵阳院党委书记蔡安辉表示，贵阳院一直重视专业技术人员的培养，仅2011年参加注册工程师、压力容器设计标准知识、英语等各类培训的就达2000人次。而一项关于规划贵阳院科技人才队伍建设的方案已经提上了院领导班子的议事日程。蔡安辉介绍到：“贵阳院就是要通过博士后科研工作站、铝镁电解创新联盟等平台搭建，加强各类人才梯队建设，打造科技人才成长‘摇篮’。”

“我非常激动，真没想到有机会能参加这样的培训。”回想起参加贵阳院三维设计软件培训，机械设备室员工吴道林掩饰不住兴奋。三年来，贵阳院在氧化铝、电解、机械等11个专业开展了三维设计的全面培训，专业技术人员三维软件基础培训率达到90%，并在设计项目中进行了重点应用，有效提高了技术人员的应用技能。

据了解，贵阳院还设立了科技奖励专项基金，每年对在科技工作中做出显著成绩的员工进行奖励。

通过开展国际技术交流、强化业务培训、建立业务考核制度，努力实现贵阳院研发队伍总体目标：专职人员占专业工程技术人员10%以上，研发投入有效人员占专业工程技术人员20%以上，培养各领域的学术带头人50名、创新技术骨干100名。

（原载于2012年7月7日《中国铝业报》）

念好“创新经” 打好“调整牌”

——中国铝业公司科技创新系列报道之助力战略转型

“公司专利申请数和授权数稳居中央企业前十名；公司研发的选矿拜耳法、新型结构电解槽等一大批新技术，使公司获得了很好的回报，并带动了全行业的产业优化升级；公司先后承担军工配套科研项目100多项，完成军工配套新材料、新产品的试制任务3000多项……”2011年12月26日，在中铝公司第三次科技大会上，熊维平总经理的讲话振奋人心，中铝公司“十一五”以来取得的科技创新成果令人瞩目。作为首批国家级创新企业之一，能否推动单一铝业向综合矿业的战略转型？能否增强企业核心竞争力，促进公司可持续发展能力的提升？是中铝公司科技引领作用发挥得成功与否的关键。

念好“创新经”

中国铝业连城分公司始终把科技创新作为提升企业核心竞争力的重要手段，取得了显著效果。

5年来，中国铝业连城分公司累计投入资金27.3亿元，实施电解铝节能降耗提产项目和年产25万吨高精度铝合金锭项目，提高了企业装备技术整体水平和持续发展能力。通过对100千伏安系列电解槽的物理场进行研究，采用增大系列电流，优化工艺参数，升级优化控制软件系统，自主研发了预焙铝电解槽工艺优化节能降耗技术，在不增加系统投资的情况下，节约成本900多万元。

与此同时，公司还加强同高等院校、科研院所的技术合作，建立了科技开发、人才培养以及科技成果转化长效机制。在信息化建设方面也取得重大进展，先后开发建设了办公信息管理系统、ERP、质量系统、视频会议、电子商务等多个大型软件平台，为企业生产经营和科学决策提供了有力支持。

打好“调整牌”

“要切实依靠科技进步和技术创新实现做强矿山产业结构调整、做优冶炼产业结构调整、做精循环经济，实现综合回收产业结构调整和其他相关产业结构调整。”这是云铜集团总经理杨超在云铜集团科技大会上提出的要求。

2008年以来，在新班子的带领下，云铜集团重新明确发展思路和经营目标，将科技工作常态化、制度化，全面启动了重点科技计划。“十一五”期间，云铜集团通过应用新技术服务于生产经营，降本增效达5亿多元。

同时，云铜集团依托骨干企业建设地质、矿山、冶金和材料4个专业的研发机构，形成了地质勘探与岩土工程研究院、矿山研究院、冶金研究院、云铜设计院和材料研究所、锌铟研究所——“四院两所”的组织架构，极大地保障和促进了该公司的良性发展，结构调整取得了明显成效。

“十一五”期间，云铜集团完成了国家支撑计划项目——高速铁路专用铜合金导线产业化，建成铜银和铜锡接触线、铜镁合金绞线和铜扁线3条产业化生产线；应用地质成矿理论和找矿新技术，探获了铜资源储量，有效缓解资源危机，延长矿山服务年限；开展产学研联合，攻克了羊拉铜矿选矿技术难题，申请发明专利4件，铜回收率由55%提高到83%，精矿品位由13%提高到20.77%；引进国外矿业软件，二次开发出拥有自主知识产权（软件著作权）的更完善、更高效的DIMINE矿山软件，把狮子山铜矿建成国内第一个应用DIMINE的“三维数字采矿设计铜矿山”。

一分耕耘一分收获。如今，中国铝业公司正按照第三次科技大会的部署，紧紧围绕公司结构调整和战略转型的需要，创新思路，进一步提升公司自主创新能力，加大科技成果产业化及推广力度，为公司实现战略转型和结构调整奠定了坚实的基础。

（原载于2012年1月7日《中国铝业报》，秦萍对本文也有贡献）

助力航天产业梦

——中国铝业公司科技创新系列报道之企业研究团队

中铝韧度：从无到有，一步一个脚印

东北轻合金有限责任公司（简称东轻公司）董事长、党委书记时亚民曾这样说，“在同等条件下，只要你把任务交给东轻，我们就会做得比别人好”。近日，该公司研发的“高性能铝合金材料”项目荣获2011年度中国有色金属工业科学技术一等奖就是有力的证明。

一直以来，我国缺乏高性能铝合金材料成型的经验，依赖进口困扰着我国航空航天高端领域。

从2000年开始，东轻公司就开始着手进行新一代战机用高性能铝合金材料的自主创新工作，并不断加快这些科技成果的转化速度，进一步提升东轻公司的科研实力和核心竞争力。

要完成这个任务绝非易事，课题组成员郝志刚说：“那时候，加班加点是经常的事，有时候甚至连饭也吃不上。我经常是半夜回到家，天不亮又回来了。7系合金熔铸过程中有一定的危险性，铝水容易溅出，一烫就是一个洞。这不，你看看这就是烫的洞。但是，无论怎么折腾，咱还是把这课题拿下了。”他指着工作服兜口对笔者说。

采访中，当笔者问到这个课题有多难时，该研究团队一位成员生动地回答：

"没有经验可以借鉴，一切从零开始，当时感觉真的像老虎吃天，无从下口。"

如此不可思议的难题，东轻公司却成功地解决了。

细致分析第三代铝合金，全面了解材料，严格控制辅助材料，设计多种研究方案，组织最优秀的技术力量跟班指导……东轻公司以坚韧不拔的努力，一步一个脚印，成功研发了高性能铝合金材料。

在成果鉴定会上，北京有色金属研究总院副院长熊柏青给出了这样的评价："该项目的实施，为我国军用飞机设计和选材拓宽了渠道，对我国航空、航天工业的发展具有重大意义。"中国有色金属加工工业协会马世光说："该项目的研制成功实现了关键材料的国内自主保障，完成了国内新一代铝合金厚板研究的跨越，推动了国内高性能铝合金加工制造技术的进步，材料性能达到了国际先进水平。"

中铝高度：科技助力"大飞机"产业化

拥有自己的"大飞机"是中国几代人的梦想。20 世纪 80 年代的"运十"飞机一度揭开了中国"大飞机"梦想的边角，最终却由于种种原因黯然下马。2008 年 5 月 11 日，随着中国商用飞机有限责任公司的挂牌，无数中国人开始重新期待中国造"大飞机"早日展翅冲天。

"大飞机"项目专用的第三代新型铝锂合金圆锭在中铝西南铝铸造成型，填补国内生产空白的同时，也为"大飞机"材料加速实现国产化奠定了坚实基础。据了解，"大飞机"项目专用的第三代新型铝锂合金化学成分特殊，铸造成型难度极大，试制过程具有极高的安全风险。

困难面前，中铝西南铝调集精兵强将，以总工程师尹晓辉为首的"大飞机用先进铝合金材料"研制团队，立足自身条件，打破国外封锁，大胆开拓创新，在先进航空铝合金材料基础研究和产品研发上取得"八大关键技术"的突破——残余应力消减技术、新型强韧化多级多相热处理技术、超长复杂断面型材模具设计与挤压技术、超大规格锻件制造技术、强变形热轧工艺技术、含 Zr7×××系铝合金溶析均匀化处理技术、高纯高强高韧大规格铸锭铸造成型技术以及高纯高强高韧铝合金材料成分优化和精确控制技术。

"这八大关键技术的突破，为我国'大飞机'用新型关键材料国产化起到了重要作用，已在'大飞机'材料的生产试制中得到全面应用。"尹晓辉这样说。

中国商用飞机有限责任公司副总经理吴光辉说："西南铝是商飞公司'大飞机'项目的重要供应商和战略合作伙伴。国产'大飞机'材料国产化率将达到 30%，绝大部分将由西南铝提供。"

（原载于 2012 年 11 月 4 日《中国铝业报》，
刘秀兰、黎明勇对本文也有贡献）

年度述评，属于述评的一种类型，是新闻评论的一种文体。一般都比较注意点和面的结合，由点到面，由局部到全局，这样的评述可以避免就事论事，做到虚实结合，具有普遍意义。

第十四篇　年度述评

ANGHAO YANGQI GUSHI　JIANGHAO YANGQI GUSHI　JIANGHAO YANGQI GUSHI

挺进高原

——中铝西藏矿业有限公司成立五年来发展综述

8 月 26 日，中铝公司总经理、党组书记熊维平借出席中铝公司与国土资源部、西藏自治区人民政府、四川宏达集团签订《关于加速推进西藏多龙矿集区整装勘查合作框架协议》活动之机，到中铝西藏矿业有限公司调研，对其工作给予了高度评价，并寄语西藏矿业公司：要将中铝西藏团队打造成为一支特别能吃苦、特别能战斗、特别能忍耐、特别能团结、特别能奉献的队伍。

五年来，西藏矿业公司根据中铝公司的整体工作部署，立足昌都地区和西藏地勘局两个合作平台，以多龙项目和藏东矿业为重点，逐步确立战略布局。从中铝公司与西藏自治区人民政府于 2007 年签署《关于在矿产资源领域进行合作的框架协议书》，到 2008 年 9 月 3 日在拉萨挂牌正式运营；从成功收购西藏昂青矿业公司和西藏金泰地质矿业开发有限公司，到获取多龙整装勘查区九宗铜金矿权，各项工作稳步推进，取得了良好业绩。

早在 2011 年 4 月 29 日，熊维平总经理就曾率队亲赴雪域高原，与西藏自治区党委书记张庆黎、政府主席白玛赤林进行会谈。熊维平指出，中铝公司在建设世界一流矿业公司的战略目标下，积极参与西藏矿产资源的勘查与开发工作，建设具有世界水准的大型铜矿基地，促进西藏经济与社会发展。

据了解，中铝公司近年来坚决贯彻落实中央援藏工作要求和第五次西藏工作座谈会精神，积极转变援藏工作思路，提升援藏工作效果，努力将“输血援藏”变为“造血援藏”，着力于增强西藏的自主发展能力，努力将西藏的资源优势和中铝的比较优势结合起来。

中铝西藏矿业公司正是在这样的战略目标下实现跨越发展的。2010 年以来，西藏矿业公司坚持不懈努力，成功获得西藏 3 个重点成矿带中的两个成矿带的主导投资勘查开发机会，在多龙班怒成矿带成功获取九宗铜金矿权，与昌都地区行署共同组建藏东矿业股份有限公司，取得三江成矿带主要项目投资机会。

公司负责人表示，下一步，中铝西藏矿业有限公司将突出“两个重点”，一是加快昌都地区资源的勘查，尽快形成开发基地，产生投资收益；二是加大多龙铜矿勘查力度，尽快获取大型铜矿资源，努力打造成中铝公司国内有色金属资源品种和储量最丰富的公司之一。

（原载于2012年9月1日《中国铝业报》）

五年如歌　非凡之“铝”

——中国铝业公司铝板块“十一五”发展述评

2008年，全球金融危机的侵袭，一度使铝价“高台跳水”，中国铝工业进入行业周期性低谷，中铝公司由盈利大户跌落到亏损深渊。在中铝公司党组的坚强领导下，铝板块直面危机，打响了控亏增盈攻坚战；针对公司在国际金融危机中暴露出的影响企业发展的结构性问题，铝板块实施战略转型，并以运营转型为支撑，两眼向内，苦练内功，推进管理提升……五年来，面对风云变幻的世界经济形势，中铝公司铝板块以科学、全面的战略转型，不断做大做强，为中铝公司迈向建设最具成长性世界一流矿业公司目标贡献着重要力量。

5月15日~16日，中央企业强化基础管理工作现场会在中铝西南铝企业召开。会上，中铝公司强化基础管理、推进运营转型的做法得到了国务院国资委主任、党委书记王勇及与会代表的充分肯定。

过去五年来，中铝公司铝板块始终坚持科学发展不动摇，克服经营亏损、管理基础薄弱、产品结构单一的状况和困难，启动了战略转型。

2011年，面对欧债危机再次带来的严峻经济形势，铝板块没有重蹈2008年金融危机的覆辙，进一步巩固和扩大了降本增效成果，控亏增盈取得阶段性成果，结构调整和战略转型取得积极进展。

中铝公司总经理、党组书记熊维平多次强调，金融危机的出现，使中铝公司认清了问题的本质，中铝遇到的困难不是金融危机带来的，也不是产业和竞争对手带来的，而是自身体制机制和结构性问题的集中爆发。要解决这一问题，必须实施战略转型。

实践证明，五年来，铝板块的跨越发展正是得益于战略转型的实施。2009年以来，铝板块在铝土矿、煤炭资源的获取，新技术研发及产业化应用，矿山建设与管理等方面加大了力度，使板块上游资源少的局面得到较大改观，逐步实现了产品结构调整目标。

与此同时，铝板块加大科技研发力度，以科技推动企业发展。

2009年至2010年金融危机期间，铝板块率先在行业内加大淘汰落后技术产能力度，关闭了29万吨电解铝小型预焙槽，淘汰了23万吨能耗较高的氧化铝生产线。同时，研制完成了特大超薄合金环和航天关键材料，高效强化拜耳法在多个氧化铝厂推广应用，中国铝业广西分公司和中国铝业山东分公司赤泥选铁项目投产等。

中铝公司铝板块大多为老企业，我国第一家氧化铝企业山东铝、第一家电解铝企业抚顺铝、第一家铝加工企业东北轻合金，都有50年以上的经营历史。要彻底解决长期困扰企业的人多、管理层级多等问题，改革势在必行。2009年8月，铝板块从营销体制改革入手，对组织结构、选人用人机制和考核收入分配机制进行大刀阔斧的改革。中铝公司和中国铝业由28个部门减为19个部门、处级和一般管理人员分别压缩了23.1%、16.3%和27.9%。2010年，实体企业全部完成了管理机构改革，管理层级压缩了一至两级，处级机构由1238个减少到849个，精简31.4%；科级机构由5383个减少到3652个，精简32.2%。

而运营转型的出现，则为铝板块的良性发展增强了后劲。2010年10月份，铝板块以抚顺铝业为试点，率先开展运营转型。取得较好成效后，又迅速在山西华圣铝业有限公司、山西分公司、兰州分公司和山西华泽铝电有限公司推行，并短时间内取得了明显效果。通过运营转型，山西华圣铝业有限公司铝锭综合交流电耗两个月内下降了104千瓦时/吨，氧化铝单耗下降14千克标准煤/吨；山西分公司的汽耗两个月内下降6%；兰州分公司电解槽大修时间从原来的34天缩短到20天等。

据了解，目前已有广西分公司、兰州分公司、山西分公司、西南铝、云南铜业等20多家企业开展了运营转型工作，为公司快速、健康和可持续发展提供了强有力的支撑。

众所周知，履行社会责任是企业可持续发展的需要。五年来，铝板块认真作履行社会责任的表率。仅2008年到2010年，公司用于四川汶川、青海玉树等地震灾区的捐助总额6916万元。在王家岭煤矿矿难救援中，中铝公司山西铝厂职工医院承担了被困井下矿工的抢救、医治工作。熊维平总经理连夜赶到医院，现场指挥救治。关键时刻，展示了国有企业责任在肩、回报社会的风范。

2012年年初，中铝公司党组成员、中国铝业总裁罗建川在板块会议上表示，统一思想，坚定信心，继续坚持以深挖内潜、降本增效为工作重心，加快推进资产盘活工作，积极争取政策支持，全力推进战略转型和结构调整，打造最具成长性、最具潜力的板块是中铝铝板块2012年的工作思路和目标。

（原载于2012年7月11日《中国铝业报》）

作者参加“中国—东盟博览会”采访活动

消息即狭义的新闻。它是对新近发生的有社会意义并引起公众兴趣的事实的简短报道。因此，真实性、时效性及文字少、篇幅小成为消息的基本特征。

第十五篇　简短消息

重温红色足迹

——平果铝组织党团员重走红军路

本报讯 位于广西百色市平果县果化镇布荣村岑鲁屯的三层岗革命遗址，山峦连绵，绿树掩映。6 月 25 日上午，广西分公司党委副书记李兵率公司 12 名党团员青年代表参加“平果三层岗邓小平足迹之旅”红色体验活动。

来自广西各地部分党员、青少年代表和在京红七军将帅后代张光军（张云逸之子）、陈南竹（陈漫远之女），沿着革命先烈的足迹，追寻红色的记忆。

1930 年，邓小平曾先后两次到三层岗开展革命活动，并于 1930 年 7 月在三层岗设作战指挥部，打响红七军建军初期的第一场伏击战——伏击滇军的“鹧鸪坳战斗”。

81 年后，硝烟已去，青山不改。红军后代们和党员干部、青少年代表以平牛屯为起始点，行走贯穿“一岗会”、“议军壁”、“饮马槽”、“邓公泉”、“望狮台”、“三层岗”、“邓小平曾经住过的屋舍”等红色遗址，他们徒步行走邓小平同志走过的山路，听了小平同志当年听过的山歌，见到小平同志当年与地方党组织干部会面处的大石头，走进小平同志住过的农舍，吃一顿红军指战员熟悉的南瓜粥，感受革命先烈们在峥嵘岁月中的艰辛与执著。

在邓公泉，望着从石缝里汩汩冒出的泉水，广西分公司电解铝厂职工杨应尧激动到俯下身去，用水壶接满，分给大家喝……

在邓小平曾经住过的屋舍前，大家聆听邓小平 1986 年视察广西，在桂林漓江游船上的谈话录音。当听到邓小平同志“广西平果铝要改”的原话，在场的中国铝业广西分公司的党团员代表激动得热泪盈眶。

邓小平这一重要指示，造就了一个中国铝工业基地，平果铝成为当今中国铝工业的明星和标杆。平果从国家级贫困县发展成为广西经济强县，从 2000 年开始连续十届入围中国西部经济百强县，成为中国西部大开发的投资热土之一。

“这就是邓小平当年住过的屋子。”在《邓小平的房东》作者李修琅的指引下，大家来到“邓小平曾经住过的屋舍”红色遗址。

看着历经 80 多年后，红色遗址依然保存完好的木床、煤油灯、大铁锅……一件件文物倾诉着历史，激荡着在场每一个人的心潮。

（原载于 2011 年 7 月 2 日《中国铝业报》）

广西华银铝业有限公司
停汽检修用时刷新行业纪录

本报讯 9月28日，广西华银铝业有限公司（简称华银铝）氧化铝厂一号溶出机组进行停汽检修，整个过程历时16个半小时，再次刷新企业该项检修最快纪录。该公司氧化铝厂目前拥有5条生产线，按照每个机组运行40天左右就要停汽检修的惯例，该公司每月至少进行4次停汽检修，每次检修涉及项目200多个。目前，国内氧化铝企业完成此项工作平均用时19~20小时。

今年以来，华银铝通过对项目的网络图控制、检修人员安排和闪蒸系统的检修等方面进行优化，使该公司停汽检修时间由过去的22小时缩短到17~18小时。

为确保项目检修按时完成，公司设备部联合相关分厂及生产运行部等单位，从施工方案、备品备件材料、人员安排等方面提前做好项目准备工作；在生产组织上，对项目的关键环节进行分析，列出网络图控制表，精确到每一分钟，并发给参与项目人员人手一份，掌握项目进度；在人员安排上，组织检修人员参与到部分外委项目工作中，提高工作效率，为停汽检修缩时打好基础。通过密切配合，公司氧化铝厂一号溶出机组停汽检修工作于9月28日20时完成全部检修任务，历时16个半小时，创下企业该项检修最快纪录。

（原载于《广西工人报》第5050期）

广西华银铝业有限公司
持续改进创效近4000万元

本报讯 8月22日，广西华银铝业有限公司2014年持续改进年中工作会上，该公司热电厂《实现三台给水泵满足四台锅炉》等145个持续改进项目被评为

"优秀项目"。截至6月底，该公司各单位共申报持续改进项目1208个，已实施的61项持续改进项目经过验收核定，创造效益3900多万元，实现了生产效益的最大化。

据了解，去年7月，在该公司"7S管理"动员会上，公司总经理刘永刚提出"持续改进是保障生产经营目标的重要举措"，要求在全公司范围内深入开展持续改进工作。"为充分调动广大干部员工参与企业管理的积极性，公司通过绩效考核等方式，积极发动干部员工献计献策，让他们的聪明才智成为解决企业生产难题和提升企业管理水平的智慧源泉。"刘永刚说。

在持续改进建议征集过程中，该公司将建议活动与各阶段重点工作有机结合，引导广大干部员工结合生产实际和岗位特点，围绕安全生产、挖潜增效、优化管理和技术创新等方面开动脑筋，提出有价值、技术含量高的"金点子"。

该公司氧化铝厂针对石灰渣堆存费人费力、车辆维修费高等难题，经过20多次对不同时间堆放灰渣进行化验分析，查找有效钙含量，并将灰渣化的灰乳进行蒸发排盐苛化，每年可减少消耗石灰1.3万吨，节约油耗15万元，节省堆存空间1万立方米。

为有效收集持续改进建议，该公司热电厂等单位开通了多渠道申报平台，通过口头述说、微信平台、持续改进建议箱和公司内网邮箱等方式，发布、共享各类生产信息和指令，做到全员关注生产、关注设备。通过一线岗位反馈信息，发现更多生产实际问题，提出合理方案，车间、科室和厂部给予支持，进一步优化方案，形成持续改进建议上报公司，不断推动生产的良性发展。

（原载于2014年8月27日《中国铝业报》）

广西华银铝业有限公司
承办百色市首届"职工技能状元"竞赛

本报讯　9月18日，百色市首届"职工技能状元"竞赛电子计算机（微机）调试工竞赛在广西华银铝业有限公司举行。本次大赛由百色市总工会主办，广西华银铝业有限公司和中国铝业广西分公司承办。

大赛共确定电子计算机（微机）调试工、焊工、叉车司机、起重机驾驶员4个工种为竞赛项目。大赛旨在通过开展职工技能竞赛活动，教育、引导百色市职工努力提高劳动本领和创新能力，真正成为各行各业的行家里手。

据了解，此次竞赛各工种将以相应《国家职业标准》高级工及技师职业资格的理论知识、技能要求和相关知识内容为考核标准，进行理论和实际操作两部分考试。百色市近200名优秀技能型职工将进行激烈角逐，争夺“金牌职工”名额，参加“广西技能状元”大赛。

百色市政协负责人，广西华银铝业有限公司负责人及部分干部员工代表参加了开幕式。

（原载于2014年9月20日《中国铝业报》，
韦耐丽对本文也有贡献）

广西华银铝业有限公司
抓安全内外一致

本报讯 为进一步严格落实考核机制，加强对各外委施工单位的管理，确保检修安全，近日，广西华银铝业有限公司组织各外委施工单位、分厂机动科、安全环保部相关人员对《广西华银铝业有限公司外来单位安全管理暂行规定》进行学习。

本次学习重点围绕工程安全管理审批、项目安全环保协议等内容展开。为加深外委施工单位相关人员对《管理暂行规定》的了解，该公司设备部对不符合要求的资质和过期的协议提出了整改要求，并邀请安全环保部相关人员对审批程序、环保协议、安全承诺书等内容进行解答。

与会人员对工作中存在的安全问题进行了交流，对工作票未按要求办理或未办理、劳保用品穿戴不齐全、高空未系安全带等安全隐患进行分析，要求相关单位相互监督，严格遵守各项安全生产操作规程。

此次学习，进一步提升了外委施工单位安全管理水平和能力，增强了外委队伍的安全意识，消除相关方安全管理“短板”，确保检修过程的安全。

（原载于 2014 年 10 月 15 日《中国铝业报》，
王毅荣对本文也有贡献）

广西华银铝业有限公司
党委开拓党建新阵地

本报讯　近日，广西华银铝业有限公司党委创新党建工作形式，利用共产党员微信、易信，开拓党建新阵地。

今年 9 月份以来，该公司党委按照广西壮族自治区党委组织部的部署，发动该公司全体共产党员订阅使用共产党员微信、易信。截至目前，已有 60% 以上的党员完成订阅，此项工作预计 10 月底完成。

为使广大党员尽快熟悉和利用“双信平台”，该公司党委通过内部报刊、网站等媒介对平台的栏目设置、使用方法和互动交流方式进行广泛宣传，把平台推向分厂、车间和班组，构建起参与广泛的信息交流平台。与此同时，该公司党委要求各级党组织结合生产经营中心工作，充分用好两个平台，努力提升影响力水平，使之成为党建工作新阵地。

据了解，两个平台采用“一套内容、双网发布、同步更新、分别管理”的运行机制，设置“党建要闻、创新视点、先进典型、特色栏目”四个一级菜单，分设“党性党风、重要言论、今日关注、群众路线、干部人才、基层党建”等若干子栏目，每个工作日发布一期。

（原载于 2014 年 10 月 29 日《中国铝业报》，
韦耐丽对本文也有贡献）

广西华银铝业有限公司动力厂
筑牢冬季四防“安全堤”

本报讯 针对“冬季四防”工作的突发性、多变性等特点，入冬以来，广西华银铝业有限公司动力厂结合自身实际，早安排、早动手，从实从细扎实做好冬季防火、防爆、防雷、防中毒工作，全力筑牢冬季四防“安全堤”。

针对入冬后风大、干燥的特点，该厂采取每周集中检查和班组日常检查相结合的方式，及时更换设备润滑油，对易发火灾的地点和要害场所及时更换消防设施和器材，消除可能存在的安全隐患。

今年11月初，该厂202电除尘器煤气放散管及避雷针腐蚀损坏后，迅速研究部署更换方案，及时组织协调，做好材料及施工人员的准备。“考虑到煤气放散管兼有过剩放散、事故放散和吹扫放散等作用，若无避雷针，存在雷电引燃放散煤气甚至引爆电除尘器的严重事故隐患。”该厂机动科科长谢文章告诉笔者，该厂在积极征求班组员工意见后，将避雷针的镀锌材质改为不锈钢，并在放散管防雨帽装上玻璃钢衬里，进一步提高了放散管的抗腐蚀性。

（原载于2014年11月26日《中国铝业报》）

中国铝业广西分公司
“模范五好家庭”引领社区文明

本报讯 近日，中国铝业广西分公司十户职工家庭拿到了“模范五好家庭”证书。“这个证书不仅仅是对我们一家的肯定，对我儿子今后的成长也有很大的作用，我要继续努力，勤俭持家、孝敬老人，争取后年还评上！”该公司幼儿园教师李丹高兴地说。

据了解，“模范五好家庭”评选是该公司多年来坚持开展的一项工作，旨在加强企业精神文明建设，树立文明家庭形象，以家庭的平等、文明、和谐促进企业、社区的和谐建设。该活动于1996年启动，每两年评选一届，每届评选出十户“模范五好家庭”。

该公司工会女工委副主任张桂霞告诉笔者，活动以工作业绩好、学习守法好、家庭和睦好、少生优育好、邻里关系好5个方面为评选内容，由该公司各二级单位推荐家庭参选，该公司精神文明委员会对候选家庭进行审核，并将家庭先进材料刊登在企业内部刊物上，由广大干部职工民主投票，得票最多的前十户家庭当选“模范五好家庭”。

该项活动的开展，推动了该公司职工精神文明建设，激励出了一批乐于助人、尊老爱幼、爱护环境的先进典型，营造了人人争当模范的良好氛围。

（原载于2014年3月12日《中国铝业报》）

搬进新房迎新春　一年更比一年好

——平果铝援助陇穷村危旧房改造顺利完工

本报讯　“这就是陇板屯，不敢相信！”1月28日，记者再次走访田东县作登瑶族乡陇穷村陇板屯。

四面透风的木瓦房不见了，取而代之的是一栋栋崭新、具有民族特色的新楼房。村民贴春联、包粽子，整个新村庄透出浓浓的年味。

陇穷村共有7个自然屯185户759人，人均耕地面积仅为0.3亩，是田东县最贫困的瑶族聚居行政村之一，而陇板屯则更穷。2012年底，平果铝决定出资340万元，帮助陇穷村59户农户进行危旧房改造，其中19户在陇板屯。目前，第一批19户房改已经竣工，可以入住。

“感谢平果铝对我们的帮助！”刚刚踏进村民谢才流家门，他就端上了自家酿的米酒。谢才流家有6口人，原先挤在十几平方米的茅草房里，如今的两层楼房有100多平方米，添置了电视机、冰柜等现代家用电器。“平果铝资助我们建房，还带我们种植火龙果、养竹鼠，我还要逐步扩大规模，生活一年肯定更比一年好啊！”谢才流说。

平果铝总经理程运材介绍，公司扶贫工作组已经帮扶该屯建成22亩火龙果示范地，力争一两年内建成150亩火龙果基地，养殖竹鼠800只以上。

据了解，平果铝还在员工中募集到46万元善款作为爱心教育扶贫基金，对陇穷村考上大中专院校的学生，每年给予3000元到5000元的奖励，并优先安排陇穷村大学毕业生就业，一些辍学的孩子重返课堂，圆了读书梦。

（原载于《广西日报》2014年2月1日，徐顺东对本文也有贡献）

新春走基层系列报道之

干部一线过大年

本报讯 2月12日，大年初三下午4点，记者来到中国铝业广西分公司热电厂办公楼三楼，敲着值班主任办公室的门，无人应答。

人到哪儿去了？带着疑惑，记者来到该厂生产控制中心了解情况。正在电脑前忙碌的调度员廖定国告诉记者，值班主任到现场去了。

在热电三期8号锅炉旁，记者看到了值班室主任潘仲德，他正在和几名员工在锅炉旁忙碌着。原来，当天下午3点钟，该厂锅炉车间运行甲班在巡检时发现8号锅炉存在结焦现象。“锅炉吹灰时有大块焦掉落下来，堵住了捞渣机出口，倘若不及时处理，锅炉就会停炉。无论是除夕，还是大年初一，只要出现情况都要随时处理。”该班副司炉韦建斌告诉记者。

“我们也希望大家能回去过年，但是在当前严峻的生产经营形势和艰巨的工作任务面前，人人都得负起责任来。”在旁的潘仲德说道。

正在一旁忙着冷却打焦棍的陆大庆也接过话匣：“春节期间，厂领导来到岗位，给我们发放了过年红包，我们没有理由不把工作做好啊。”说完，他会心地笑了。

随后，记者了解了该公司其他分厂的情况，结果如出一辙，值班主任都在生产现场，与基层员工一起在忙碌中过年。

（原载于2013年2月20日《中国铝业报》）

新春走基层系列报道之

广西分公司电解铝厂电解工易勇厅
第五次除夕夜坚守岗位

本报讯　1月22日，农历除夕晚上8点多，记者来到中国铝业广西分公司电解铝厂电解工区，看到一位员工正在设备前忙碌着。得知记者的来意后，他介绍了自己。

易勇厅，是离该分公司500多公里外的宁明人，是分配到电解铝厂生产一线的大学生，去年10月份刚刚结婚。过去4年的春节，他都像此刻一样，坚守在岗位上。

“回家的打算始终在心头！”易勇厅告诉记者：“2011年，在公司员工技术比武中我取得第一名的成绩，年底被任命为电解主操，本打算今年春节休假带上新婚的妻子回家陪父母过大年的。可是，岗位的变动意味着责任也就更重大。所以，回家过年的念头就这么被打消了。”

由于铝电解生产工艺的特殊性需要一天24小时不间断上岗作业。除夕夜，这个万家团圆的时刻，易勇厅依然坚守在自己的岗位上。

对于新婚的妻子，易勇厅显得有些愧疚，因为新婚后的第一个春节，他没能带着妻子回老家过年。

“既然选择了这份工作，就不后悔。”他说，妻子也非常理解他，等这个年过完了，他打算带妻子回趟老家作为补偿。

“他工作上的事就是我的事，我会全力支持他的工作的。”小易的妻子在电话里这样告诉记者。

元宵节即将来临，易勇厅所在作业组的同事们又将迎来一个忙碌的周期。他已经开始筹划正月十五这天怎么过“元宵节”了，因为按照他们的排班表，大年三十值班的人，正月十五这天刚好还要在岗上班。

（原载于2012年2月1日《中国铝业报》，杨应尧对本文也有贡献）

新春走基层系列报道之

新春跟班记

本报讯 2月12日，大年初三下午，记者走进中国铝业广西分公司氧化铝厂生产控制中心，几十平方米的房间内整齐地摆放着三排电脑，七八名员工正在认真工作着。他们有的拿起电话咨询生产情况，有的仔细查看电脑里的各种数据，有的用笔在本子上抄抄写写……

该厂生产控制中心值班主任翟建平告诉记者，这是该公司氧化铝厂生产经营的“神经中枢”。

“这四台电脑为调度室使用，后面两排分别由焙烧车间、沉降车间、溶出车间、原料车间、分解车间和蒸发车间使用。”翟建平告诉记者。

“原来遇到问题时，我需要打电话到相关车间调度室了解情况，再将情况反映给值班主任。现在，几个车间的调度员都集中在一起，有什么问题可以直接沟通解决。”焙烧车间主操刘峰易补充说。

谈到回家过年，引来了正低头忙碌的主操们的兴趣，他们你一句我一句地搭起话来。蒸发车间主操肖朝鹏说：“除夕夜轮到我当班，不能回去和家人团圆，虽然很遗憾，但是公司领导和厂领导来到岗位慰问了我和同事，向我们介绍了公司的美好前景，我们挺开心的。”

“过年是个阖家团圆的日子，谁都想回家过年，但是轮到自己当班时，我们谁都不好意思跟领导请假，因为中心人少，都是一个萝卜一个坑，各有各的职责。”调度员廖成安说。

走出生产控制中心，在前往焙烧车间值班室的路上，翟建平告诉记者，自从中心改革后，人员进一步精简，生产效率进一步提高，车间领导也根据该公司领导关于“让员工成为最有幸福感的员工”的要求，在不影响生产的情况下，每个班每年安排一两个人回家过年，最大限度地关爱一线员工。

（原载于2013年2月27日《中国铝业报》）

新春走基层系列报道之

中国铝业广西分公司热电厂
员工陪着锅炉过大年

本报讯　1月22日下午5点，农历大年二十九，记者来到中国铝业广西分公司热电厂锅炉、汽机车间三期主控室。在许多人的印象中，锅炉车间应该是煤渣灰尘乱飞，工人灰头土脸、手拿铁锨干活的，而眼前的场景给记者的感受是：整洁、有序。

“现在都自动化了，以前烧锅炉靠人工操作，现在只要坐在办公室里，用电脑操作就可以了。”

员工李谋友告诉记者时，动了动手里的鼠标。“虽然只是简单的点点鼠标，但是它关系到锅炉的运行状况，一点也不能疏忽，基本是几秒钟就要调整一次。”李谋友补充道。

根据工作安排，当班人员需要在岗8小时。“一个班一个人盯电脑8个小时累不累?”面对笔者的提问，他笑着说：“只要生产设备运行正常，累点也值得，一个班下来就是脖子有点硬，眼睛有点酸。”

“除夕不能在家过，亲人有意见吗?”面对笔者的问题，李谋友笑得腼腆：“我想这句话应该先问问我们厂的领导干部们，他们好像很少除夕夜陪家人团聚看春晚。我们几年轮班偶尔还能在家过大年，比起他们来我们还算幸运的。”他笑着说：“家人其实很理解，因为只有企业效益好起来，我们的收入才能得到保障，小家才能过上幸福的生活。”

据了解，在该公司，还有许多员工像李谋友一样节日期间坚守在一线岗位上。

（原载于2012年2月4日《中国铝业报》，农金梅对本文也有贡献）

捡到存折之后

本报讯 2011年12月28日上午9点钟，在西山管区办公室，出现了感人场面。“我们全家要好好谢谢您，你们都是好人，我永远忘不了！”存折失主李翠凤难以抑制心中的感激，连连向王秀玲和管区工作人员道谢。

“大家都是邻居，互相帮助是应该的，这点小事不必放在心上。”王秀玲握着李翠凤的手笑着说。

2011年12月23日上午，家住中铝山东企业西山四街西巷9号楼的被服厂退休职工王秀玲，急匆匆来到西山管区，将一本“邮政储蓄存折”交给办公室工作人员张慧。“今早，我路过西山四合院新建小高层2号楼西头时捡到这本存折，打开存折看到存折里标明12月21日刚存款5万元，失主叫李翠凤，她一定很着急，麻烦你们一定帮我找到失主。”王秀玲急切的话语中带着真诚。

工作人员张慧听完，立即在管区的黑板报上写了失物招领启事，并找出西山住户70多本户卡查找存折户主李翠凤的名字，可她翻了个遍也没有找到。

于是，她又来到南定邮政局西山储蓄所，向工作人员说明情况，希望能找到失主，对方的回答是“没有密码无法查询。”匆匆留下自己的联系方式后，张慧又赶到张南分局查询李翠凤的详细地址。经查，李翠凤的名字淄博市就多达67个，无法确认到底是谁丢失了存折。

直到2011年12月28日上午，管区才接到邮政储蓄所工作人员打来的电话，说失主已报挂失，正前往管区领取遗失存折。

据了解，李翠凤两口子在市场做小本生意，家境并不富裕。银行存折是那天他们与侄女一块儿坐着自己的小三轮车办事时路上丢的，直到要用钱时，才发觉存折丢失。

王秀玲拾金不昧的感人事迹，一时被当作佳话广为流传。

（原载于2012年2月18日《中国铝业报》，李在树对本文也有贡献）

中国铝业广西分公司
问计于青年员工

本报讯　近日，为全面摸清中国铝业广西分公司团委和团干部在“四风”方面存在的突出问题，该公司团委开展了调查问卷活动，向广大青年员工征集意见建议。

据介绍，调查问卷分为青年思想状况和反“四风”两部分，包括企业认同感、工作学习生活、共青团和青年工作等方面的内容，以该公司下属各基层团组织为单位，对35岁以下青年员工进行问卷调查，听到了青年员工的心里话，了解到了青年员工过去不曾说、不愿说的意见和建议，体察到了团员青年的真情实感。

据了解，问卷调查活动中，该公司向青年员工共发放问卷180份。该公司团委将对调查问卷进行认真汇总研究，具体分析团委及团干部在“四风”方面存在的突出问题，以及广大青年员工当前的思想状况，并根据反映出的问题，提出针对性工作措施，提高服务企业中心工作与青年员工成长成才的能力和水平，为企业改革发展凝聚青年的智慧和力量。

（原载于2014年3月26日《中国铝业报》）

我们在行动

——中铝公司所属企业以实际行动践行雷锋精神

本报讯　为深入学习雷锋精神，近日，中铝公司所属企业干部员工纷纷走出厂矿车间，走上街头，开展无偿献血、义务理发等多种形式活动，以实际行动践行雷锋精神。

3 月 4 日，山东铝业公司团委组织开展了无偿献血、义诊和义务理发等志愿服务活动。志愿者们有的发放献血知识宣传册，有的协助医生为社区居民答疑解惑，有的为社区老人义务理发……他们用各自的方式践行着雷锋精神。据了解，当天上午，仅义务献血一项，就有 73 人参加，累计献血量达 28000 余毫升。

3 月 5 日上午，连城分公司俱乐部广场暖意融融，人头攒动。在两辆采血车旁，前来献血的员工自觉地排起了小长队，以这一特殊的方式传递着自己的一份爱心。同时，该公司还组织党团员及入党积极分子走上街头开展“学雷锋”活动。

兰州分公司机修厂和自备电厂检修部的干部员工，自发组织为因车祸住院的同事钱永生捐款，将浓浓的情义和祝福送到钱永生家中。

广西分公司则在学雷锋活动日期间，变“输血”为“造血”，为该公司扶贫单位新安镇南立村火龙果基地传授“火龙果嫁接霸王花”技术，为当地发展火龙果产业再添新思路。

（原载于 2013 年 3 月 6 日《中国铝业报》）

一次特殊的安全例会

本报讯 5 月 6 日下午 4 点，中国铝业广西分公司物流中心原料站正在召开班组安全例会，一位“不速之客”出现在会议现场，该公司党委书记、副总经理刘保伟来参加该班的安全例会了。

看到分公司领导前来参会，与会人员争相发言，将各自生产岗位上存在的安全隐患和安全生产方面存在的不足之处向刘保伟及相关部门负责人汇报。

“液碱罐防护漆掉了。”

“液碱罐刻度脱落严重，看不清楚。”

“外来车辆司机穿戴的劳动防护不符合要求。”

听完大家的发言，刘保伟阐述了对安全管理的看法，并与现场的 20 多名员工进行了安全生产方面的交流探讨。刘保伟说，班组是企业的最小单元，每个员工首先要了解身边的危险源，认真学习和掌握岗位安全规程，在安全模式下进行生产操作。当前，分公司正处于瘦身调整、转型升级的关键时期，各单位一定要强化全员安全意识，规范安全管理，实现本质安全，确保安全生产。

“这次安全例会给我们留下了很深的印象，对于干好今后的安全工作我们更加有信心、更加有动力了。”该公司物流中心接货班班长钟进明说。

据了解，今年以来，中国铝业广西分公司继续加大安全生产管理力度，该公司领导班子及安委会成员纷纷来到基层班组，参加班组安全例会，通过与一线员工面对面的交流，查找安全生产中的隐患和不足，帮助解决班组安全生产中存在的困难和问题，为促进安全生产奠定基础。

（原载于2014年5月7日《中国铝业报》）

中国铝业广西分公司物流中心车务段
消除机车等待“抢回”31万元

本报讯　近日，中国铝业广西分公司物流中心车务段采取多项措施，进一步降低生产成本。其中，该车务段采取的“消除机车10分钟等待时间”这一措施，为该公司节约年成本31万元。

2月17日上午8点30分，该车务段调车员梁宁接到出车指令后，来到该段工厂站信号楼电务室更换对讲机电池，拿取调车作业计划单与铁路货运单。10分钟后，机车缓缓驶入工厂站，梁宁迅速爬上机车，开始了一天的工作。

“自从我们搬到工厂站后，工作流程更加顺畅，工作效率比原来更快了。”“消除机车10分钟等待时间”项目就是其中一个。梁宁说，车务段运输生产由工厂站行车组、内勤货运组、机车组和调车组联合进行。改革前，该车务段调车组值班室设在机务工区，作业时，机车司机进行准备工作后，调车员乘机车前往该段工厂站，接受行车组织组下达的调车作业计划，到内勤货运组拿取铁路货运单，并更换对讲机电池等，这一系列的操作大约花费10分钟。“这期间，整个运输生产流程也处于‘等待’状态，资源出现了浪费。”

通过调查研究，深入分析生产各个关键点，该段决定将调车组值班室由机务工区搬迁到工厂站，与行车组织组和内勤货运组在一起办公。这样一来，调车员就可以利用机车启机准备的时间，到行车组织组和内勤货运组预先了解调车作业计划、拿取货运单和更换对讲机电池等，机车点检完毕，出库行驶到工厂站，调车员即可登车作业，消除机车 10 分钟等待的资源浪费。

据了解，该段每次节约 10 分钟，全年可节约燃油 40908 升。

（原载于 2014 年 2 月 22 日《中国铝业报》，陈思源对本文也有贡献）

中国铝业广西分公司
算好“成本账”月月有利润

本报讯 今年以来，中国铝业广西分公司按照“月度预算，月度考核”的预算思路和成本领先战略的要求，强化目标成本管理，将成本控制融入生产经营全过程，最大限度降本增效，确保各项成本费用受控，实现了月月盈利的良好经营业绩。

据了解，今年以来，该公司财务部确立了精益现金流、精益炭素成本核算等运营转型项目，进一步梳理业务流程，优化测算模型，简化和统一测算格式，查找生产过程降本空间，释放存量资金 3000 余万元。在采购环节，该公司通过成本结构分析，启动财务、营销、法律跨部门协作，重新修订大宗物料采购合同，降低采购成本。

不仅如此，该公司还将全面预算管理与生产经营结合起来，实时跟进煤电铝项目、金属镓回收等重大工程项目进展，把全面预算各价格定额的编制与生产、运输、销售等有机结合起来，建立预算定额数据库，以此提高预算编制水平。

在降本增效方面，该公司财务部构建了以财务成本费用核算明细为基础的降本增效管理体系，并制定了相应措施，算好“成本账”。今年 1 ~5 月份，该公司会务费同比降低 91. 17% ，业务招待费同比降低 48. 28% ，公务用车费同比降低了 32. 21% 。

（原载于 2014 年 6 月 7 日《中国铝业报》）

中国铝业广西分公司
职工医院免费餐券受欢迎

本报讯　近日，中国铝业广西分公司职工医院食堂“流动餐车”来到该院住院部并发放免费餐券，为患者提供更方便快捷的餐饮服务，受到广大患者及家属的欢迎。

据了解，今年3月份以来，该公司后勤服务中心和职工医院组织人员对部分患者进行走访，了解到医院食堂存在菜式单一、价格过高、排队时间久等问题。

为进一步提高患者对医院的满意度，该公司后勤服务中心和职工医院经过商讨，决定增加菜式品种、降低价格，并为患者发放免费餐券，用“流动餐车”送到住院部，患者持餐券可就近点餐，无需到食堂排队打饭。

据该医院相关负责人介绍，发放免费餐券是该院市场化改革举措之一，虽然活动一定程度上增加了医院食堂的成本，但是，此举却得到广大患者及家属的认可，大大提高了患者对医院的满意度。今年3月份，该院外部患者（新型农村合作医疗及城镇社保患者）比去年同期增加了428人，为该院下一步的市场化改革奠定了基础。

（原载于2014年4月23日《中国铝业报》）

山东铝医院
绿色通道赢得生死时速

本报讯　10月18日下午，位于淄博南定西山小区的山东铝医院开通绿色通道，迅速救治一名因吃蛋黄窒息的一岁半女童，为生命赢得宝贵时间。

山东铝医院是中铝山东企业职工医院，始建于1949年。

据该院儿科主任彭伟介绍，18日下午1点25分，该院急诊室接到该市公交司机冯若尘的求救电话，一个孩子因吃蛋黄出现呼吸困难，需要医院做好抢救准备。

了解情况后，山东铝医院决定为患儿开通绿色通道，并安排儿科医生刘法海、急诊护士国静出诊。

1点35分，患儿到达医院并迅速进入病房。与此同时，医院医教科、检验科、神经外科、急诊科等科室迅速行动，从入院检查到住院病房，一路打开了生命“绿色通道”。

该院儿科护士长孙桂芹告诉记者，绿色通道就是在不用办理任何手续的情况下，直接送患者进入病房救治。

医护人员经过对女童进行吸氧、生命体征监护等治疗。4小时后，女童恢复常态，开始进食。

据了解，事件发生后，央视新闻频道的《共同关注》、《东方时空》等栏目，不约而同将关注的焦点对准这一则“生死时速”救人故事，公交车司机冯若尘成为文明淄博的最好代表，而山东铝医院高效、优质的服务也赢得了广大职工及周边百姓的广泛好评。

（原载于2013年10月30日《中国铝业报》，朱凤霞对本文也有贡献）

评论是一种政论性的新闻体裁。它是针对新近发生的，具有普遍意义的新闻事件和迫切需要解决的问题，发议论，讲道理，直接发表意见的文章。

第十六篇　企业评论

ANGHAO YANGQI GUSHI　JIANGHAO YANGQI GUSHI　JIANGHAO YANGQI GUSHI

“比比看”活动要贴近生产一线

近日，本报刊登了华泽铝电铸造厂通过开展“班组月度指标比比看”活动，提高了员工的工作积极性，促进了生产经营的稳步提升。

如何才能使“比比看”活动做到贴近一线呢？记者认为有两条：一是“比比看”的内容，应该更加贴近一线员工工作实际。不少企业的“比比看”活动，虽然总体上能够贴近一线工作，却也有不少一线不需要，或用不着的内容。要做到“比比看”活动的内容贴近一线，应与业绩考核挂钩，与生产经营指标紧密联系，设立班组长热线，开通员工提建议通道等，并及时更换比拼内容，丰富一线员工的工作文化，使班组“比比看”成为激励一线员工奋发向上的动力。

二是“比比看”活动的地点，应该尽量放在一线。众所周知，一线员工都是做具体工作的，事务性强，每天时间紧张。许多员工的工作就是“一个萝卜一个坑”，当班时片刻不可离开岗位。倘若把许多“比比看”活动都放在机关或上级单位开展，势必影响一线员工的工作。像华泽铝电铸造厂，将工区6个班组每月的产量、质量、配料及一次成品率四项指标纳入“比比看”看板，树立在工区门口，就深受一线员工欢迎。

当然，一线员工以生产经营为主，不能因为“比比看”活动而影响生产经营工作。要在上述两点的基础上，结合生产一线工作实际，努力将“比比看”活动离一线近一些，更近一些，努力满足员工的要求，让员工们工作起来感受到温馨和幸福。

（原载于2013年1月23日《中国铝业报》）

放下架子　扑下身子

最近，笔者到一家分公司采访时，遇到这样一件事：跟该公司负责人约了两次没能见面，得到的答复是“到现场去了”；第三次约好见面时，他一身工作服，头戴安全帽走进办公室，半截裤腿沾满了泥土，一边鞋子也被泥土包裹着，地上留下一串泥脚印，他对自己的“狼狈”显得有些尴尬。

然而，这一举动却深深打动了笔者。我想，基层干部就应该像他这样，放得下架子，扑得下身子，率先垂范，与职工打成一片，这样才能拉近与广大员工的距离。

在中铝公司所属企业中，很多基层领导干部把岗位当作服务单位、服务职工的平台，在日常工作中，秉持“俯首甘为孺子牛”的心态。转变工作作风，不是喊两句口号就能做到的，而应多深入基层，多做实事。

作为国有特大型企业，领导干部转变工作作风，事关人心向背、企业发展。“得民心者得天下”。各级领导干部只有从心态上贴近群众、依靠群众，才能从作风上发扬优良传统，融入群众，为建设最具成长性世界一流矿业公司筑牢群众基础。

严于律己，是每一位干部应具有的做事风格。做到律人与律己的统一，领导干部的“正能量”才能发挥出来，才能让员工学有目标、干有榜样。在任何时候，领导干部都应牢记组织的关心和培养，身怀感恩之心。做到对人对组织不耍小聪明、不搞小动作、不怀小心眼、不拉小圈子，做堂堂正正、坦坦荡荡的党员干部。无论职位高低，无论亲疏与否，处理问题始终出于公心，主持公道，不轻贫、不欺下、不附贵、不媚上，不徇私情，不以主观臆断和个人好恶为判断标准，而应实事求是地解决问题、化解矛盾。

空谈误国，实干兴企。学与用的统一，是对企业管理干部的要求。做事着眼实际、务求实效，无论是调查研究、决策筹划，还是日常工作、检查考核，无论是绩效考评、奖励惩处，还是选拔干部、处理问题等，都要善于管理，确保实实在在干活的人得到肯定。坚持讲真话报实情干实事，牢记没有内容的短话，短也觉长；富有内容的长话，长也觉短，注重针对性和实效性；有一说一，有二说二，挤干“水分”；不空喊口号，不搞花架子，实实在在解决问题。不让老实人吃亏，不让投机钻营者得利，使那些一心干事、不事张扬、实绩突出的老实人被群众推荐出来，让党组织选拔上来，真正让老实人叫得响、吃得开、站得住，形成靠品德服人、凭实绩进步的良好氛围。

（原载于2013年5月11日《中国铝业报》）

基层管理从“小”做起

车间和班组是企业的细胞，是企业管理系统中的组成部分，发挥好这些组成部分的作用，是企业科学发展、做强做大的根本保证。12月22日，《中国铝业报》三版的“管理现场”栏目刊登了中国铝业连城分公司优化换极和西南铝压延厂“5S”现场管理两篇文章，是企业基层打破传统，转变思路，从关注结果到关注过程，不断改进基层管理方法，提高工作效率的生动事例。

在基层管理实践中，如何将企业的精神、各项活动落实到实处，是很多基层管理者比较头疼的问题。实际工作中，他们往往找不到活动的着力点，对如何开展活动束手无策。究其原因，是因为不了解企业精神的实质，不了解基层管理的内涵，导致跟不上企业发展的脚步，无法将企业的精神贯彻落实到实际工作中。

企业的各种精神往往从大局出发，内容比较宽泛，不适合照搬直接用到车间、班组中。基层管理者只有在充分领会精神实质之后，才能在管理实践中，从小事情出发，从细节入手，将工作做实做细。

天下之难事，必作于易；天下之大事，必作于细。做大事情需要着力于细节，基础管理也是如此。要了解每个员工，熟悉每个运转流程，摸透每个关键节点，才能有所可为。

基层管理从“小”做起，要做好每一件小事，重视每个细节，做到求真务实。实践经验告诉我们，形式主义、官僚主义和主观主义是我们的天敌。百分之一的错误可能会造成百分之百的失败。

只有将细节融入管理工作全过程，才能将基层管理做实、做细。

同时，还要做到持之以恒，避免三分钟热度。基层管理从“小”做起，杜绝在小事上犯错误，基层管理工作就要有严、细、实的作风，要注重细节、关注细节。只有保证把生产过程中的每一件小事做好、做到位，才能确保生产的顺利进行。

小是基础，大是框架；小是环节，大是链条，没有小就无所谓大。要让企业中的一个个小发明、小创造、一条条合理化建议走进班组、走进车间、走进分厂，转化为现实生产力，切实提高工作效率和基层管理，为企业筑牢坚实的管理基础。

（原载于2012年12月29日《中国铝业报》）

立足本职　放飞梦想

实现最具成长性世界一流矿业公司的中铝梦，是中铝公司25万干部员工共同的梦，每个人都是中铝梦的参与者和书写者。

知易行难。圆梦，不能只停留在空想和喊口号上，没有永不言弃的决心，没有求真务实的作风，没有持之以恒的干劲，再美好的梦想都是纸上谈兵。我们每个人都有一片属于自己的小天地，都有一个展示自己才华的大舞台。只要在本职岗位上建功立业，就能在平凡岗位上演绎精彩人生。中铝公司各岗位的先进人物和典型事迹，给了我们最好的启迪。

6月8日，中铝公司举行“树信心勇担责共筑中铝梦”演讲比赛，来自中铝总部各部门的34名选手结合本部门、本岗位工作实际，围绕中国梦、中铝梦作了精彩的演讲。通过他们的表述，我们了解到了奋战在中铝公司各岗位上的25万员工的梦想，电解车间里，铸造工希望把自己的浇注工作完成得更好；藏北高原上，寻矿工作人员艰难跋涉，把梦想挥洒在一个个钻井里……无论是哪种梦想，都需要我们立足岗位，努力工作，用实际行动和良好业绩诠释个人工作于企业发展的价值所在、于社会进步的意义所在。

从岗位出发，放飞梦想，这既是务实精神的反映，也是实干思维的体现。“梦想在前，路在脚下。”无论是圆中铝梦，还是圆个人梦，我们都离不开“实干”这把钥匙。

有人说：为生存而从事的工作只能叫职业，为理想而从事的工作才叫事业。西北铝加工分公司压延厂箔材车间铝箔精轧机班班长高大康，之所以能把“轧机操纵”干得如此出色，就是因为他把自己的本职工作当事业干，没有因为身份普通而轻看自己的职责，以忘我的精神，在平凡的工作岗位上干出大名堂，成为党的十八大代表；长城铝业公司员工杨红雷，用自己的双手向国际市场输出了中国工人的焊接技术和工艺，使企业在外包工程中创造了客观利润，成为产业工人的骄傲……

无论我们是氧化铝制取工，还是电解铝操作工，无论我们在什么岗位、干什么工作，事业能否有成、人生是否精彩，关键不在于舞台大小，而在于是否立足本职不懈努力，始终如一发奋图强。

干一行、爱一行、钻一行、精一行，老老实实做人，踏踏实实干事，才能在本职工作岗位上建功立业，圆自己理想的梦。

（原载于2013年6月15日《中国铝业报》）

年轻员工要敢于吃苦

近日，笔者到基层企业采访途中，在一公交电视中看到这样一段视频——一群人扛着又长又重的十字架缓缓前行、汗如雨下。忽然，有一个人停止了脚步，心想，如果把十字架锯短是否会轻松一些，于是他把十字架锯掉一截，果然，负重明显比原来减轻了不少，他的脚步也变得轻快起来。一路上，他不断地将十字架锯短，并远远地把伙伴们甩在了身后。突然，面前的一条深沟挡住了他的去路。这时，后面的同伴陆续赶到，同伴们用肩上的十字架搭在深沟两岸之间，顺利地通过。这个人也想用这种办法过去，但这时他才发现，十字架已经被自己锯得太短，根本无法搭桥，懊悔、失望的情绪涌上心头……

故事里这个人的心态在现实生活中并不少见，尤其是有些年轻员工在平时工作中总是拈轻怕重。殊不知，在表面上看是占到一些所谓的便宜，但却失去了宝贵的锻炼机会。久而久之，自身的能力得不到锻炼，就像电视中那个人，关键时刻就会悔之晚矣。

笔者认为，年轻员工在工作中不妨树立苦练技能、多学本领的意识，坚持负重前行，才能赢得机会。

在中铝公司所属企业中，就有很多能吃苦、敢吃苦的年轻员工，他们在平凡的岗位上做出了不平凡的业绩：中国铝业兰州分公司电解一厂电解作业区的团员青年们，站在生产经营第一线，建言献策，积极投身改革创新管理，为企业降本增效作出了积极贡献；西南铝高精板带事业部冷连轧制造中心机械支持工程师王琦龙年仅26岁，在工作中勇于创新，参与的4项设备技改项目获得国家实用新型发明专利，其中两项为主要发明人……

百炼方可成钢。广大青年员工应该到条件艰苦的生产一线，从小事做起、从基础做起，把在一线工作当成是历练人生、增长才干的必由之路，在平凡的岗位上，通过自己的努力打拼出一片属于自己的新天地。无论是在炽热难耐的高温锅炉旁当一名锅炉工、到又脏又臭的煤气厂做一名卸煤工，还是远赴祖国西南边陲在海拔5000多米的山巅当一名探矿工作者，基层一线是年轻员工了解公司生产经营情况的生动课堂、锻炼能力的宝贵机会、展示才华的广阔舞台。

总之，年轻员工要敢于吃苦，在平凡的岗位上提升自我，发展自我，磨炼自我，在为企业生产经营作出贡献的过程中实现自己的人生价值。

（原载于2013年7月20日《中国铝业报》）

让每一名员工都有机会出彩

9月5日上午，“中国铝业杯”第七届全国有色金属行业职业技能竞赛决赛在中铝贵州企业落下帷幕。

这是全国有色金属行业的一件大事、喜事，也是中铝公司青年员工的一次群英盛会、一次绽放人生光彩的绝佳机会。

由中国有色金属工业协会、中国就业培训技术指导中心和中国机冶建材工会全国委员会主办，中国铝业公司、有色金属工业人才中心协办的“中国铝业杯”全国有色行业职业技能竞赛，至今已举办七届。与前六届相比，本届赛事呈现出“关注度高、参与度高、节俭办赛”的特点，此次竞赛中铝公司共派出27支代表队参赛。比赛选取机修钳工、电工仪器仪表装配工、铝及铝合金熔铸工三大项目作为赛事内容，既体现了竞赛的普及性和竞技性，又体现了行业的特点。

事业发展取得的成就为青年职工的成长进步创造了良好条件，事业建设的艰巨任务也为青年职工大展身手提供了广阔舞台。中铝公司所属各企业广大职工在平凡的工作岗位上，励精图治、创新求强，在中铝公司实现最具成长性世界一流矿业公司的道路上作出了突出贡献。

而今，他们洗却征尘，在不论“出身”、不讲“背景”、不靠“关系”的舞台上创造精彩，体现价值，绽放光华，彰显风采，感受别样人生。

竞赛取得成功的实践证明，“中国铝业杯”全国有色行业职业技能竞赛已经成为青年职工立足平凡岗位、锤炼立业成才、实现自我价值的一个非常重要的平台；成为倡导求真务实、开拓创新、实干兴业良好风尚的一个重要抓手；成为打造和培养优秀有色行业职业技能人才的一个重要途径，也必将成为贯彻习近平总书记“共同享有人生出彩的机会，共同享有梦想成真的机会”的重要绿色通道。

（原载于2013年9月11日《中国铝业报》）

提高认识　统一思想

中铝公司召开“治庸转作风问责提效能”工作动员会后，各单位纷纷落实，召开“治庸问责”工作会，制订下发了治庸问责工作实施方案。

通过活动的开展，我们的各级领导干部的思想观念都发生了很大的变化，创新能力明显增强。但我们必须清醒地看到，有些领导干部仍习惯于简单地重复过去，习惯于墨守成规，干工作缺乏高标准、缺乏创造性。一事当前，首先看到的是困难，想到的是不可能，求稳、求保险。

因此，进一步提高广大干部对治庸问责工作紧迫性和重要性的认识，统一思想，以思想观念的与时俱进，推动公司生产经营不断向前发展显得很有必要。

在过去的几年里，公司一些部门和企业进步不大，没有达到公司党组的要求和广大干部员工的期望。究其原因，是领导班子主要是一把手执行力不强造成。少数干部身上这种“庸”的表现会侵蚀到干部队伍的健康肌体，会损害公司的战斗力，会影响干部的执行力，会延误公司的改革发展，对公司控亏增盈、管理提升、结构调整和战略转型都具有很大的破坏性。这是一个不容忽视的问题，也是广大干部员工反映最突出的问题。因此，开展治庸问责是转变公司广大干部作风的重要举措，是切中“庸懒散”痼疾的主要途径。

治庸问责，先从“问责”做起。要进一步强化责任追究，切实做到有权必有责、用权受监督、违法要追究。要对存在缺乏大局意识、责任意识，工作不在状态，组织能力不强，威信不高，不注重学习、不善于创新等问题的干部追究责任。

乱作为是过，不作为、慢作为也是过；乱作为要问责，不作为、慢作为也要问责。要进一步健全以“一把手”为重点的领导班子问责制度，明确问责范围，规范问责程序，加大责任追究力度，提高领导干部执行力和公信力，着力解决干部队伍中的“慵懒散”问题。要从机制上、干部管理上惩治和预防干部“庸”的表现，努力建设一支“想干事、会干事、干成事”的干部队伍，落实好公司党组各项决策部署，落实好“控亏增盈、管理提升、结构调整和战略转型”各项任务。

治庸问责不存在今天与明天的区别，无论什么时候，庸都必须治，责都必须问。因此，治庸问责工作将在企业的发展过程中长久存在，领导岗位是能力职位，只认条件不认人。广大干部要在治庸问责专项工作中，对检查和暴露出来的问题，特别是领导干部中存在的突出问题，要敢于治理、敢于问责。

（原载于2012年9月1日《中国铝业报》）

治庸问责关键是狠抓执行力

迅速落实中铝公司“治庸转作风、问责提效能”工作动员会精神，关键是要狠抓执行力。

执行力是连接目标和结果之间的关键环节，狠抓执行力，提工作效能，就是贯彻落实“治庸问责”会议精神，推动公司生产经营较好发展。过去五年来，中铝公司能在金融危机中成功转型，取得辉煌业绩，关键就在于干部队伍有执行力。当前，外部环境更加复杂，公司的发展要求更高，任务更艰巨，这就要求我们干部队伍的执行力更高。

狠抓执行力，问责提效能，要求各级干部把心思用在干事业上，把精力放在抓落实上，把工夫下在求实效上。把心思用在干事业上，就是要深化降本增效专项行动，继续实施“一保二压三从紧”的非常措施，巩固和扩大运营转型的成果，着力推进结构调整和战略转型，全力抓好控亏增盈工作。办事情要少琢磨上级领导知道不知道，多考虑职工群众需要不需要，少琢磨对自己有多少利，多考虑对企业发展有多大利；把精力放在抓落实上，就是要凝心聚力抓发展，沉下心来为职工办实事办好事；把工夫下在求实效上，就是要以业绩论英雄，以完成任务情况来说话，不图虚名，不搞花架子，埋头苦干。

狠抓执行力，问责提效能，要以创造性的精神来抓落实。执行，绝不是上级领导推推，基层干部动动，上面说多少，下面就干多少，而是要充分发挥创造性，变被动执行为主动执行。要有开拓进取的精神，注重学习、善于创新，办事用新办法、新手段。创造性精神越强，工作效能就越高，抓落实就越有成效。我们要以创造性精神来助推公司结构调整、战略转型、控亏增盈、管理提升等各项工作。各级领导干部要破除求稳怕变思想，真正做到只要有利于企业发展，有利于职工群众，责任该担就要担，事情该断就要断，风险该冒就要冒，着力在创新工作模式、创新服务手段、再造竞争优势上下工夫。

狠抓执行力，问责提效能，要以严格督查治理“庸懒散”。熊维平总经理指出，少数干部身上“庸”的表现会侵蚀到干部队伍的健康肌体，会损害公司的战斗力，会影响干部的执行力，会延误公司的改革发展，对公司控亏增盈、管理提升、结构调整和战略转型都具有很大的破坏性。各级干部更要以高标准要求自己，对既定目标任务要在第一时间作出反应，抢抓每一天，奋战每一天，干好每一天，确保公司年度目标任务的实现。

（原载于2012年9月29日《中国铝业报》）

为现场解决生产难题叫好

本报近日刊登了中国铝业山东分公司铝加工厂通过在基层开座谈会，现场解决问题的文章，生动地阐述了该厂通过开展“治庸问责”工作，快速处理生产一线难题的做法，值得称赞。

干部下基层深入生产一线岗位，贴近职工，面对面交流，问需于职工，问计于基层，了解掌握职工思想动态、精神文化需求、生产生活和权益实现等情况，是工作中不可或缺的部分。但实际工作中，很多干部下基层“应付了事”，走马观花。如能亲自参与到生产一线工作中，聆听一线员工的心声，力所能及地现场解决他们遇到的难题，不失为“治庸问责”的一个好做法。

去年春节，笔者在中国铝业广西分公司采访一线员工新春佳节坚守岗位事迹时，在电解铝厂车间看到两名工人在清理一些废渣。笔者问及是否容易清理时，其中一名工人笑着说：“你来试一试不就知道了。”于是笔者上前一试，结果简单的清理工作，笔者才操作一两分钟就满头大汗。看似简单的工作操作起来不仅困难，还需要掌握技巧。

因此，很多生产一线的事务，只有亲自参与，才能体会到一线岗位的艰苦，才能看清问题的本质，更好地解决问题。

走出办公楼，走出办公室并不难，难的是接上地气，避免陷入形式化的调研、走访。当前，公司“治庸问责”工作已经进入建立长效机制阶段，我们要认真贯彻落实党的十八大会议精神，落实中央“八项规定”，深入基层，与一线职工进行换位思考，融入他们的工作，这样才能增加彼此的沟通、信任和理解，推动生产经营的稳步提升。

（原载于2013年1月30日《中国铝业报》）

“一岗多能”也需制度保障

“一人多岗”这个名词，对于企业来说并不陌生。它是企业在不断发展过程中，为了适应激烈的市场竞争，使员工具备多种技能，满足生产需要而开展的。“一人多岗”活动的出现，很大程度上提高了生产效益，在为“一人多岗”叫好的同时，笔者认为，“一人多岗”也需制度保障。

据了解，由于缺乏规范的制度保障，很多企业开展的“一人多岗”往往是领导主观意愿，责任不明晰，激励、惩处、晋升机制不健全，容易造成基层干部在实际工作中“隔靴搔痒”，成效不大，反而还违背了“一人多岗”的初衷。

因此，“一人多岗”也要制度保障。要通过制度的约束，使基层干部在作出贡献的同时获得相应的报酬。同时，在多岗位分工上，应结合每个人员特长和兼职意向，做到公平合理。完善激励、惩处、保障机制，对在“一人多岗”中表现突出的干部注重跟踪培养，有潜力、有业绩者可择优提拔；对不能完成岗位任务的，在岗位工作中推诿扯皮的，要予以惩处、加压等。这样，基层干部才能逐步具备更高的素质，很快地适应新的环境，进入角色，做好工作。

（原载于 2013 年 8 月 28 日《中国铝业报》）

争当一流员工

建一流大厦，除了需要上乘的建筑材料外，还需要一流的建筑工人，中铝公司正在努力建设成为最具成长性的世界一流矿业公司。要实现这一目标，不仅需要企业领导层的战略远见、胆识和气魄，还需要有一批一流的员工。

什么是“一流员工”？《现代汉语词典》中解释“一流”为“第一等”。因此，“一流员工”应该是中铝公司的“第一等员工”，应该是爱岗敬业、信念坚定、诚信正直、拼搏进取的员工，这也是中铝公司企业文化体系中提倡员工应该做到的行为规范。

一流员工应该爱岗敬业，尽职尽责，要在平凡的岗位上发挥自己应有的特长与潜力，把平凡的工作做得不平凡，做到极致，做成精品。要像中国铝业中州分公司计控室维检车间仪表维护工赵玲一样“精细作业，优质服务，无论怎样恶劣的作业环境都坚守在项目现场，满身的灰尘、满手的油渍、满脸的汗水。”

一流员工应该信念坚定，坚持不懈，做事情，干工作要有恒心、有毅力。我们应该向西南铝业（集团）有限责任公司熔铸厂 50 吨机组主操作手杨健学习，在条件艰苦的熔铸一线一干就是 19 年，以普通的主操手身份创下了不平凡的工作业绩，赢得领导和同事的一致认可。

一流员工应该诚信正直，表里如一，给人一个真实的自我，不让人产生距离感，要让人感到有吸引力，用自己的人格魅力与人交往，作为一名中铝公司员工，要对企业忠诚，为企业服务。退休后被返聘到中国铝业连城分公司负责 500 千伏安项目建设技术保密管理工作的欧宝春，忠诚企业，一心一意守护企业的技术，成为很多人“不可逾越的障碍”，当之无愧是中铝公司的一流员工。

一流员工应该拼搏进取，追求卓越，作为建设最具成长性世界一流矿业公司的中铝公司员工，我们应该要创造第一，争取一流，在工作中向高标准看齐，追求一流的工作业绩。

总之，作为一名中铝公司员工，只有不断提高自身素质，不断用世界一流的标准去规范、要求、提高自己，把自己打造成企业的“一流员工”，才有能力建设好“最具成长性世界一流矿业公司”这座大厦。

（原载于2013年7月31日《中国铝业报》）

转作风莫要“一阵风”

近日，在中铝公司“深化运营转型，促进管理提升”现场会上，笔者看到，现场不铺设地毯、不摆绿植、不发纪念品；中铝公司党组成员前往会场与参会代表同坐大巴。这是今年以来，中铝公司及所属各企业认真贯彻落实党中央“八项规定”的具体体现。

自去年中央政治局通过改进工作作风、密切联系群众的“八项规定”以来，全国各地党政机关、企事业单位掀起了严格贯彻落实“八项规定”的热潮。以习近平为总书记的党中央领导集体率先垂范，为全党全社会树立了榜样。

“转作风”如同春风拂面，沁人心脾，举国上下，震撼叫好。

在为转作风鼓掌叫好的同时，我们也希望这种转变不是昙花一现。“空谈误国，实干兴邦”，这句话不是今天才有的，“改进工作作风、密切联系群众”的要求也不是今时今日才提出的。作风建设是个常抓常新的永恒课题，只有起点，没有终点。

近年来，中铝公司抓党风廉政建设的力度越来越大，制度愈加完善，规定也越发严格，但个别企业的个别方面也不免出现“执行不到位”的情况。文件刚出台时抓得紧，效果也显著，但时间一长，却又故态重现，往往是会上强调，会下就撂，仅仅满足于挂在墙上、行在文里、讲在口中。这样的“转作风”，如同断了线的风筝，往往开始风头正劲，飞得很高，而随着风筝线的断开，便失去头绪，最终不了了之，走不进群众心中，也赢不到群众的掌声。

转作风需要否定形式主义，但也要避免成为一种新的形式主义。不能来去“一阵风”，要持之以恒，坚决杜绝“三天打鱼两天晒网”。党员干部要以身作则、身体力行，俯下身子、深入基层，真心诚意为群众做好事、办实事、解难事。此外，还需要建立健全长效工作机制，要始终如一地将“转作风”当作一项常规工作、长效事情来抓，把“八项规定”制度化、常态化。要进一步加大党内监督、群众监督和舆论监督的力度，形成强大的监督力量，真正加强和改进党员干部的工作作风，真正形成好的党风，进而促政风带民风，让群众更加满意。

（原载于2013年5月22日《中国铝业报》）

作者（左二）和领导、同事讨论工作